A Princesinha

Título original: *A Little Princess*
copyright © Editora Lafonte Ltda. 2021

Todos os direitos reservados.
Nenhuma parte deste livro pode ser reproduzida por quaisquer meios existentes sem autorização por escrito dos editores.

Direção Editorial *Ethel Santaella*

REALIZAÇÃO

GrandeUrsa Comunicação

Direção *Denise Gianoglio*
Tradução *Otavio Albano*
Revisão *Paulo Kaiser*
Ilustrações *Ethel Franklin Betts*
Capa, Projeto Gráfico e Diagramação *Idée Arte e Comunicação*

Dados Internacionais de Catalogação na Publicação (CIP)
(Câmara Brasileira do Livro, SP, Brasil)

```
Burnett, Frances Hodgson, 1849-1924
   A princesinha / Frances Hodgson Burnett ;
[ilustrações Ethel Franklin Betts] ; tradução Otavio
Albano. -- 1. ed. -- São Paulo : Lafonte, 2021.

   Título original: A little princess
   ISBN 978-65-5870-058-6

   1. Literatura infantojuvenil I. Betts, Ethel
Franklin. II. Título.
```

21-54787   CDD-028.5

Índices para catálogo sistemático:

1. Literatura infantil   028.5
2. Literatura infantojuvenil   028.5

Maria Alice Ferreira - Bibliotecária - CRB-8/7964

Editora Lafonte
Av. Profª Ida Kolb, 551, Casa Verde, CEP 02518-000, São Paulo-SP, Brasil – Tel.: (+55) 11 3855-2100
Atendimento ao leitor (+55) 11 3855-2216 / 11 3855-2213 – atendimento@editoralafonte.com.br
Venda de livros avulsos (+55) 11 3855-2216 – vendas@editoralafonte.com.br
Venda de livros no atacado (+55) 11 3855-2275 – atacado@escala.com.br

FRANCES HODGSON BURNETT

A Princesinha

Tradução
Otavio Albano

Brasil, 2021

Lafonte

Sumário

#		
1	Sara	7
2	Uma Aula de Francês	19
3	Ermengarde	27
4	Lottie	37
5	Becky	47
6	As Minas de Diamantes	59
7	As Minas de Diamantes mais uma Vez	71
8	No Sótão	93
9	Melchisedec	105
10	O Cavalheiro Indiano	117
11	Ram Dass	129
12	O Outro Lado da Parede	139
13	Alguém do Povo	149
14	O Que Melchisedec Ouviu e Viu	161
15	A Mágica	167
16	O Visitante	193
17	"É a Criança!"	209
18	"Tentei Não Ser"	219
19	Anne	233

1

Sara

Certa vez, em um dia escuro de inverno, quando a neblina amarela pairava tão densa e pesada sobre as ruas de Londres que os lampiões tiveram de ser acesos e as vitrines das lojas reluziam pela iluminação a gás, uma garotinha de aparência única, sentada em uma carruagem com o pai, era conduzida lentamente pelas largas vias da cidade.

Ela sentava-se com os pés bem encolhidos sob seu corpo, recostada em seu pai – que a amparava nos braços –, enquanto olhava os passantes pela janela com um ar pensativo, estranho e antiquado em seus grandes olhos.

Era uma garota tão pequena que não se esperaria ver um olhar assim em seu rosto diminuto. Já seria um olhar demasiado velho para uma criança de doze anos, e Sara Crewe contava apenas sete. No entanto, a verdade era que ela estava sempre sonhando e refletindo sobre coisas estranhas e nem sequer se lembrava de alguma época em que não estivesse pensando em coisas de gente grande e no seu mundo. Ela sentia-se como se já tivesse vivido uma longa, longa vida.

Nesse momento, lembrava-se da viagem que acabara de fazer vindo de Bombaim com seu pai, o Capitão Crewe. Pensava no grande navio, nos lascarins[1] passando para todo lado silenciosamente, nas crianças brincando no convés quente e em algumas das mulheres dos jovens oficiais que tentavam fazê-la conversar, rindo do que ela dizia.

Mas, principalmente, pensava em como era curioso alguém estar sob o sol escaldante da Índia a um momento, e então no meio do oceano, para depois encontrar-se sendo conduzida por um estranho veículo através de ruas estranhas, onde o dia era tão escuro quanto a noite. Achava tudo aquilo tão confuso que se aproximou mais do pai.

— Papai — disse ela com uma vozinha misteriosa e baixa, que quase chegava a parecer um sussurro — papai.

— O que foi, querida? — o Capitão Crewe respondeu, abraçando-a forte e olhando para o seu rosto. — A Sara está pensando em quê?

— É aqui o lugar? — Sara sussurrou, aninhando-se ainda mais ao pai — É aqui, papai?

— Sim, minha pequena Sara, é aqui. Finalmente chegamos. — E, embora ela tivesse apenas sete anos, sentiu a tristeza do pai ao dizer tais palavras.

Parecia-lhe ter passado muitos anos desde que o pai começara a preparar-lhe o espírito para "o lugar", como ela sempre o chamava. Sua mãe havia morrido quando ela nasceu, então ela nunca chegou a conhecê-la ou sentir saudades. Seu pai, jovem, bonito, rico e carinhoso, parecia ser a única companhia que ela tinha no mundo. Eles sempre brincaram juntos e gostavam da companhia um do outro. Ela só sabia que ele era rico porque ouvira o comentário de outras pessoas, quando pensavam não ser ouvidas, e ouvira ainda que também ela seria rica quando crescesse. Ela não tinha a mínima ideia do que ser rico significava. Sempre morara em um lindo bangalô e acostumara-se a inúmeros criados, que lhe faziam salamaleques[2], chamavam-na de "Senhorita Sahib"[3] e

---

1. Soldados (e, por extensão, marujos) de origem indiana. O termo remonta às navegações portuguesas no atual território indiano e origina-se do persa *laskhari*, "soldado". (N. do T.)

2. O termo no original *salaam* é uma adaptação do termo árabe *al-salām 'alaikum*, cumprimento que quer dizer "que a paz esteja com você". Optou-se pelo equivalente em português, apesar do desuso. (N. do T.)

3. Sahib, do árabe ṣāḥib, é um honorífico comum no mundo árabe e no subcontinente indiano. Quer dizer "amigo" ou "senhor". (N. do T.)

realizavam-lhe todas as vontades. Ela tivera brinquedos, animais de estimação e uma aia que a venerava e, pouco a pouco, percebeu que quem era rico tinha todas essas coisas. Isso, no entanto, era tudo que ela sabia a esse respeito.

Durante sua curta vida, apenas uma coisa a incomodara, e essa coisa era "o lugar", para onde a levariam algum dia. O clima na Índia era muito ruim para as crianças e, assim que possível, elas eram levadas dali – geralmente para a Inglaterra, e para uma escola. Ela vira outras crianças partirem e ouvira seus pais e mães falarem das cartas que recebiam. Ela já sabia que também seria obrigada a partir e, apesar de às vezes as histórias do seu pai a respeito da viagem e do novo país atraírem-na, incomodava-lhe o pensamento de que ele não poderia ficar com ela.

— Você não poderia ir para aquele lugar comigo, papai? — ela perguntara quando tinha cinco anos de idade. — Você não poderia ir para a escola também? Eu o ajudaria com suas lições.

— Mas você não vai ter que ficar por muito tempo, minha pequena Sara — ele sempre dizia. — Você vai para uma esplêndida casa, onde haverá um monte de garotinhas e vocês brincarão juntas, e vou enviar-lhe inúmeros livros e você crescerá tão rápido que vai parecer que não se passou nem um ano até você ser grande o suficiente para voltar e tomar conta do papai.

Ela gostava de pensar nisso. Cuidar da casa para o seu pai; cavalgar com ele e sentar-se à cabeceira da mesa quando ele oferecesse jantares; conversar com ele e ler seus livros – era isso que ela mais queria no mundo e, se era preciso partir para "o lugar" na Inglaterra para consegui-lo, ela devia decidir-se logo a ir. Ela não se importava tanto com as outras garotinhas, mas, se ela tivesse inúmeros livros, conseguiria se consolar. Ela gostava de livros mais do que qualquer outra coisa e, na verdade, sempre inventava histórias sobre lindas coisas, contando-as para si mesma. Às vezes, contava-as também para seu pai, que as apreciava tanto quanto ela.

— Bom, papai — disse ela, calmamente —, se chegamos, acredito que devemos nos conformar.

Ele riu de seu discurso antiquado e beijou-a. Ele mesmo não estava nem um pouco conformado, mas sabia que deveria guardar segredo de tal fato. Sua pequena e especial Sara fora uma grande companheira e ele sentia que seria bastante solitário quando, ao retornar à Índia, entrasse em seu bangalô sabendo que não estaria prestes a ver aquela figurinha de vestido branco vindo ao seu encontro. Então, segurou-a com força em seus braços enquanto a carruagem adentrava a grande praça triste, onde se encontrava a casa que era seu destino.

Era uma grande e sombria casa de tijolos, igualzinha a todas as outras daquele lado da praça, mas aquela tinha, na porta da frente, uma placa brilhante de latão em que gravara-se em letras pretas:

SENHORITA MINCHIN
Internato Exclusivo para Jovens Damas

— Chegamos, Sara — disse o Capitão Crewe, tentando fazer sua voz soar o mais animada possível. Então, levantou-a da carruagem, subiram os degraus e tocaram a campainha. Sara refletiu várias vezes depois disso no quanto a casa, de certa forma, se parecia com a Srta. Minchin. Era respeitável e bem mobiliada, mas tudo nela era feio; e mesmo as poltronas pareciam ter ossos duros em seu interior. No saguão, tudo parecia duro e polido – até mesmo as bochechas vermelhas do rosto da Lua que ilustrava o carrilhão no canto tinha um olhar severo e envernizado. A sala de visitas, para onde foram conduzidos, era coberta por um tapete com uma estampa quadriculada, as cadeiras eram quadradas e um pesado relógio de mármore achava-se sobre a pesada prateleira de mármore acima da lareira.

Ao sentar-se em uma das duras cadeiras de mogno, Sara lançou um de seus olhares ao redor.

— Não gosto daqui, papai — disse ela. — Mas ouso dizer que soldados – mesmo os mais destemidos – não gostam realmente de ir para a guerra.

O Capitão Crewe riu abertamente ao ouvi-la. Ele era jovem e muito divertido, nunca se cansando de escutar os curiosos comentários de Sara.

— Ah, minha pequena Sara — disse. — O que devo fazer quando não tiver ninguém para me dizer coisas solenes? Ninguém mais é tão solene quanto você.

— Mas por que as coisas solenes fazem você rir tanto? — perguntou Sara.

— Porque você fica tão divertida quando as diz — respondeu ele, rindo ainda mais. Então, subitamente, ele a tomou em seus braços e beijou-a com força, parando de rir de repente, parecendo que lágrimas tivessem chegado aos seus olhos.

Foi nesse instante que a Srta. Minchin entrou na sala. Ela parecia-se muito com sua casa, Sara sentiu: alta, sombria, respeitável e feia. Tinha grandes olhos frios e desconfiados e um grande sorriso frio e desconfiado. Seu sorriso tornou-se ainda maior quando ela viu Sara e o Capitão Crewe. Ela ouvira, por parte da senhora que lhe recomendara sua escola, muitas coisas sedutoras a respeito do jovem soldado. Entre outras coisas, tinha ouvido que se tratava de um pai rico que estava disposto a gastar uma grande quantidade de dinheiro com sua filhinha.

— Será um grande privilégio cuidar de uma criança tão bonita e promissora, Capitão Crewe — disse ela, tomando e acariciando a mão de Sara. — A Sra. Meredith me falou de sua inteligência incomum. Uma criança inteligente é um grande tesouro em um estabelecimento como o meu.

Sara permaneceu em silêncio, com os olhos fixos no rosto da Srta. Minchin. Estava pensando em algo estranho, como sempre.

"Por que ela disse que sou uma criança bonita?", pensava ela. "Não sou nem um pouco bonita. A filhinha do Coronel Grange, Isobel, é bonita. Ela tem covinhas, bochechas rosadas e longos cabelos da cor do ouro. Eu tenho cabelos negros e curtos e olhos verdes. Além disso, sou uma criança magricela e nem um pouco atraente. Sou uma das crianças mais feias que já vi. Ela está começando a inventar histórias."

Estava enganada, no entanto, ao pensar que era uma criança feia. Ela não era nem um pouco como Isobel Grange, que fora a beldade do regimento, mas ela tinha um encanto singular, próprio dela. Era uma criatura esbelta e flexível, alta para sua idade, e tinha um rostinho atraente e intenso. Seus cabelos eram volumosos e muito escuros, encaracolados apenas nas pontas; seus olhos eram cinza-esverdeados, é verdade, mas eram grandes e maravilhosos, com longos cílios negros e, embora ela mesma não gostasse daquela cor, muitas outras pessoas a admiravam. Ainda assim, ela continuava muito firme em sua crença de que era uma garotinha feia e não se sentiu nem um pouco exultante com os elogios da Srta. Minchin.

"Eu estaria inventando histórias se dissesse que ela é bonita", pensou ela, "e saberia que eram apenas histórias. Acredito ser tão feia quanto ela – à minha maneira. Por que será que ela disse isso?"

Depois de conhecer a Srta. Minchin por mais tempo, ela ficou sabendo o porquê de ela dizer aquilo. Acabou descobrindo que ela dizia exatamente a mesma coisa para cada papai e mamãe que trazia uma criança para a sua escola.

Sara manteve-se perto do pai, ouvindo a conversa entre ele e a Srta. Minchin. Trouxeram-na para aquele internato porque as duas garotinhas da Sra. Meredith haviam sido educadas ali, e o Capitão Crewe tinha muito respeito pela experiência da Sra. Meredith. Sara seria tratada como uma "aluna especial"[4] e desfrutaria de ainda mais privilégios do que as outras alunas especiais. Ela teria um lindo quarto e uma sala de visitas só dela; ela teria um pônei e uma carruagem, além de uma criada, que tomaria o lugar da aia que tinha sido sua babá na Índia.

— Não estou nem um pouco ansioso em relação à educação dela — o Capitão Crewe disse, rindo alegremente, enquanto segurava e acariciava a mão de Sara. — A dificuldade será fazer com que ela não aprenda demasiado nem rápido demais. Ela vive sentada com seu narizinho enterrado em algum livro. Ela não os lê, Srta. Minchin; ela os devora como se fosse um pequeno lobo, em vez de uma garotinha. Ela está sempre faminta por novos livros para devorar e vai atrás de livros de gente grande – livros volumosos, grandes e grossos – em francês e alemão, assim como em inglês – livros de história, biografias, livros de poetas e todo tipo de coisas. Arraste-a para longe dos livros quando ela estiver lendo demais. Faça-a cavalgar seu pônei na Row[5] ou sair para comprar uma boneca nova. Ela deveria brincar mais com bonecas.

— Papai — disse Sara —, veja bem, se eu saísse e comprasse uma

---

4. No original, *parlor boarder*. Trata-se de uma expressão usada para designar alunas de internatos com um quarto só para elas, entre outros privilégios custeados à parte pelos pais ou responsáveis. (N. do T.)
5. Rotten Row, pista de cavalos localizada em Hyde Park, parque ao sul de Londres frequentado pela alta sociedade londrina no começo do século 20. (N. do T.)

boneca nova a cada saída, teria tantas que não me apegaria a nenhuma. As bonecas devem ser nossas amigas íntimas. Emily será minha amiga íntima.

O Capitão Crewe olhou para a Srta. Minchin e a Srta. Minchin olhou para o Capitão Crewe.

— Quem é Emily? — ela perguntou.

— Conte para ela, Sara — o Capitão Crewe disse, sorrindo.

Os olhos cinza-esverdeados de Sara pareceram muito solenes e bastante amorosos quando ela respondeu.

— Ela é uma boneca que eu não ganhei ainda — disse. — É uma boneca que o papai vai comprar para mim. Vamos sair juntos à procura dela. Chamei-a de Emily. Ela vai ser minha amiga quando o papai partir. Quero poder falar sobre meu papai com ela.

O grande sorriso desconfiado tornou-se, na verdade, bastante bajulador.

— Que criança original! — ela disse. — Que criaturinha adorável!

— Sim — disse o Capitão Crewe, trazendo Sara para perto de si. — Ela é uma criaturinha adorável. Cuide muito bem dela por mim, Srta. Minchin.

Sara ficou com o pai em seu hotel por vários dias. De fato, ela ficou com ele até seu embarque de volta para a Índia. Juntos, eles saíram e visitaram muitas lojas grandes, e compraram muitas coisas. Compraram, na verdade, muito mais coisas do que Sara precisava. Mas o Capitão Crewe era um jovem inocente e impulsivo, e queria que sua garotinha tivesse tudo que, tanto ela quanto ele, admirassem, e assim acabaram montando um guarda-roupa grandioso demais para uma criança de sete anos. Havia vestidos de veludo com acabamento de peles caras, vestidos de renda, vestidos bordados, chapéus com longas e macias penas de avestruz, casacos e regalos[6] de pele de arminho e tantas caixas de luvas minúsculas, lencinhos e meias de seda que as educadas jovens atrás dos balcões sussurravam umas às outras que aquela estranha garotinha com

---

6. Um regalo (*muff*, no original) é um acessório para agasalhar as mãos, raramente usado no Brasil. Trata-se de um cilindro de pele ou tecido com as laterais abertas para enfiar as mãos. (N. do T.)

olhos grandes e solenes deveria ser, no mínimo, alguma princesa estrangeira – talvez a filha de um rajá indiano.

Por fim acharam Emily, mas tiveram que entrar em várias lojas de brinquedos e ver inúmeras bonecas antes de encontrá-la.

— Quero que ela não se pareça com uma boneca de verdade — Sara disse. — Quero que ela pareça realmente *ouvir* quando eu falar com ela. O problema das bonecas, papai — e inclinou a cabeça para o lado e refletia enquanto falava —, o problema das bonecas é que elas nunca parecem *escutar*. — Assim, examinaram bonecas grandes e pequenas – bonecas com olhos negros e olhos azuis – bonecas com cachinhos marrons e com tranças douradas, bonecas vestidas e despidas.

— Veja bem — Sara disse quando estavam analisando uma boneca que não tinha roupas. — Se, quando a encontrarmos, ela não tiver nenhuma roupa, podemos levá-la a uma modista para fazer seu enxoval sob medida. As roupas lhe cairão melhor se ela puder experimentá-las.

Depois de algumas decepções, eles decidiram olhar as vitrines a pé, deixando que a carruagem os seguisse. Passaram por dois ou três lugares sem nem chegar a entrar, quando, aproximando-se de uma loja que não era lá muito grande, Sara subitamente deu um sobressalto e apertou o braço do pai.

— Ah, papai! — exclamou. — Lá está Emily!

Um rubor tomara seu rosto, e havia uma expressão nos seus olhos cinza-esverdeados, como se ela tivesse acabado de reconhecer alguém de quem era íntima e gostava muito.

— Ali está ela, realmente esperando por nós! — disse. — Vamos entrar para vê-la.

— Meu Deus — disse o Capitão Crewe —, sinto como se devêssemos ter alguém para nos apresentar.

— Você deve me apresentar e eu apresento você — disse Sara. — Mas eu a reconheci no minuto em que a vi – então, talvez, ela me reconheça também.

Talvez ela já conhecesse Sara. Certamente, seus olhos tinham uma expressão muito astuta quando Sara tomou-a em seus braços. Era uma boneca grande, mas não tão grande a ponto de ser difícil carregá-la para todo lado; ela tinha cabelos castanhos dourados, naturalmente cacheados, que pendiam como um manto sobre seu corpinho, e seus olhos eram de um profundo e límpido azul-acinzentado, com cílios volumosos e macios, cílios de verdade, e não simples traços pintados.

— Claro — disse Sara, olhando para o rosto dela enquanto a segurava sobre seu joelho —, claro, papai, esta é Emily.

Então Emily foi comprada e, efetivamente, levada para uma loja de roupas de crianças, onde tiraram suas medidas para um guarda-roupa tão grandioso quanto o de Sara. Ela também tinha vestidos rendados, vestidos de veludo e de musseline, chapéus e casacos e lindas roupas de baixo com acabamento de renda, e luvas, lencinhos e peles.

— Gostaria que ela sempre parecesse ser uma criança com uma ótima mãe — disse Sara. — Sou a mãe dela, apesar de torná-la minha companheira.

O Capitão Crewe teria desfrutado das compras imensamente, não fosse um pensamento triste que vivia cutucando-lhe o coração. Tudo aquilo significava que ele se separaria de sua amada e singular companheirinha.

Ele saiu da cama no meio daquela noite e ficou olhando para Sara, que dormia com Emily nos braços. Seus cabelos negros espalhavam-se por sobre o travesseiro e misturavam-se aos cabelos castanhos e dourados de Emily; ambas usavam camisolas com babados de renda e tinham longos cílios, pousados sobre as faces. Emily parecia-se tanto com uma criança de verdade que o Capitão Crewe ficou feliz com sua presença ali. Soltou um longo suspiro e deu um puxão no bigode com uma expressão de menino.

— Ai, ai, minha pequena Sara! — disse para si mesmo — Não acredito que você tenha noção do quanto seu pai sentirá sua falta.

No dia seguinte, ele a levou para a Srta. Minchin e deixou-a lá. Ele deveria embarcar na manhã seguinte. Explicou à Srta. Minchin que seus advogados, os Srs. Barrow e Sipworth, cuidariam dos seus negócios na Inglaterra e lhe prestariam qualquer informação de que ela precisasse, assim como pagariam as contas que ela lhes enviasse para cobrir as despesas de Sara. Ele escreveria para Sara duas vezes por semana e ela deveria ter todos os seus desejos satisfeitos.

— Ela é uma criaturinha muito sensata e nunca pede nada que não lhe seja totalmente seguro — disse ele.

Foi então com Sara até sua pequena sala de visitas e ali se despediram. Sara sentou-se no seu joelho, segurou-lhe a lapela do casaco com suas mãozinhas e olhou longa e seriamente para seu rosto.

— Está tentando decorar como sou, minha pequena Sara? — disse ele, acariciando os cabelos dela.

— Não — ela respondeu. — Eu já o conheço de cor. Você está dentro do meu coração. — E abraçaram-se e beijaram-se como se nunca mais fossem se soltar.

Quando a carruagem afastou-se da porta, Sara estava sentada no chão de sua sala de visitas, com o queixo apoiado nas mãos e os olhos acompanhando-a até que virasse a esquina da praça. Emily sentava-se ao seu lado e também acompanhava a carruagem com os olhos. Quando a Srta. Minchin pediu para a irmã, Srta. Amelia, ver o que a criança estava fazendo, ela descobriu que não podia abrir a porta.

— Eu tranquei a porta — uma vozinha educada e estranha soou do lado de dentro. — Quero ficar sozinha, por favor.

A Srta. Amelia era gorda e atarracada e ficou apavorada por causa da irmã. Ela era, certamente, a pessoa mais generosa das duas, mas nunca desobedecia a Srta. Minchin. Ela desceu as escadas novamente, parecendo bastante alarmada.

— Nunca vi uma criança tão antiquada e esquisita, minha irmã — disse. — Ela se trancou no quarto e não está fazendo absolutamente nenhum barulho.

— É muito melhor do que se ela chutasse e gritasse, como algumas delas fazem — a Srta. Minchin respondeu. — Esperava que uma criança tão mimada quanto ela causasse um alvoroço em toda a casa. Se há uma criança que tem tudo feito do seu jeito, essa criança é ela.

— Estive abrindo seus baús e colocando suas coisas em ordem — disse a Srta. Amelia. — Nunca vi nada parecido com tudo aquilo – casacos com pele de arminho e marta, e roupas de baixo com renda legítima de Valenciennes[7]. Você viu algumas de suas roupas. O que você acha delas?

---

7. Cidade no norte da França conhecida por sua renda bordada, de mesmo nome. (N. do T.)

A PRINCESINHA

— Acho que são completamente ridículas — respondeu a Srta. Minchin, com rispidez —, mas elas chamarão atenção na frente da fila quando levarmos as crianças para a igreja no domingo. Ela sempre tem tudo do bom e do melhor, como se fosse uma princesinha.

Nesse mesmo instante, no andar de cima, Sara e Emily estavam sentadas no chão, olhando fixamente para a esquina por onde desaparecera a carruagem, enquanto o Capitão Crewe olhava para trás, acenando e lançando beijos com a mão como se não suportasse a ideia de parar de fazê-lo.

Uma Aula de Francês

Quando Sara adentrou a sala de aula na manhã seguinte, todo mundo olhou para ela com olhos arregalados e curiosos. Até aquele momento, todas as alunas — desde Lavinia Herbert, que tinha quase treze anos e se achava muito gente grande, até Lottie Legh, que tinha apenas quatro anos e era o bebê da escola — já tinham ouvido falar muitas coisas a seu respeito. Elas já tinham plena certeza de que Sara seria a aluna de exibição da Srta. Minchin e que representaria um grande benefício para aquele estabelecimento. Uma ou duas delas tinham até mesmo visto de relance sua criada francesa, Mariette, que chegara na noite anterior. Lavinia tinha conseguido passar em frente ao quarto de Sara quando a porta estava aberta e vira Mariette abrindo uma caixa que chegara atrasada de alguma loja.

— Estava cheia de anáguas com franjas de renda nelas — franjas e mais franjas — ela sussurrou para sua amiga Jessie, debruçada sobre sua lição de geografia. — Eu a vi desenrolar cada uma das anáguas. Ouvi a Srta. Minchin dizer para a Srta. Amelia que suas roupas eram tão grandiosas que acabavam por ser ridículas para uma criança. Minha mamãe disse que as crianças deveriam se vestir com simplicidade. Ela está usando uma dessas anáguas agora. Eu vi quando ela se sentou.

— Ela está usando meias de seda! — sussurrou Jessie, também debruçada sobre sua lição de geografia. — E que pés pequenos! Nunca vi pés tão pequenos.

— Ah — fungou Lavinia, com despeito —, é apenas a forma como suas pantufas foram feitas. Minha mamãe disse que até mesmo pés grandes podem parecer pequenos quando se tem um sapateiro habilidoso. Eu não acho que ela seja nem um pouco bonita. Seus olhos têm uma cor tão estranha.

— Ela não é bonita como as pessoas bonitas são — disse Jessie, espiando o outro lado da sala —, mas dá vontade de olhar para ela mais uma vez. Ela tem cílios tremendamente longos e seus olhos são quase verdes.

Sara estava sentada em silêncio no seu lugar, esperando que lhe dissessem o que fazer. Ela havia sido colocada perto da mesa da Srta. Minchin. Ela não se sentia nem um pouco envergonhada pelos inúmeros pares de olhos que a vigiavam. Estava curiosa e, em silêncio, olhava de volta para as crianças que a examinavam. Imaginava o que elas estavam pensando, se gostavam da Srta. Minchin, se tinham interesse por suas lições e se algumas delas tinha um papai como o dela. Ela tivera uma longa conversa com Emily sobre seu papai essa manhã.

— Ele está em pleno mar agora, Emily — ela dissera. — Nós precisamos ser grandes amigas e contar nossas coisas uma para a outra. Emily, olhe para mim. Você tem os olhos mais lindos que eu já vi – mas eu adoraria se pudesse falar.

Ela era uma criança cheia de imaginação e pensamentos extravagantes, e uma de suas fantasias era que seria um grande alívio fazer de conta que Emily estava viva e a ouvia e entendia de verdade. Depois que Mariette a colocara no vestido azul-escuro da escola e amarrara seus cabelos com um laço azul-escuro, Sara foi até Emily, que se sentava em sua própria cadeira, e deu-lhe um livro.

— Você pode ler isso enquanto eu estiver lá embaixo — ela disse e, vendo que Mariette a olhava com curiosidade, disse-lhe com um rostinho sério.

— Eu acredito que bonecas — ela disse — podem fazer coisas sem que nós saibamos. Talvez, na verdade, Emily saiba ler, falar e andar, mas ela só faz isso quando as pessoas estão fora do aposento. Esse é o segredo dela. Veja bem, se as pessoas soubessem que as bonecas podiam fazer coisas, elas as poriam para trabalhar. Então, talvez, elas tenham prometido umas às outras que manteriam tudo em segredo. Se você ficar no quarto, Emily vai ficar ali sentada, encarando-a, mas, se você sair, talvez ela comece a ler ou vá olhar pela janela. Então, se ela ouvir que estamos chegando, ela simplesmente correria de volta, pularia sobre sua cadeira e fingiria que estivera ali todo o tempo.

— *Comme elle est drôle!*[8] Mariette disse para si mesma e, ao descer as escadas, contou tudo à governanta a seu respeito. Mas ela já começara a gostar dessa estranha garotinha com um rostinho tão inteligente e modos tão perfeitos. Ela já havia cuidado de crianças que não eram tão educadas. Sara era uma pessoinha muito refinada e tinha uma maneira gentil e agradecida de dizer "por favor, Mariette", "obrigado, Mariette" que era extremamente encantadora. Mariette disse à governanta que ela lhe agradecia como se estivesse falando com uma dama.

— *Elle a l'air d'une princesse, cette petite*[9] — ela disse. Na verdade, ela estava muito satisfeita com sua nova patroa e gostava muito do seu cargo atual.

Depois que Sara estivera sentada em seu lugar na sala de aula por alguns minutos, sendo analisada pelas outras alunas, a Srta. Minchin bateu em sua mesa de uma forma bastante distinta.

— Mocinhas — ela disse —, quero apresentá-las à sua nova companheira. — Todas as garotas se levantaram, assim como Sara. — Espero que vocês todas sejam muito amáveis com a Srta. Crewe. Ela acaba de chegar à nossa escola de um lugar muito distante – na verdade, da Índia. Assim que as aulas acabarem, vocês poderão se conhecer melhor.

As alunas curvaram-se com toda a cerimônia, Sara fez uma pequena

---

8. "Como ela é engraçada" ou "como ela é estranha", em francês. (N. do T.)
9. "Ela se parece com uma princesa, essa pequena", em francês. (N. do T.)

reverência e, então, todas se sentaram e começaram a olhar-se mais uma vez.

— Sara — disse a Srta. Minchin com seus modos de professora —, venha aqui.

Ela pegara um livro da mesa e estava folheando suas páginas. Sara aproximou-se dela educadamente.

— Como seu papai contratou uma babá francesa para você — ela começou —, cheguei à conclusão de que ele quer que você estude a língua francesa.

Sara ficou um pouco constrangida.

— Acredito que ele a tenha contratado — disse — porque ele – ele pensou que eu gostaria dela, Srta. Minchin.

— Receio — disse a Srta. Minchin, com um sorriso levemente amargurado — que você tenha sido uma garotinha muito mimada e sempre imagina que as coisas são feitas simplesmente porque lhe agradam. Minha impressão é que seu papai gostaria que você aprendesse francês.

Se Sara fosse mais velha ou menos rigorosa em ser tão educada com as pessoas, ela poderia ter se explicado em pouquíssimas palavras. Mas, como não era o caso, sentiu uma vermelhidão subir pelo seu rosto. A Srta. Minchin era uma pessoa bastante severa e imponente, e parecia ter tanta certeza de que Sara não sabia nada de francês que ela sentiu que seria rude corrigi-la. A verdade era que Sara não conseguia se lembrar de uma época em que não soubesse falar francês. Seu pai falava frequentemente em francês quando ela ainda era um bebê. Sua mãe era francesa e o Capitão Crewe amava seu idioma de tal forma que, para Sara, ele sempre lhe fora familiar.

— Eu – eu nunca aprendi realmente francês, mas – mas... — ela começou a falar, tentando timidamente se fazer entender.

Um dos aborrecimentos mais secretos da Srta. Minchin era que ela própria não sabia falar francês e desejava manter esse irritante pormenor em segredo. Portanto, ela não tinha nenhuma intenção de discutir tal assunto para não arriscar ser questionada inocentemente por uma nova aluna.

— Já chega — disse ela, ríspida e educada ao mesmo tempo. — Se você não aprendeu, deve começar imediatamente. O professor de francês, *Monsieur* Dufarge, estará aqui em alguns minutos. Pegue esse livro e dê uma olhada nele até o professor chegar.

O rosto de Sara queimava. Ela voltou ao seu lugar e abriu o livro. Olhou para a primeira página com uma expressão séria. Ela sabia que seria rude sorrir e ela estava determinada a não ser rude. Mas era muito estranho ser obrigada a estudar uma página que lhe dizia que *le père* queria dizer "o pai" e *la mère* significava "a mãe".

A Srta. Minchin olhou para ela como se estivesse a examiná-la.

— Você parece muito zangada, Sara — ela disse. — Sinto muito se não gosta da ideia de aprender francês.

— Gosto muito da ideia — respondeu Sara, pensando que deveria tentar novamente — mas...

— Você não deve dizer "mas" quando lhe dizem para fazer as coisas — disse a Srta. Minchin. — Volte a olhar para o seu livro.

E Sara assim o fez, mas não sorriu, mesmo quando descobriu que *le fils* significava "o filho" e *le frère* queria dizer "o irmão".

"Quando *Monsieur* Dufarge chegar", ela pensou, "posso fazê-lo entender."

Monsieur Dufarge chegou logo depois. Ele era um francês de meia-idade muito agradável e inteligente, e mostrou-se interessado quando seus olhos pousaram sobre Sara tentando parecer concentrada em seu pequeno livro de frases.

— Essa é a minha nova aluna, *madame*? — disse ele para a Srta. Minchin. — Espero ter esse prazer.

— Seu papai – o Capitão Crewe – está muito ansioso para que ela comece a aprender a língua. Mas receio que ela tenha algum preconceito infantil contra ela. Parece não querer estudá-la — disse a Srta. Minchin.

— Sinto muito por isso, *mademoiselle* — disse ele gentilmente para Sara. — Talvez, quando começarmos a estudar juntos, poderei mostrar-lhe que é um idioma encantador.

A pequena Sara levantou-se de seu lugar. Ela começou a se sentir desesperada, quase constrangida. Ela olhou para o rosto de *Monsieur*

Dufarge com seus grandes olhos cinza-esverdeados, em uma atitude de súplica inocente. Ela sabia que ele a compreenderia assim que abrisse a boca. Começou a explicar-se de uma maneira bem simples, em um lindo e fluente francês. A senhora não a havia entendido. Ela não tinha exatamente aprendido francês — não com livros —, mas seu papai e outras pessoas sempre falavam com ela em francês e ela lia e escrevia em francês tão bem quanto em inglês. Seu papai amava o idioma, e ela também, por causa dele. Sua querida mamãe, que tinha morrido quando ela nasceu, era francesa. Ela ficaria feliz em aprender tudo que o *monsieur* lhe ensinasse, mas ela tentara explicar à senhora que ela já sabia as palavras que estavam naquele livro — e mostrou-lhe o pequeno livro de frases.

Quando ela começou a falar, a Srta. Minchin subitamente assustou-se e ficou sentada, observando-a por sobre seus óculos, quase indignada, até ela parar de falar. *Monsieur* Dufarge começou a sorrir, um sorriso repleto de prazer. Ouvir essa linda voz infantil falando sua própria língua de forma tão simples e encantadora o fez sentir-se quase em sua terra natal — que às vezes, nos dias sombrios e enevoados de Londres, parecia estar a mundos de distância. Quando ela parou de falar, ele tomou o livro de frases de suas mãos com um olhar quase afetuoso. E disse à Srta. Minchin.

— Ah, *madame* — disse ele —, não há muito que eu possa ensiná-la. Ela não *aprendeu* francês; ela é francesa. Seu sotaque é extraordinário.

— Você deveria ter me dito — exclamou a Srta. Minchin virando-se para Sara, completamente envergonhada.

— Eu... eu tentei — disse Sara. — Acredito que não tenha começado direito.

A Srta. Minchin sabia que ela tinha tentado se explicar e que não era culpa da menina não ter-lhe permitido falar. E, quando viu que as alunas estavam ouvindo e que Lavinia e Jessie estavam dando risadinhas atrás de suas gramáticas de francês, ficou enfurecida.

— Silêncio, mocinhas! — disse com rispidez, batendo na mesa. — Façam silêncio, agora!

E começou a sentir uma espécie de rancor por sua aluna de exibição.

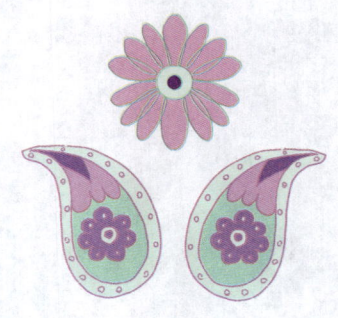

3

Ermengarde

Naquela primeira manhã, quando Sara sentou-se ao lado da Srta. Minchin, ciente de que toda a sala de aula dedicava-se a observá-la, ela logo percebeu uma garotinha, quase da sua idade, olhando para ela, muito concentrada, com seus olhos azul-claros, um tanto aborrecidos. Era uma criança cheinha que não parecia nem um pouco inteligente, mas tinha uma expressão muito amável. Seus cabelos loiros estavam trançados e amarrados com uma fita e, enquanto encarava maravilhada a nova aluna, com os cotovelos apoiados na mesa, ela havia passado a trança em volta do pescoço e mordia a ponta da fita. Quando o *Monsieur* Dufarge começou a falar com Sara, ela pareceu um pouco amedrontada, e quando Sara adiantou-se e, olhando para ele com olhos suplicantes e inocentes, respondeu, sem a mínima cautela, em francês, a garotinha cheinha teve um sobressalto e ficou bastante corada, de tão maravilhada. Depois de, desesperada, ter chorado por semanas por causa de seus esforços para lembrar-se que *la mère* significava "a mãe" e *le père*, "o pai" – quando ela já falava inglês muito apropriadamente – era quase demasiado para ela ter que ouvir uma criança da sua idade não apenas ter familiaridade com essas palavras, mas também, aparentemente, saber inúmeras outras, misturando-as com verbos como se fosse uma simples brincadeira.

Ela a encarava com tanta insistência e mordia a fita na sua trança com tanta avidez que acabou atraindo a atenção da Srta. Minchin, que, sentindo muita raiva naquele momento, repreendeu-a imediatamente.

— Srta. St. John! — exclamou com severidade. — O que significa essa sua conduta? Abaixe esses cotovelos! Tire sua fita da boca! Sente-se direito agora!

E, por isso, a Srta. St. John teve outro sobressalto, e quando Lavinia e Jessie soltaram risadinhas, ela ficou ainda mais vermelha – tão vermelha, na verdade, que lágrimas pareciam estar prestes a escorrer de seus pobres olhos infantis e aborrecidos; e Sara, ao vê-la, sentiu tanta pena que começou a gostar dela, querendo ser sua amiga. Fazia parte do seu jeito sempre querer aliviar quaisquer desentendimentos em que alguém se sentisse desconfortável ou infeliz.

— Se a Sara tivesse nascido um garoto e vivido alguns séculos atrás — seu pai costumava dizer —, ela teria percorrido todo o país com sua espada desembainhada, resgatando e defendendo qualquer um em apuros. Ela está sempre disposta a lutar quando vê pessoas com problemas.

Então, ela simpatizou com a cheia, vagarosa e pequena Srta. St. John e ficou de olho nela por toda a manhã. Percebeu que as lições não eram fáceis para ela e que não havia nenhuma chance de ser mimada ou tratada como uma aluna de exibição. Seu dever de francês era lamentável. Até mesmo *Monsieur* Dufarge ria de sua pronúncia, mesmo se esforçando para não fazê-lo, e Lavinia, Jessie e as garotas mais afortunadas soltavam risadinhas ou olhavam para ela com um curioso desdém. Mas Sara não ria. Ela tentava fazer de conta que não tinha ouvido a Srta. St. John chamar *le bon pain*[10] de "li bon peng". Ela tinha um temperamento gentil, mas forte, o que fez com que se irritasse bastante ao ouvir os risinhos dissimulados e ver o pobre rosto infeliz e aflito da criança.

— Na verdade, não tem nada de engraçado — disse ela entredentes, debruçando-se sobre seu livro. — Elas não deveriam rir.

Quando as aulas acabaram e as alunas se reuniram em grupos para conversar, Sara procurou a Srta. St. John e, ao encontrá-la encolhida

---

10. "O bom pão" ou "o pão correto", dependendo do contexto, em francês. A pronúncia correta é *"lê bom pã"*. (N. do T.)

e bastante infeliz no assento da janela, caminhou até ela e começou a falar. Disse apenas o tipo de coisas que garotinhas falam umas às outras quando começam a se conhecer, mas havia algo muito amigável em Sara, e as pessoas sempre podiam senti-lo.

— Qual é o seu nome? — ela disse.

Para explicar a surpresa da Srta. St. John, devemos nos lembrar que uma nova aluna é, por pouco tempo, algo um tanto quanto incerto; e toda a escola tinha falado dessa nova aluna durante a noite anterior, até dormir de exaustão, provocada pela animação e pelas histórias contraditórias. Uma nova aluna com carruagem, pônei, uma criada e uma viagem da Índia até ali para contar não era alguém comum a se conhecer.

— Meu nome é Ermengarde St. John — ela respondeu.

— O meu é Sara Crewe — disse Sara. — Seu nome é muito bonito. Parece saído de um livro de histórias.

— Você gosta do meu nome? — falou Ermengarde, agitada. — Eu... eu gosto do seu.

O maior problema da vida da Srta. St. John era ter um pai muito inteligente. Às vezes, isso lhe parecia uma calamidade terrível. Se você tem um pai que sabe tudo, que fala sete ou oito línguas, e que tem milhares de livros que parece conhecer de cor, ele frequentemente espera que, no mínimo, você saiba o conteúdo dos seus livros da escola. E não é nada improvável que ele sinta que você deveria ser capaz de se lembrar de alguns episódios históricos e resolver um exercício de francês. Ermengarde era uma grande provação para o Sr. St. John. Ele não conseguia entender como uma filha sua podia ser uma criatura tão evidentemente inábil que nunca se destacava em nada.

— Por Deus! — ele dissera mais de uma vez, olhando-a fixamente. — Às vezes penso que ela é tão tola quando sua tia Eliza!

Se sua tia Eliza fora vagarosa para aprender e rápida para esquecer completamente uma coisa logo depois de tê-la aprendido, e Ermengarde era visivelmente igual a ela. Ela era a aluna mais lenta da escola, ninguém podia negar.

— Devem obrigá-la a aprender — seu pai falou para a Srta. Minchin.

Por isso, Ermengarde passou grande parte da sua vida envergonhada ou aos prantos. Ela aprendia coisas e as esquecia, ou, se lembrava delas, não conseguia compreendê-las. Então era natural que, ao conhecer Sara, ela tenha ficado sentada, encarando-a com profunda admiração.

— Você sabe falar francês, não é? — ela perguntou, respeitosamente.

Sara foi até o assento da janela, um assento grande e profundo e, colocando os pés sobre o banco, sentou-se abraçando os joelhos.

— Sei porque ouvi francês a minha vida toda — ela respondeu. — Você também saberia se tivesse ouvido desde sempre.

— Ah, não, não saberia — disse Ermengarde. — Eu *nunca* conseguiria falar francês!

— Por quê? — perguntou Sara, curiosa.

Ermengarde sacudiu a cabeça com tanta força que sua trança balançou.

— Você me ouviu agora há pouco — ela disse. — Eu sou sempre assim. Não consigo dizer as palavras. Elas são tão estranhas.

Ela parou de falar por um instante e então acrescentou, com um toque de fascínio em sua voz — Você é inteligente, não é?

Sara olhou pela janela para a praça triste, onde os pardais saltitavam e piavam nas grades de ferro molhadas e nos galhos das árvores escurecidos pela fuligem. Ela refletiu por alguns instantes. Ela ouvira muitas vezes que era "inteligente" e ficou se perguntando se era – e, *caso* fosse, como isso tinha acontecido.

— Eu não sei — disse. — Não sei dizer. — Então, vendo um olhar tristonho no rosto cheinho e redondo, soltou uma risadinha e mudou de assunto.

— Você gostaria de ver Emily? — indagou.

— Quem é Emily? — Ermengarde perguntou, da mesma forma que a Srta. Minchin fizera.

— Venha até meu quarto vê-la — disse Sara, estendendo-lhe a mão.

Elas saltaram do assento da janela juntas e subiram as escadas.

— É verdade — Ermengarde sussurrou, enquanto elas atravessavam o saguão —, é verdade que você tem um quarto de brincar só seu?

— Sim — Sara respondeu. — Meu papai pediu à Srta. Minchin

um quarto só para mim, porque – bom, porque quando eu brinco eu invento histórias e conto as histórias em voz alta para mim mesmo, e não gosto que as outras pessoas me ouçam. Se eu acho que tem alguém ouvindo, estraga tudo.

Nesse ponto, elas chegaram ao corredor que levava ao quarto de Sara, e Ermengarde parou subitamente, encarando-a, quase sem fôlego.

— Você *inventa* histórias! — ela suspirou. — Você consegue inventar histórias – além de falar francês? *Consegue*?

Sara olhou para ela, surpresa.

— Ora, qualquer um consegue inventar coisas — ela disse. — Você nunca tentou?

Ela pegou a mão de Ermengarde, como para adverti-la.

— Vamos bem quietinhas até a porta — ela sussurrou — e então vou abri-la de repente. Quem sabe não conseguimos pegá-la de surpresa.

Soltou outra risadinha, mas havia um toque de misteriosa esperança em seus olhos que fascinaram Ermengarde, apesar de não ter a mínima ideia do seu significado, de quem ela queria pegar de surpresa, e nem sequer por quê. O que quer que fosse, Ermengarde tinha certeza de que era algo deliciosamente empolgante. Assim, entusiasmada com a expectativa, seguiu-a na ponta dos pés pelo corredor. Elas não fizeram absolutamente nenhum barulho até alcançarem a porta. Então, subitamente, Sara girou a maçaneta e escancarou a porta. Ao abri-la, revelou-se um quarto muito arrumado e silencioso, o fogo crepitando baixinho e uma adorável boneca sentada em uma cadeira ao lado da lareira, aparentemente lendo um livro.

— Ah, ela voltou para seu lugar antes que pudéssemos vê-la! — Sara explicou. — Claro, é o que elas sempre fazem. São rápidas como um raio.

Ermengarde olhou para ela, para a boneca e, depois, novamente para ela.

— Ela pode... andar? — perguntou, baixinho.

— Sim — respondeu Sara. — Pelo menos, eu acredito que possa. Pelo menos, eu *finjo* acreditar que ela possa. E, assim, parece que é verdade. Você nunca fez de conta que algumas coisas são de verdade?

— Não — disse Ermengarde. — Nunca. Eu... Conte-me mais sobre isso.

Ela estava tão encantada com essa nova e estranha companhia que continuava a encarar Sara, em vez de Emily — apesar de Emily ser a boneca mais realista e bonita que ela já vira.

— Vamos nos sentar — disse Sara — e eu lhe conto tudo. É tão fácil que quando você começa não consegue parar. Você simplesmente continua fazendo de conta para sempre. E é tão bonito. Emily, você precisa escutar. Essa é a Ermengarde St. John, Emily. Ermengarde, essa é a Emily. Você gostaria de segurá-la?

— Ah, posso? — disse Ermengarde. — Posso, de verdade? Ela é linda! — E Emily foi colocada em seus braços.

Nunca em sua curta e aborrecida vida a Srta. St. John sonhara em passar uma hora como aquela que passou na companhia da nova e estranha aluna até elas ouvirem o sino do almoço tocar e serem obrigadas a descer.

Sara sentou-se no tapete em frente à lareira e contou-lhe as coisas mais estranhas. Sentada confortavelmente, seus olhos verdes brilhavam e suas faces coravam. Ela contou histórias da viagem e histórias da Índia. Mas o que mais fascinou Ermengarde foram as suas fantasias a respeito das bonecas que andavam e falavam, e que podiam fazer tudo que quisessem quando os seres humanos estavam fora do recinto, mas que tinham que manter seus poderes em segredo e, por isso, disparavam de volta aos seus lugares "como um raio" quando as pessoas estavam de volta.

— *Nós* não poderíamos fazê-lo — disse Sara, séria. — Você entende, é um tipo de mágica.

Uma vez, quando ela estava contando a história da busca por Emily, Ermengarde viu seu rosto subitamente mudar. Uma nuvem pareceu passar por ele e ofuscar o brilho de seus olhos. Ela inspirou com tanta força que acabou fazendo um sonzinho esquisito e engraçado e, então, fechou os lábios e os manteve completamente fechados, como se tivesse decidido fazer ou *não* fazer algo. Ermengarde teve a impressão de que, se ela fosse como qualquer outra garota, poderia de repente começar a chorar e soluçar. Mas isso não aconteceu.

— Você está com... com dor? — Ermengarde arriscou perguntar.

— Sim — Sara respondeu, depois de um instante de silêncio. — Mas não é uma dor no meu corpo. — Então acrescentou algo em voz baixa – voz que ela tentava manter firme – algo assim. — Você ama seu pai mais do que tudo no mundo?

A boca de Ermengarde ficou entreaberta. Ela sabia que seria algo muito distante do comportamento de uma criança respeitável em um internato exclusivo dizer que nunca lhe ocorrera que ela poderia amar o próprio pai, e que ela faria qualquer coisa para evitar ficar sozinha com ele por dez minutos. Na verdade, ela ficou muito envergonhada.

— Eu... eu quase nunca o vejo — ela gaguejou. — Ele está sempre na biblioteca... lendo coisas.

— Eu amo meu pai dez vezes mais do que qualquer outra coisa no mundo — Sara disse. — Essa é a minha dor. Ele partiu para longe.

Ela abaixou a cabeça em silêncio, apoiando-a nos pequenos joelhos dobrados e ficou sem se mexer completamente por alguns minutos.

"Ela vai começar a chorar", pensou Ermengarde, com medo.

Mas ela não chorou. Seus cachos curtos e negros penderam sobre as orelhas e ela sentou-se, imóvel. Então falou, sem levantar a cabeça.

— Eu prometi ao meu pai que suportaria sua falta — disse. — E vou fazê-lo. Temos que suportar as coisas. Pense em tudo que os soldados suportam! Papai é um soldado. Se houvesse uma guerra, ele teria que suportar marchar, passar sede e, talvez, ferimentos profundos. E ele nunca diria uma palavra – nem uma palavra sequer.

Ermengarde só conseguia olhar fixamente para ela, mas sentia que começava a adorá-la. Ela era tão maravilhosa e diferente de todo mundo.

Nesse momento, Sara levantou a cabeça e balançou os cachos negros para trás, com um sorrisinho estranho.

— Se eu continuar a falar e falar — disse ela —, contando para você como fazer de conta, vou conseguir suportar melhor. Não nos esquecemos, mas conseguimos suportar melhor.

Ermengarde não entendeu por que um nó apareceu em sua garganta e seus olhos pareciam ter lágrimas em seu interior.

— Lavinia e Jessie são "melhores amigas" — ela disse com a voz um pouco rouca. — Eu gostaria que nós fôssemos "melhores amigas". Quer ser minha melhor amiga? Você é inteligente e eu sou a criança mais burra da escola, mas eu... ah, eu gosto tanto de você!

— Fico feliz com isso — disse Sara. — Quando somos amadas, nos tornamos pessoas agradecidas. Sim. Seremos amigas. E vou dizer uma coisa para você — um súbito brilho iluminou seu rosto. — Posso ajudá-la com suas lições de francês.

4

Lottie

Se Sara fosse um tipo diferente de criança, a vida que ela levou no Internato Exclusivo da Srta. Minchin pelos poucos anos que se seguiram não teria sido nada boa para ela. Ali, ela era tratada mais como se fosse uma convidada especial do que uma simples garotinha. Se ela fosse uma criança dominadora e teimosa, poderia ficar tão desagradável a ponto de tornar-se insuportável, por causa de tanta tolerância e bajulação. Se ela fosse uma criança preguiçosa, não teria aprendido nada. A Srta. Minchin a detestava em segredo, mas ela era uma mulher muito materialista para dizer ou fazer qualquer coisa que provocasse uma criança tão lucrativa querer sair da sua escola. Ela sabia muito bem que, se Sara escrevesse para seu papai dizendo-lhe que estava desconfortável ou infeliz, o Capitão Crewe a tiraria da escola no mesmo instante. A opinião da Srta. Minchin era que uma criança certamente gostaria de um lugar onde sempre a elogiavam e nunca a proibiam de fazer o que quisesse. Por isso, Sara era elogiada por sua rapidez em fazer suas lições, por suas boas maneiras, por sua gentileza para com as colegas, por sua generosidade, caso oferecesse uma moeda de sua bolsinha cheia de dinheiro; mesmo a coisa mais simples que ela fazia era tratada como uma grande virtude e, se ela não tivesse propensão aos estudos e uma cabecinha muito inteligente, poderia ter se tornado uma jovem bastante arrogante. Mas sua cabecinha muito inteligente contava-lhe muitas coisas sensatas e verdadeiras, sobre ela mesma e suas circunstâncias e, com o passar do tempo, vez ou outra, ela conversava a esse respeito com Ermengarde.

— As coisas acontecem por acaso — ela costumava dizer. — Muitos acasos afortunados aconteceram comigo. Simplesmente aconteceu de eu gostar de lições e livros e poder me lembrar das coisas depois que as aprendia. Simplesmente aconteceu de eu nascer com um pai que é bonito, gentil e inteligente, e que pode me dar tudo de que gosto. Talvez, na verdade, eu não tenha um bom temperamento, mas, se alguém tem tudo que quer e todos lhe são gentis, como é possível deixar de mostrar bom humor? Eu não sei — parecendo muito séria — como eu poderia descobrir se sou realmente uma criança boa ou horrível. Talvez eu seja horrorosa e ninguém nunca vai saber, simplesmente porque eu nunca passei nenhuma dificuldade.

— Lavinia nunca passou por dificuldades — disse Ermengarde, indiferente — e é suficientemente horrível.

Sara esfregou a ponta do seu narizinho pensativa, enquanto ponderava aquela questão.

— Bom — disse, finalmente — talvez... talvez seja porque Lavinia está crescendo. Essa conclusão era causada pela lembrança de ter ouvido a Srta. Amelia dizer que Lavinia estava crescendo tão rápido que ela acreditava estar afetando a saúde e o temperamento da garota.

Lavinia, na verdade, era malvada. Ela tinha um ciúme excessivo de Sara. Até a chegada da nova aluna, ela se sentia a líder da escola. Ela liderava porque era capaz de tornar-se extremamente desagradável se não a obedecessem. Ela tiranizava as crianças pequenas e assumia um ar imponente com aquelas que eram grandes o bastante para serem suas companheiras. Ela era muito bonita e sempre fora a aluna mais bem-vestida no cortejo das alunas do Internato Exclusivo, em fileiras de duas em duas, até que os casacos de veludo e os regalos de pele de arminho de Sara apareceram – combinados com penas de avestruz pendentes – e foram levados para a frente da fila pela Srta. Minchin. Isso, no começo, já havia sido duro o bastante, mas, com o passar do tempo, ficou claro que Sara também era uma líder, e não porque ela podia ser extremamente desagradável, mas porque ela nunca o era.

— Há uma coisa a respeito de Sara Crewe — Jessie enfurecera sua "melhor amiga" ao dizer com toda a sinceridade —, ela nunca se faz de "importante" nem um pouquinho, e você sabe que ela poderia fazê-lo, Lavvie. Acredito que eu não conseguiria evitar – apenas um pouquinho – se tivesse tantas coisas refinadas e fosse tão paparicada. É revoltante a forma como a Srta. Minchin a exibe quando alguns pais aparecem.

— "Minha querida Sara deve vir até a sala de visitas e falar com a Sra. Musgrave sobre a Índia" — caçoou Lavinia, em sua imitação mais maliciosa da Srta. Minchin. — "Minha querida Sara deve falar francês com a Sra. Pitkin. Seu sotaque é tão perfeito." De qualquer forma, ela não aprendeu francês no internato. E o fato de ela saber o idioma não demonstra nenhum brilhantismo. Ela mesma diz que nunca chegou a estudá-lo. Ela apenas o absorveu porque sempre ouvia seu papai falando em francês. E, quanto ao seu papai, não há nada tão importante assim em ser um oficial na Índia.

— Bom — disse Jessie, lentamente —, ele matou tigres. Ele matou o tigre cuja pele Sara tem no seu quarto. É por isso que ela gosta tanto dela. Ela se deita sobre ela e acaricia sua cabeça, e fala com ela como se fosse um gato comum.

— Ela está sempre fazendo alguma tolice — retrucou Lavinia, ríspida. — Minha mamãe disse que esse jeito dela de inventar coisas é uma tolice. Disse também que, por isso, ela vai se tornar uma adulta excêntrica.

Era realmente verdade que Sara nunca se fazia de "importante". Ela tinha um espírito amigável e compartilhava seus privilégios e pertences de bom grado. As crianças menores, que estavam acostumadas a serem desprezadas e obrigadas a sair da frente das pequenas damas de dez e doze anos, nunca eram levadas ao choro pela mais invejada de todas as alunas. Ela era uma jovem maternal e, quando alguém caía e ralava os joelhos, ela corria para ajudar e fazer um carinho, ou encontrava em seu bolso um bombom ou algum outro item reconfortante. Ela nunca as empurrava para fora do caminho ou usava a idade delas para humilhá-las, como se fosse uma mancha em suas personalidades.

— Se você tem quatro anos, você tem quatro anos — ela disse com severidade a Lavinia numa ocasião em que ela havia dado – é preciso falar a verdade – um tapa em Lottie, chamando-a de "pestinha" — mas terá cinco no ano que vem, e seis no ano seguinte. E — abrindo os olhos, cheia de confiança — bastam dezesseis anos para que você tenha vinte.

— Olhem só — disse Lavinia — como ela sabe fazer contas! Na verdade, não se podia negar que dezesseis mais quatro dava vinte – e vinte era uma idade com a qual nem a mais ousada delas tinha coragem de sonhar.

Por isso, as crianças mais novas adoravam Sara. Mais de uma vez comentaram que ela oferecera um chá da tarde em seu quarto especialmente para as garotas desprezadas. E elas puderam brincar com Emily e usar seu aparelho de chá – aquele com xícaras com desenhos de flores azuis em que cabia bastante chá, fraquinho e bem doce. Ninguém nunca tinha visto antes um aparelho de chá de bonecas tão real quanto aquele. Desde aquela tarde, Sara passou a ser considerada uma deusa e uma rainha por toda a turma de alfabetização.

Lottie Legh a venerava de tal maneira que, se Sara não fosse uma pessoa maternal, teria se cansado da garotinha. Lottie havia sido mandada para a escola por um jovem papai bastante volúvel, que não sabia exatamente o que fazer com ela. Sua jovem mãe morrera e, como a criança tinha sido tratada como uma boneca favorita ou um macaquinho de estimação muito mimado ou um cachorrinho de colo desde a primeira hora de sua vida, ela era uma criaturinha muito terrível. Quando queria alguma coisa, ou não queria alguma coisa, ela chorava e berrava, e, como ela sempre queria as coisas que não podia ter, e não queria as coisas que eram melhores para ela, podia-se sempre ouvir sua vozinha estridente aos berros em uma ou outra parte da casa.

Sua arma mais poderosa era que, de alguma forma misteriosa, ela descobrira que uma garotinha muito pequena que tivesse perdido sua mãe era alguém de quem todos teriam pena e por quem fariam qualquer coisa. Provavelmente, ela devia ter ouvido algum adulto falando a respeito dela nos seus primeiros dias de vida, depois da morte de sua mãe. Então, tornou-se um hábito fazer uso ilimitado desse conhecimento.

A primeira vez que Sara se ocupou dela foi em uma manhã quando, passando pela sala de visitas, ouviu tanto a Srta. Minchin quanto a Srta. Amelia tentando reprimir os berros raivosos de alguma criança que, evidentemente, recusava-se a ficar quieta. De fato, recusava-se com tanta força que a Srta. Minchin era obrigada a praticamente gritar – de uma forma imponente e severa – para se fazer ouvir.

— Por que é que ela está chorando? — ela quase berrou.

— Ah! Ah! Ah! — Sara ouviu. — Eu não tenho nenhuma ma-mãe!

— Ah, Lottie! — gritou a Srta. Amelia. — Pare com isso, minha querida! Não chore! Por favor!

— Ah! Ah! Ah! Ah! Ah! — Lottie berrou, extremamente agitada. — Não... tenho... nenhuma... ma... mãe!

— Ela devia levar umas palmadas — a Srta. Minchin declarou. — Você vai levar umas palmadas, sua criança levada!

Lottie berrou mais alto do que nunca. A Srta. Amelia começou a chorar. A voz da Srta. Minchin elevou-se até parecer com um trovão e então, subitamente, ela levantou-se da cadeira com um salto e, em um misto de indignação e impotência, retirou-se da sala, deixando a Srta. Amelia resolver a questão.

Sara havia parado no saguão, perguntando-se se deveria entrar na sala, porque ela havia, recentemente, se tornado amiga de Lottie e talvez pudesse acalmá-la. Quando a Srta. Minchin saiu da sala e a viu, parecia muito irritada. Percebeu então que sua voz, ouvida de dentro da sala, não poderia ter soado digna, nem tampouco amável.

— Ah, Sara! — exclamou, tentando produzir um sorriso apropriado.

— Parei — explicou-se Sara — porque sabia que era Lottie – e pensei que, talvez – apenas talvez, eu poderia fazê-la ficar quieta. Posso tentar, Srta. Minchin?

— Se você conseguir, você é uma criança inteligente — respondeu a Srta. Minchin, contraindo a boca bruscamente. Então, ao ver que Sara parecia um pouco amedrontada por sua aspereza, mudou seus modos. — Mas você é inteligente em tudo que faz — disse ela, com sua atitude lisonjeira. — Ouso dizer que conseguirá controlá-la. Entre. — E partiu.

Quando Sara entrou na sala, Lottie estava deitada no chão, gritando e dando agressivos pontapés com suas perninhas rechonchudas, e a Srta. Amelia estava curvada sobre ela, completamente consternada e desesperada, bastante vermelha e molhada de suor. Lottie descobrira, quando ainda estava no seu próprio quarto em casa, que chutar e gritar sempre seriam silenciados por qualquer meio em que ela insistisse. A pobre e gorducha Srta. Amelia estava tentando todos os métodos possíveis.

— Minha queridinha — ela disse a um dado momento —, eu sei que você não tem nenhuma mamãe, coitadinha... — Então — em um tom completamente diferente —, se você não parar agora, Lottie, vou sacudir você. Pobre anjinho! Calma...! Sua criança má, perversa e detestável, vou bater em você! Vou, sim!

Sara aproximou-se delas em silêncio. Ela não tinha a mínima ideia do que ia fazer, mas tinha uma leve convicção, no seu íntimo, de que seria melhor não dizer coisas tão contraditórias, de uma forma tão desesperada e inquieta.

— Srta. Amelia — disse em voz baixa —, a Srta. Minchin disse que posso tentar fazê-la parar... Posso?

A Srta. Amelia virou-se e olhou para ela com um ar de desespero.
— Ah, você acha que consegue? — falou, ofegante.

— Não sei se eu consigo — respondeu Sara, ainda sussurrando —, mas vou tentar.

A Srta. Amelia levantou-se, cambaleando, e soltou um longo suspiro, e as perninhas rechonchudas de Lottie chutaram com mais intensidade do que nunca.

— Se a senhorita sair de fininho da sala — disse Sara —, eu ficarei com ela.

— Ah, Sara! — a Srta. Amelia estava quase choramingando. — Nunca tivemos uma criança tão terrível assim antes. Não acredito que possamos ficar com ela.

E ela esgueirou-se para fora da sala, extremamente aliviada por encontrar uma desculpa para sair.

Sara ficou por alguns instantes ao lado da furiosa criança berrando e olhou para ela sem dizer nada. Então sentou-se no chão perto dela e esperou. A não ser pelos gritos raivosos de Lottie, a sala estava em completo silêncio. Essa era uma situação totalmente nova para a pequena Srta. Legh, que estava acostumada, quando gritava, a ouvir as outras pessoas ora protestando, ora implorando, ora dando ordens ou tentando convencê-la. Deitar-se, chutar e gritar, e descobrir que a única pessoa perto dela não se importava nem um pouco, chamou sua atenção. Ela abriu seus olhos, até então bem fechados, para ver quem era aquela pessoa. E era apenas outra garotinha. Mas era a garotinha que tinha Emily e todas aquelas outras coisas interessantes. E ela a observava com firmeza, como se estivesse apenas refletindo. Como ela tinha parado de berrar por alguns segundos para descobrir tudo isso, Lottie pensou que deveria recomeçar mais uma vez, mas o silêncio da sala e o rosto curioso e interessado de Sara fizeram com que seu primeiro berro soasse meio desanimado.

— Eu... não tenho... nenhuma... ma... mãe! — ela anunciou, mas sua voz não tinha tanta força.

Sara olhou para ela com ainda mais firmeza, mas com uma espécie de compreensão no olhar.

— Eu também não — ela disse.

Isso era tão inesperado que soou impressionante. Na verdade, Lottie deixou suas pernas caírem, virou o corpo, ficou deitada e olhou fixamente para Sara. Uma nova ideia deterá uma criança quando mais nada o fizer. Também era verdade que, embora Lottie não gostasse da Srta. Minchin, que era brava, nem da Srta. Amelia, que era tolamente permissiva, ela gostava bastante de Sara, mesmo sem conhecê-la tão bem. Ela não queria abrir mão de seus protestos, mas seus pensamentos foram desviados, então ela virou o corpo mais uma vez e, depois de um suspiro emburrado, disse — Onde ela está?

Sara parou por um momento. Desde que lhe disseram que sua mamãe estava no céu, ela refletiu bastante sobre o assunto, e seus pensamentos não eram semelhantes aos das outras pessoas.

— Ela foi para o céu — ela disse. — Mas eu tenho certeza de que ela sai de lá de vez em quando para me ver... embora eu não possa vê-la. O mesmo acontece com a sua mamãe. Talvez ela esteja vendo nós duas agora. Talvez nossas duas mamães estejam nessa sala.

Lottie sentou-se muito reta e olhou ao redor. Ela era uma linda criaturinha com cabelos encaracolados e seus olhos redondos pareciam com miosótis umedecidos. Se sua mamãe a tivesse visto durante a última meia hora, ela não teria pensado que ela era o tipo de criança com qualquer relação com um anjo.

Sara continuou falando. Talvez algumas pessoas pudessem pensar que o que ela dizia era parecido com uma história de contos de fadas, mas tudo era tão verdadeiro na sua imaginação que Lottie começou a escutá-la, mesmo sem querer. Já tinham lhe dito que sua mamãe tinha asas e uma coroa, e tinham lhe mostrado retratos de damas com lindas camisolas brancas, que diziam ser anjos. Mas Sara parecia estar contando uma história verdadeira sobre um país encantador com pessoas de verdade.

— Há campos e mais campos de flores — ela disse, esquecendo-se de si mesma, como sempre fazia quando começava a contar, falando como se estivesse em um sonho —, campos e mais campos de lírios – e quando o vento leve sopra sobre eles, sua fragrância paira pelo ar – e todo mundo exala seu perfume, porque o vento leve está sempre soprando. E as criancinhas correm pelos campos de lírios e colhem punhados deles, e riem, fazendo pequenas guirlandas. E as ruas brilham. E as pessoas nunca ficam cansadas, mesmo que andem até bem longe. Elas podem flutuar para qualquer lugar que quiserem. E há muros feitos de pérolas e ouro em volta de toda a cidade, mas eles são baixos o suficiente para que todos possam se debruçar sobre eles e olhar para a terra aqui embaixo e sorrir, enviando bonitas mensagens.

Qualquer história que ela tivesse começado a contar teria feito, sem dúvida nenhuma, Lottie parar de chorar e ficar fascinada em ouvi-la. Mas não dava para negar que essa história era mais bonita que a maioria das outras. Ela se arrastou para mais perto de Sara e sorveu cada palavra até o fim – que chegou cedo demais. Quando a história acabou, ela sentiu tanto que fez um beicinho ameaçador.

— Quero ir para lá — gritou. — Não... Não tenho nenhuma mamãe aqui na escola.

Sara viu o sinal de perigo e saiu de seu sonho. Tomou a mãozinha rechonchuda e puxou-a para si com um risinho persuasivo.

— Serei sua mamãe — disse ela. — Vamos fazer de conta que você é minha garotinha. E Emily será sua irmã.

As covinhas de Lottie apareceram.

— Pode ser? — ela perguntou.

— Sim — respondeu Sara, pondo-se de pé com um salto. — Vamos lá contar para ela. E depois vou lavar seu rosto e pentear seus cabelos.

Ao ouvir isso, Lottie concordou muito animada e correu para fora da sala rumo ao andar de cima junto com ela, parecendo que nem sequer se lembrava de que toda a tragédia da última hora tinha sido causada pelo fato de ela ter se recusado que a lavassem e penteassem para o almoço e que a Srta. Minchin tinha sido chamada para usar de sua majestosa autoridade.

E, a partir daquele instante, Sara tornou-se uma mãe adotiva.

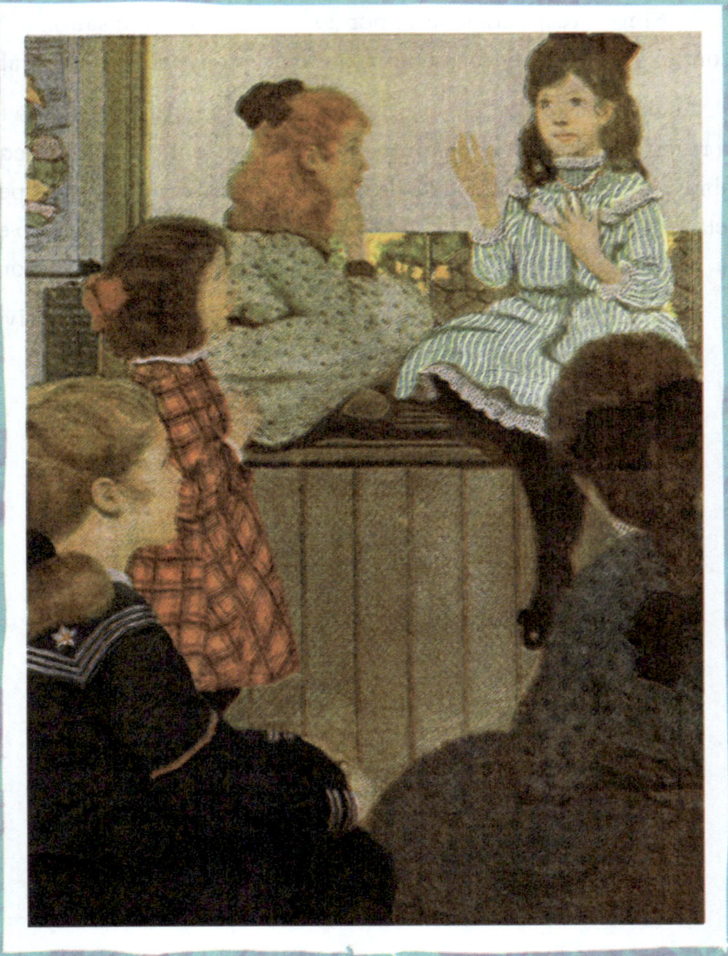

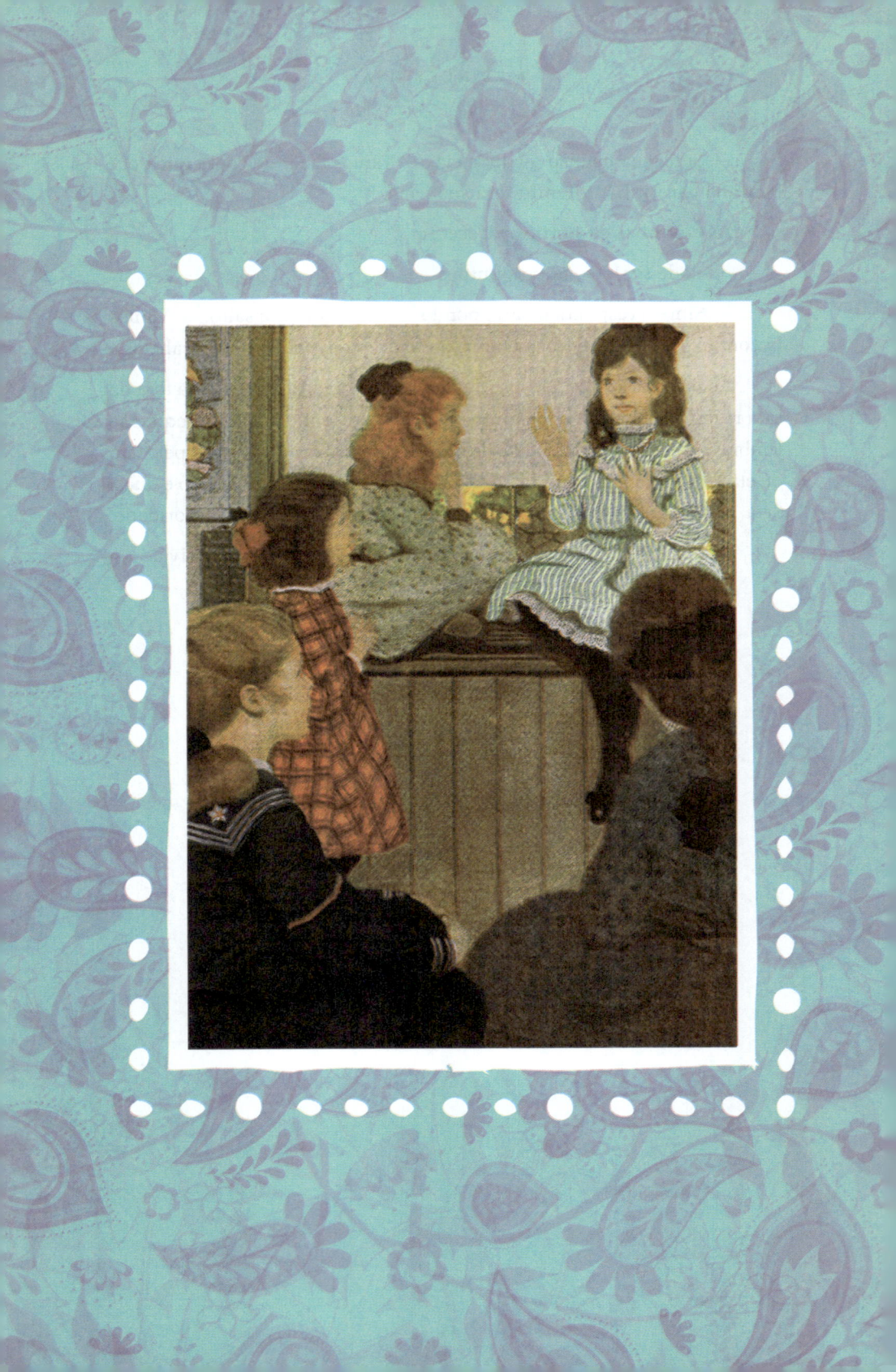

5

Becky

Claro que o maior poder que Sara possuía, e que lhe atraía ainda mais seguidoras que seus objetos de luxo e o fato de ela ser uma "aluna de exibição", o poder de que Lavinia e algumas outras garotas tinham mais inveja — e que, ao mesmo tempo, mesmo sem querer, as fascinava mais — era seu poder de contar histórias e tornar tudo que ela falava em uma história, fosse verdade ou não.

Qualquer um que tenha estudado em uma escola com um contador de histórias sabe o que essa maravilha significa — como ele ou ela é seguido por todo canto e como lhe imploram, sussurrando, para contar seus relatos; como grupos se reúnem ao redor dos favoritos dessa pessoa na esperança de poder juntar-se a eles e ouvir alguma coisa. Sara conseguia não apenas contar histórias, mas simplesmente adorava fazê-lo. Quando ela se sentava ou colocava-se no meio das pessoas e começava a inventar coisas maravilhosas, seus olhos verdes cresciam e brilhavam, suas faces enrubesciam e, sem se dar conta, começava a atuar e tornava seus contos encantadores ou assustadores conforme aumentava ou diminuía seu tom de voz, curvava ou balançava seu corpinho esguio, ou movimentava dramaticamente suas mãos. Ela esquecia-se de que falava com crianças atentas; via e vivia com os personagens dos seus contos, com os reis, rainhas e lindas damas cujas aventuras ela narrava. Às vezes, quando tinha acabado sua história, encontrava-se sem fôlego de tanta agitação e pousava a mão em seu magro, pequeno e arfante peito, rindo de si mesma.

— Quando estou contando algo — ela diria —, não parece ser uma história inventada. Parece mais real que vocês... Mais real até mesmo que a sala de aula. Sinto como se fosse cada personagem da história... Uma depois da outra. É estranho.

Ela já estava na escola da Srta. Minchin havia dois anos quando, em uma enevoada tarde de inverno, saindo de sua carruagem, envolta confortavelmente em seus veludos e peles mais quentinhos e parecendo mais imponente do que nunca, avistou, ao cruzar a calçada, uma figura pequena e encardida em pé sobre os degraus do porão, esticando o pescoço para que seus olhos arregalados pudessem vê-la através do gradil. Havia algo na ansiedade e na timidez daquele rosto sujo que chamou a atenção de Sara e ela, ao vê-lo, sorriu, simplesmente porque era seu hábito sorrir para as pessoas.

Mas a dona do rosto sujo e dos olhos arregalados estava evidentemente com medo, pois ela não poderia ser apanhada olhando para as alunas importantes. Ela saiu da vista como um brinquedinho de corda e correu de volta para a cozinha, desaparecendo tão de repente que, se ela não fosse uma pobre coisinha desamparada, Sara não teria conseguido deixar de rir. Naquela mesma noite, enquanto Sara sentava-se contando suas histórias no meio de um grupo de ouvintes a um canto da sala de aula, a mesma figura entrou timidamente no recinto, carregando um balde de carvão pesado demais para ela, e ajoelhou-se no tapete em frente à lareira para reabastecer o fogo e varrer as cinzas.

Ela estava mais limpa do que quando estivera espiando através do gradil, mas parecia igualmente assustada. Certamente tinha medo de olhar para as crianças ou parecer estar escutando. Ela acomodava os pedaços de carvão com os dedos tomando cuidado para não fazer nenhum barulho perturbador e limpava a grelha da lareira com delicadeza. Mas, em dois minutos, Sara conseguiu perceber que ela estava muito interessada no que acontecia e que trabalhava lentamente, na esperança de captar uma palavra aqui, outra ali. Ao perceber isso, Sara elevou a voz e começou a falar de forma mais clara.

— As Sereias nadavam calmamente nas cristalinas águas esverdeadas e arrastavam atrás de si uma rede de pesca tecida com pérolas do fundo do mar — disse ela. — A Princesa sentou-se na rocha branca e ficou observando-as.

Tratava-se de uma maravilhosa história sobre uma princesa que era amada por um Príncipe Tritão e tinha ido morar com ele em brilhantes cavernas submarinas.

A pequena serviçal, diante da grelha, varreu a lareira uma vez e, depois, mais uma. Depois de limpar duas vezes, limpou uma terceira e, enquanto limpava pela terceira vez, o ecoar da história a seduziu de tal forma que ela se deixou encantar e, de fato, esqueceu-se de que não tinha o direito de escutar nada e se esqueceu também de qualquer outra coisa. Sentou-se sobre os calcanhares depois de ter se ajoelhado sobre o tapete da lareira, segurando desatentamente a escova entre os dedos. A voz da contadora de histórias continuava e levou-a até tortuosas grutas submarinas, iluminadas por uma suave e nítida luz azul-clara e cobertas com límpidas areias douradas. Estranhas flores e relvas marítimas oscilavam à sua volta e, ao longe, uma música e um canto fracos ecoavam.

A escova da lareira caiu de sua mão calejada pelo trabalho e Lavinia Herbert olhou ao redor.

— Aquela garota está escutando — disse ela.

A acusada agarrou sua escova e pôs-se de pé apressadamente. Ela apanhou o balde de carvão e simplesmente escapuliu da sala como um coelhinho assustado.

Sara ficou bastante enfurecida.

— Eu sabia que ela estava escutando — disse. — Por que ela não poderia escutar?

Lavinia levantou a cabeça com muita elegância.

— Bom — observou ela —, não sei se sua mamãe gostaria que você contasse histórias para os serviçais, mas eu sei que a minha mamãe não gostaria que *eu* fizesse isso.

— Minha mamãe! — disse Sara, de uma forma estranha. — Não acredito que ela fosse se importar nem um pouco. Ela sabe que as histórias pertencem a todo mundo.

— Eu pensei — retrucou Lavinia, lembrando-se com seriedade — que sua mamãe estivesse morta. Como ela pode saber das coisas?

— Você acha que ela *não sabe* das coisas? — disse Sara, com sua vozinha austera. Às vezes, ela tinha uma vozinha bastante austera.

— A mamãe da Sara sabe de tudo — berrou Lottie. — Assim como a minha mamãe – mas na escola da Srta. Minchin, minha mamãe é a Sara – minha outra mamãe sabe de tudo. As ruas brilham e há campos e mais campos de lírios e todos colhem os lírios. Sara me conta quando me coloca na cama.

— Sua malvada — disse Lavinia, virando-se para Sara —, inventando contos de fadas sobre o céu.

— Há muitas outras histórias extraordinárias no livro do Apocalipse — respondeu Sara. — Basta dar uma olhada! Como você sabe que as minhas histórias são contos de fadas? Mas posso lhe garantir — falou, com uma ponta de temperamento nada celestial — que você nunca vai descobrir se são verdadeiras ou não se não for mais gentil com as pessoas do que é agora. Venha comigo, Lottie. E marchou para fora da sala, com a esperança de poder ver mais uma vez a pequena serviçal em algum lugar, mas não encontrou nenhum traço dela quando chegou ao saguão.

— Quem é aquela garotinha que acende o fogo? — ela perguntou a Mariette naquela noite.

Mariette irrompeu em uma torrente de descrições.

Ah, de fato, *Mademoiselle* Sara fazia muito bem em perguntar. Ela era uma coisinha miserável que acabara de tomar o lugar da copeira – embora ela fizesse tudo menos o trabalho de copeira. Ela engraxava botas e grelhas, carregava pesados baldes de carvão para cima e para baixo, esfregava os pisos e limpava as janelas, e todo mundo mandava nela. Tinha catorze anos de idade, mas era tão franzina e pequena que parecia, de fato, ter apenas doze. Na verdade, Mariette tinha pena dela. Ela era tão tímida que, se alguém se arriscava a falar com ela, seus pobres olhos assustados pareciam pular para fora das órbitas.

— Qual é o nome dela? — perguntou Sara, que se sentara à mesa, com o queixo apoiado nas mãos, escutando compenetrada a narrativa.

Seu nome era Becky. Mariette ouvia todo mundo no andar de baixo chamando-a "Becky, faça isso" e "Becky, faça aquilo" a cada cinco minutos, durante todo o dia.

Sara sentou-se e olhou para o fogo, refletindo sobre Becky por algum tempo depois que Mariette saiu. Ela inventou uma história, na qual Becky era a heroína maltratada. Ela acreditava que Becky nunca tivera o suficiente para comer. Até mesmo seus olhos pareciam ter fome. Sara queria poder vê-la novamente, mas, apesar de tê-la avistado vez ou outra carregando coisas para cima e para baixo, ela sempre parecia ter tanta pressa e tanto medo de ser vista que era impossível falar com ela.

Mas, poucas semanas depois, em outra tarde enevoada, ao entrar em sua sala de visitas, ela encontrou-se diante de uma cena bastante tocante. Em sua poltrona favorita, em frente ao fogo cintilante, Becky – com uma mancha de carvão no nariz e várias outras no avental, com sua pobre touquinha saindo para fora da cabeça e um balde de carvão vazio no chão ao lado dela – adormecera profundamente, esgotada para além das forças de seu jovem corpo trabalhador. Ela havia sido mandada para o andar de cima para colocar os quartos em ordem para a noite. Havia inúmeros deles e ela tinha corrido o dia todo. Ela guardara os aposentos de Sara para o final. Eles não eram como os outros quartos, que não tinham mobília, nem nenhuma graça. Esperava-se que as alunas comuns ficassem satisfeitas com o mínimo necessário. A confortável sala de estar de Sara parecia uma câmara de luxo para a copeira, apesar de ser apenas, na verdade, uma pequena sala bonita e bem iluminada. Mas nela havia quadros e livros, curiosos objetos da Índia; havia um sofá e a cadeira baixa e macia; Emily sentava-se em uma cadeira só dela, com uma aparência de deusa entronada; e havia sempre um fogo cintilante e uma grelha polida. Becky guardava aquela sala para o fim do seu trabalho vespertino porque entrar ali a fazia repousar, e ela sempre esperava conseguir uns poucos minutos para sentar na poltrona macia e olhar ao redor, pensando na incrível boa sorte da criança que tinha aposentos como aqueles e que saía nos dias frios vestindo lindos casacos e chapéus, a ponto de alguém tentar espiar através das grades da escadaria que levava ao porão.

Nessa tarde, quando ela se sentou, a sensação de alívio para suas perninhas doloridas tinha sido tão extraordinária e deliciosa que pareceu repousar todo o seu corpo, e a irradiação de calor e conforto vinda da lareira tomou conta dela como um feitiço até que, ao olhar para as brasas avermelhadas, um sorriso vagaroso e cansado apoderou-se de seu rosto manchado, sua cabeça oscilou para a frente sem que ela percebesse, seus olhos pesaram e ela caiu no sono. Fazia apenas dez minutos que ela estava na sala quando Sara entrou, mas seu sono era tão profundo como se, tal qual a Bela Adormecida, estivesse dormindo havia cem anos. Mas ela não se parecia – pobre Becky! – nem um pouco com a Bela Adormecida. Ela parecia apenas uma serviçal feia, mirrada e completamente exausta.

Sara parecia-se tão pouco com ela que poderia ser uma criatura de outro mundo.

Naquela tarde em especial, ela tinha tido sua aula de dança, e as tardes em que a professora de dança aparecia eram sempre uma grandiosa ocasião no internato, mesmo que isso acontecesse toda semana. As alunas vestiam suas roupas mais bonitas e, como Sara dançava particularmente bem, ela era sempre levada para a frente da sala e pediam a Mariette para deixá-la tão delicada e graciosa quanto possível.

Nesse dia, colocaram-na em um vestido cor-de-rosa, e Mariette comprara algumas flores de verdade e fez com elas uma grinalda para que ela usasse em seus cachos pretos. Ela estava aprendendo uma nova e encantadora dança em que deslizava e flutuava pela sala como uma grande borboleta cor-de-rosa, e toda aquela diversão e exercício fez seu rosto brilhar de alegria.

Quando ela entrou na sua sala, flutuou com alguns passos de borboleta – e ali estava Becky, cochilando com a touca caindo de sua cabeça.

— Ah! — exclamou Sara suavemente, ao vê-la. — Coitadinha!

Nem passou pela sua cabeça ficar zangada por ter encontrado sua cadeira favorita ocupada por aquela figurinha encardida. Para falar a verdade, ela ficou bastante feliz ao encontrá-la ali. Quando a heroína maltratada de sua história acordasse, poderia conversar com ela. Sara aproximou-se em silêncio e ficou olhando para ela. Becky roncou um pouquinho.

— Queria que ela acordasse por conta própria — Sara disse. — Não gostaria de ter que acordá-la. Mas a Srta. Minchin ficaria zangada se a descobrisse aqui. Vou esperar alguns minutos.

Ela sentou-se na beirada da mesa e ficou balançando suas esguias pernas cor-de-rosa, imaginando qual seria a melhor coisa a fazer. A Srta. Amelia podia chegar a qualquer instante e, se isso acontecesse, com certeza Becky levaria uma bronca.

— Mas ela está tão cansada — pensou ela. — Ela está tão cansada!

Uma brasa em chamas interrompeu suas dúvidas naquele mesmo instante. Ela desprendeu-se de um pedaço maior e caiu na grelha da lareira. Becky assustou-se e abriu os olhos, soltando um suspiro apavorado. Ela não tinha se dado conta de que tinha adormecido. Ela apenas havia sentado por um instante e sentido o lindo brilho... E ali estava ela, encarando assustada a maravilhosa aluna, que havia se acomodado bem perto dela como uma fada cor-de-rosa com olhos curiosos.

Levantou-se de um salto e agarrou sua touca. Sentiu-a pendurada em uma de suas orelhas e tentava com muito esforço endireitá-la. Ah, agora tinha se metido em apuros! Cochilar de uma forma tão sem-vergonha na cadeira de uma daminha como aquela! Ela seria enxotada dali sem receber nem um tostão.

Ela fez um som parecido com um imenso soluço ofegante.

— Ah, senhorita! Ah, senhorita! — ela gaguejou. — *Mi perdoa*, senhorita![11] Ah, de verdade, senhorita!

Sara saltou da mesa e aproximou-se dela.

— Não tenha medo — disse, como se estivesse falando com uma garota igualzinha a ela. — Isso não importa nem um pouco.

— Eu não fiz por querer, senhorita — protestou Becky. — Foi o fogo quentinho... e eu *tava* tão cansada. Não... não foi de *porpósito*!

Sara irrompeu em um riso amigável e pousou a mão no seu ombro.

— Você estava cansada — disse —, não pôde evitar. Você ainda nem acordou completamente.

Como a pobre Becky encarou-a! Na verdade, ela nunca tinha ouvido um som tão amigável e gentil na voz de ninguém. Ela estava acostumada

---

11. A autora, no original, pontua as falas de Becky com alguns erros de ortografia, justamente para marcar a diferença social entre as personagens. Procurou-se fazer o mesmo na tradução. (N. do T.)

a receber ordens e broncas e a levar tapas nas orelhas. E essa pessoa – em seu esplendor cor-de-rosa de uma tarde de dança — olhara para ela como se não fosse culpada de nada – como se ela tivesse o direito de ficar cansada – até mesmo de adormecer! O toque da pequena e suave mão em seu ombro era a coisa mais maravilhosa que ela já conhecera.

— Cê... Cê não *tá* brava, senhorita? — ela falou, ofegante. — Cê não vai *contá pras* senhoritas?

— Não — exclamou Sara. — Claro que não.

O terror angustiado no rosto manchado pelo carvão fez com que Sara se sentisse tão entristecida que ela mal conseguia suportar tal sentimento. Um de seus estranhos pensamentos precipitou-se em sua mente. Ela colocou a mão no rosto de Becky.

— Ora — ela disse —, nós somos iguais... Sou apenas uma garotinha como você. É apenas um acidente eu não ser você, e você não ser eu!

Becky não entendeu absolutamente nada. Sua mente não conseguia compreender ideias tão inacreditáveis, e "um acidente" significava uma calamidade na qual alguém era atropelado ou caía de uma escada, tendo que ser levado para "*o hospitar*".

— Um acidente, senhorita? — ela perguntou respeitosamente, mas agitada. — É isso mesmo?

— Sim — Sara respondeu, olhando por um momento para ela como se estivesse em um sonho. Mas, no instante seguinte, falou-lhe com um tom diferente. Ela percebeu que Becky não entendia o que ela queria dizer.

— Você terminou seu trabalho? — perguntou. — Teria a coragem de ficar por mais alguns minutos?

Becky ficou ofegante mais uma vez.

— Aqui, senhorita? Eu?

Sara correu até a porta, abriu-a e olhou para fora, escutando.

— Não há ninguém por perto — ela explicou. — Se você já acabou de arrumar os quartos, talvez possa ficar mais um pouquinho. Pensei que – talvez – você quisesse um pedaço de bolo.

Nos próximos dez minutos, Becky parecia estar em um tipo de delírio. Sara abriu um armário e ofereceu-lhe uma fatia bem grande de bolo. Ela parecia se alegrar ao ver Becky devorá-lo em ávidas mordidas. Sara falou e fez perguntas, e riu até que os receios de Becky se acalmassem de verdade e que ela conseguisse reunir forças para fazer, ela mesma, uma ou duas perguntas, por mais que achasse tudo aquilo muito ousado.

— Esse é... — ela arriscou dizer, olhando longamente para o vestido cor-de-rosa. E perguntou, quase sussurrando. — Esse é o seu melhor?

— É um dos meus vestidos de dança — respondeu Sara. — Eu gosto dele, você não gosta?

Por alguns segundos, Becky praticamente não sabia o que dizer de tão admirada. Então falou, com uma voz tímida:

— Vi uma princesa uma vez. Eu *tava* parada na rua com um monte de gente do lado de fora do *Covin' Garden*[12], vendo os *bacana entrar* na ópera. E tinha uma que todo mundo encarava mais que os outros. Eles *dizia* uns pros outros: "Aquela é a princesa". Era uma jovem senhorita crescida, mas ela vestia *tudo* cor-de-rosa... Vestido e capa, com as *flor* e tudo. Eu me lembrei dela no minuto que vi *ocê*, sentadinha ali na mesa. A senhorita é parecida com ela.

— Sempre pensei — disse Sara, com sua voz reflexiva — que gostaria de ser uma princesa. Imagino como deve ser. Acho que vou começar a fingir que sou uma.

Becky encarou-a admirada e, assim como antes, não entendeu nada do que ela disse. Ficou observando-a com uma espécie de adoração. Logo depois, Sara abandonou suas reflexões e virou-se para ela com uma nova pergunta.

— Becky — disse —, você não estava escutando aquela história?

— Sim, senhorita — confessou Becky, mais uma vez um pouco assustada. — Eu sabia que não tinha *ordi*, mas ela era tão bonita que eu... eu não consegui *pará* de ouvir.

— Eu gostei que você tenha escutado — disse Sara. — Para quem

---

12. Covent Garden, local onde fica a Ópera Real de Londres (*Royal Opera House*), à qual a personagem se refere logo depois. (N. do T.)

conta histórias, não há nada melhor que contá-las para pessoas que as querem ouvir. Eu não sei o porquê. Você gostaria de ouvir o resto?

Becky ficou ofegante novamente.

— Eu, ouvir? — ela exclamou. — Como se eu fosse uma aluna, senhorita? Tudo sobre o Príncipe – e os pequenos bebês *sereios* nadando *pra* todo lado rindo – com estrelas no cabelo?

Sara assentiu com a cabeça.

— Você não tem tempo para ouvi-la agora, receio — disse ela —, mas, se você me disser a que horas vem para arrumar meus aposentos, vou tentar estar aqui e contar-lhe um pouquinho a cada dia até terminar a história. É uma história encantadora e longa... E estou sempre acrescentando partes novas.

— Então — Becky suspirou com entusiasmo — eu não ia me importar com o peso do balde de carvão... ou com o que a cozinheira faz comigo, se... se eu tiver isso *pra* pensar.

— Você terá — disse Sara. — Vou contar *tudo* para você.

Quando Becky desceu a escada, não era a mesma Becky que cambaleara escada acima, carregada com o peso do balde de carvão. Ela levava um pedaço extra de bolo no seu bolso e tinha sido alimentada e aquecida, mas não só com bolo e fogo. Algo mais a tinha aquecido e alimentado, e esse algo mais era Sara.

Quando ela saiu, Sara sentou-se no seu cantinho favorito, na ponta da mesa. Seus pés estavam apoiados em uma cadeira, os cotovelos nos joelhos e o queixo em suas mãos.

— Se eu *fosse* uma princesa – uma princesa *de verdade* — murmurou — eu poderia espalhar minha generosidade a todo o povo. Mas mesmo sendo apenas uma princesa de mentirinha eu ainda posso inventar pequenas coisas para fazer para as pessoas. Coisas como essa. Becky ficou tão feliz como se eu lhe tivesse dado um presente. Vou fazer de conta que fazer coisas de que as pessoas gostam é como espalhar a generosidade. Eu espalhei minha generosidade.

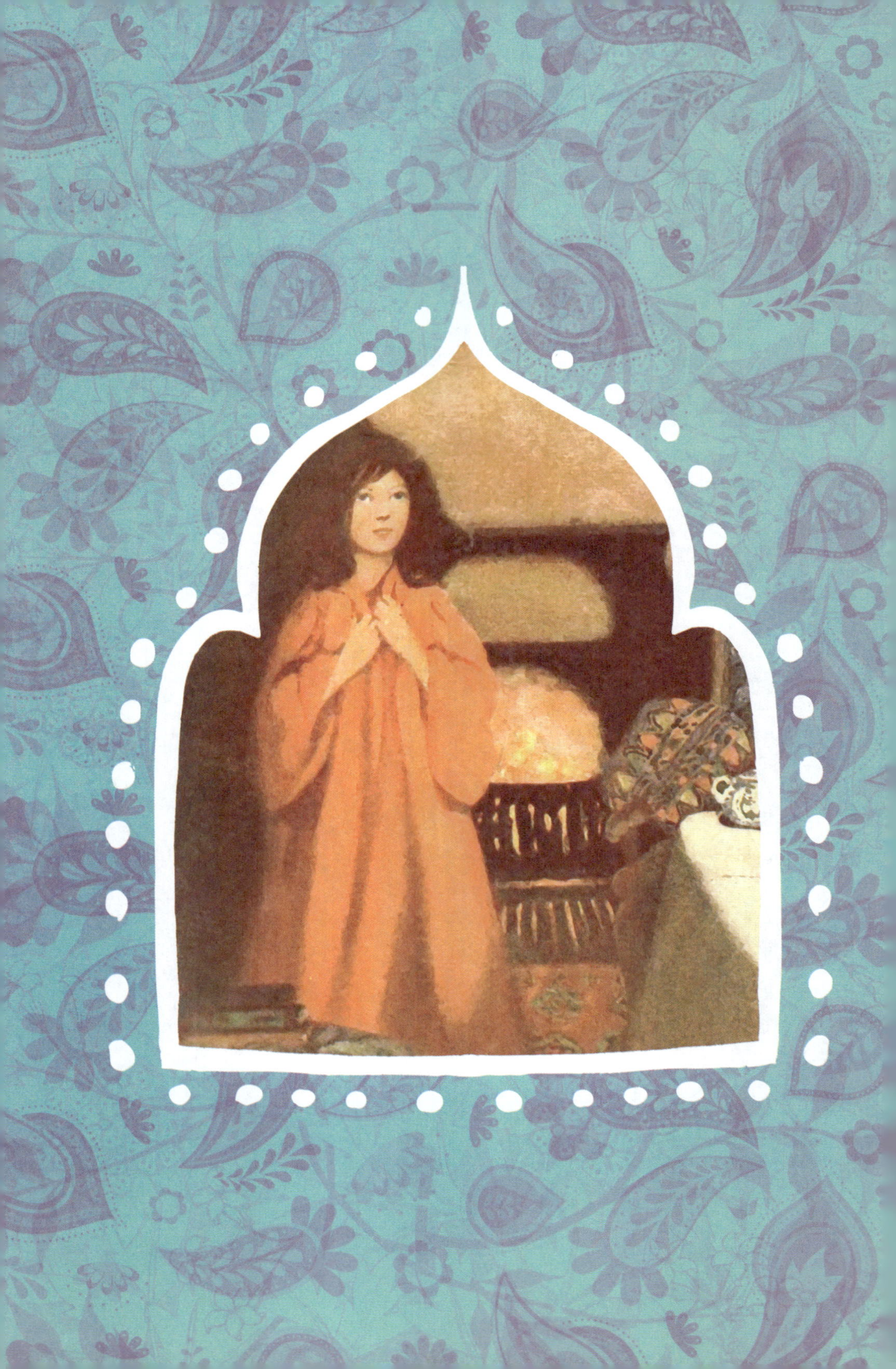

As Minas de Diamantes

Não muito tempo depois disso, uma coisa muito emocionante aconteceu. Não apenas Sara, mas toda a escola achou o acontecimento emocionante, e ele se tornou o assunto mais importante das conversas por semanas depois de ter ocorrido. Em uma de suas cartas, o Capitão Crewe contou uma história extremamente interessante. Um amigo que tinha estado com ele na escola quando era pequeno foi visitá-lo na Índia, inesperadamente. Ele era o proprietário de um imenso pedaço de terra onde diamantes tinham sido descobertos e ele estava empenhado em fazer com que as minas progredissem. Se tudo corresse como esperado, ele possuiria tanta riqueza que qualquer um ficaria atordoado só de pensar nela; e, por ele gostar tanto do seu amigo de escola, deu-lhe a oportunidade de tornar-se seu sócio na empreitada para dividirem a enorme fortuna. Isso, pelo menos, era o que Sara conseguira entender de suas cartas. Era verdade que qualquer outra empreitada, por mais magnífica que fosse, teria sido pouco atraente para ela ou para sua classe, mas "minas de diamantes" soavam como histórias das *Mil e Uma Noites* e, por isso, ninguém conseguiu ficar indiferente. Sara achou tudo muito mágico e descreveu imagens, para

Ermengarde e Lottie, de corredores labirínticos nas profundezas da terra com tetos, chão e paredes cravejados de pedras brilhantes e homens escurecidos removendo-as com picaretas pesadas. Ermengarde ficou encantada com essa história e Lottie insistia que ela a contasse novamente todas as noites. Lavinia mostrou-se bastante rancorosa a respeito e disse a Jessie que não acreditava que coisas como minas de diamantes existissem.

— Minha mamãe tem um anel de diamantes que custou quarenta libras — disse ela. — E nem é um diamante grande. Se minas de diamantes fossem de verdade, as pessoas seriam tão ricas que seria ridículo.

— Talvez Sara fique tão rica que ela será ridícula — riu Jessie.

— Ela é ridícula sem ser rica — Lavinia resmungou.

— Acho que você a odeia — disse Jessie.

— Não, não odeio — retrucou Lavinia. — Mas não acredito em minas cheias de diamantes.

— Bom, as pessoas têm que tirá-los de algum lugar — disse Jessie. — Lavinia — falou, rindo novamente —, você sabe o que Gertrude anda dizendo?

— Não sei, não quero saber, e não me importo se for outra coisa a respeito da eterna Sara.

— Bom, mas é. Um dos seus "faz de conta" é ser uma princesa. Ela brinca disso o tempo todo... Até mesmo na escola. Ela disse que lhe ajuda a aprender melhor suas lições. Ela quer que a Ermengarde seja uma princesa também, mas Ermengarde disse que é gorda demais.

— Ela *é* gorda demais — disse Lavinia. — E Sara é magra demais.

Naturalmente, Jessie deu outra risadinha.

— Ela disse que ser princesa não tem nada a ver com a forma como você se parece ou com o que você tem. Tem a ver só com o que você *pensa* e o que você *faz*.

— Suponho que ela pense que poderia ser uma princesa mesmo que fosse um mendiga — disse Lavinia. — Vamos começar a chamá-la de Sua Alteza Real.

As aulas do dia acabaram e as alunas estavam sentadas diante da lareira da sala de aula, desfrutando da hora do dia de que mais gostavam.

Era a hora em que a Srta. Minchin e a Srta. Amelia tomavam seu chá sozinhas na sala de estar. Nessa hora, conversava-se muito e vários segredos eram trocados, especialmente se as alunas mais novas se comportavam bem e não ficavam brigando ou correndo fazendo muito barulho, o que, devemos confessar, quase sempre faziam. Quando elas faziam muita bagunça, as garotas mais velhas sempre interferiam, dando broncas e chacoalhando-as. Era esperado que elas mantivessem a ordem e corria-se o risco, caso elas não o fizessem, de que a Srta. Minchin ou a Srta. Amelia aparecessem e acabassem com a festa. No momento em que Lavinia falava, a porta abriu e Sara entrou com Lottie, que estava habituada a trotar atrás dela para todo canto, como um cachorrinho.

— Lá está ela, com aquela criança horrível! — exclamou Lavinia, sussurrando. — Se ela gosta tanto da menina, por que não a mantém em seu próprio quarto? Ela vai começar a berrar alguma coisa em cinco minutos.

O que aconteceu foi que Lottie foi tomada por um súbito desejo de brincar na sala de aula e pediu para sua mãe adotiva acompanhá-la. Ela juntou-se a um grupo de garotinhas que brincavam em um canto. Sara aconchegou-se no assento da janela, abriu um livro e começou a ler. Era um livro sobre a Revolução Francesa e, logo depois, ela se perdeu em uma cena angustiante de prisioneiros na Bastilha – homens que passaram tantos anos em masmorras que, quando foram arrastados para fora por aqueles que os resgataram, seus longos cabelos e barbas grisalhos quase encobriam seus rostos e eles tinham esquecido completamente que havia um mundo lá fora, parecendo seres de um sonho.

Ela estava tão longe da sala de aula que não foi nada agradável ser arrastada de volta subitamente por um berro de Lottie. Ela nunca encontrara nada mais difícil de fazer do que manter a calma ao ser perturbada abruptamente quando estava concentrada em um livro. As pessoas que gostam muito de livros conhecem a sensação de indignação que toma conta delas quando isso acontece. A tentação para ser irracional e ríspido não é tão fácil de controlar.

— Sinto-me como se alguém tivesse batido em mim — Sara contou para Ermengarde uma vez, em segredo. — E é como se eu quisesse bater de volta. Tenho que me lembrar das coisas rapidamente para não dizer algo ofensivo.

Ela teve que se lembrar das coisas rapidamente quando pousou seu livro no assento da janela e levantou-se de um salto de seu cantinho confortável.

Lottie estava deslizando pelo piso da sala de aula e, depois de ter irritado Lavinia e Jessie por fazer barulho, acabou caindo e machucando seu joelho rechonchudo. Ela gritava e perambulava de um lado para o outro no meio de um grupo de amigas e inimigas, que ora a acalmavam, ora a repreendiam.

— Pare com isso agora, sua chorona! Pare agora! — Lavinia ordenava.

— Não sou uma chorona... Não sou! — gemia Lottie. — Sara, Sa-ra!

— Se ela não parar, a Srta. Minchin vai ouvi-la — gritou Jessie. — Lottie querida, vou lhe dar uma moedinha!

— Não quero sua moedinha — soluçou Lottie. Ela olhou para o joelho rechonchudo e, vendo uma gota de sangue, explodiu em lágrimas mais uma vez.

Sara atravessou correndo a sala e, ajoelhando-se, abraçou-a.

— Olha, Lottie — disse ela. — Olha só, Lottie, você *prometeu* para a Sara.

— Ela disse que eu sou uma chorona — choramingou Lottie.

Sara fez-lhe um carinho, mas falou com a voz firme que Lottie conhecia.

— Mas, se você chorar, será uma chorona, minha querida. Você *prometeu*. — Lottie lembrou-se de que tinha prometido, mas ela preferiu levantar a voz.

— Não tenho nenhuma mamãe — proclamou. — Não tenho... nenhuma... mamãe.

— Sim, você tem — disse Sara, animada. — Já se esqueceu? Você não sabe que a Sara é a sua mamãe? Você não quer que a Sara seja sua mamãe?

Lottie aninhou-se nela, suspirando consolada.

— Venha se sentar no assento da janela comigo — Sara continuou — e eu vou lhe contar uma história bem baixinho.

— Verdade? — choramingou Lottie. — Você vai... me contar... sobre as minas de diamantes?

— As minas de diamantes? — interrompeu Lavinia. — Coisinha mimada e chata. Eu queria dar-lhe umas belas *palmadas*.

Sara pôs-se subitamente de pé. É preciso lembrar que ela estivera profundamente concentrada no livro sobre a Bastilha e tinha tido que recordar várias coisas muito rápido quando percebeu que era hora de tomar conta de sua filha adotiva. Ela não era um anjo e nem sequer gostava de Lavinia.

— Bom — disse ela, fervorosamente — Eu gostaria de dar umas palmadas *em você*... mas não quero fazê-lo! — e conteve-se. — Quero dizer, eu quero lhe dar umas palmadas... e gostaria de lhe dar umas palmadas... mas não vou fazê-lo. Não somos crianças da sarjeta. Somos maduras o bastante para não agirmos assim.

Chegara a oportunidade de Lavinia.

— Ah, sim, Sua Alteza Real — disse ela. — Somos princesas, penso eu. Pelo menos uma de nós é. Nossa escola deve estar uma elegância só agora que a Srta. Minchin tem uma princesa como aluna.

Sara foi na direção dela. Parecia que ia acertar suas orelhas. Talvez fosse. Seu truque de fazer de conta várias coisas era a alegria da sua vida. Ela nunca falava a esse respeito com garotas de quem não gostava. Ela apreciava muito seu novo "faz de conta" sobre ser uma princesa, e era um assunto que a deixava acanhada e sensível. Ela queria mantê-lo em segredo, e ali estava Lavinia, ridicularizando-o diante de quase toda a escola. Ela sentiu o sangue subir-lhe ao rosto e formigar suas orelhas. Ela se conteve com muito custo. Se você é uma princesa, você não é tomada pela raiva. Ela baixou as mãos e ficou absolutamente quieta por um instante. Quando falou, foi com uma voz calma e firme. Ela ergueu a cabeça e todas as garotas a escutaram.

— É verdade — disse. — Às vezes eu faço de conta que sou uma princesa. Finjo ser uma princesa para tentar comportar-me como uma.

Lavinia não conseguiu pensar na coisa certa a dizer. Por diversas vezes, ela havia descoberto que não conseguia pensar em uma resposta satisfatória ao lidar com Sara. A razão para isso era que, de uma forma ou de outra, o resto das garotas parecia sempre estar ligeiramente de acordo com sua adversária. Agora, ela percebia que todas estavam de orelhas em pé, completamente interessadas. A verdade era que elas gostavam de princesas e esperavam ouvir algo mais concreto sobre esta em especial, aproximando-se de Sara para tanto.

Lavinia não conseguiu inventar uma resposta e acabou errando em sua escolha.

— Minha nossa — disse ela —, espero que, quando você subir ao trono, não se esqueça de nós!

— Não esquecerei — disse Sara, sem falar mais nenhuma palavra, mas ficando praticamente imóvel, encarando-a, enquanto a via puxar o braço de Jessie e virar-se para sair.

Depois desse incidente, as garotas que tinham ciúme de Sara costumavam chamá-la de "Princesa Sara" sempre que queriam ser especialmente insolentes, e aquelas que gostavam dela a chamavam assim entre si como uma amostra de afeição. Ninguém a chamava de "princesa", em vez de "Sara", mas suas fãs gostavam muito da originalidade e da imponência do título, e a Srta. Minchin, ao ouvi-lo, mencionou-o algumas vezes aos pais em visita, sentindo que insinuaria um ar de realeza ao internato.

Para Becky, tal título parecia a coisa mais apropriada no mundo. A amizade iniciada naquela tarde enevoada, quando ela acordara amedrontada de seu sono na confortável cadeira de Sara, continuou a amadurecer e se desenvolver, embora seja necessário admitir que tanto a Srta. Minchin quanto a Srta. Amelia sabiam muito pouco a esse respeito. Elas sabiam apenas que Sara era "gentil" com a copeira, mas não sabiam nada sobre certos momentos deliciosos arrebatados perigosamente quando, depois de ter arrumado os quartos do andar de cima com a rapidez de um raio, Becky chegava aos aposentos de Sara, colocando no chão o balde de carvão com um suspiro de alegria. Nesses momentos, as histórias eram contadas a prestações, e guloseimas eram tanto produzidas quando comidas ou colocadas rapidamente nos bolsos para serem servidas à noite, quando Becky subia para o seu sótão para dormir.

— *Mais* tenho que comer com muito cuidado, senhorita — disse ela certa vez —, porque se eu *deixá* migalhas os ratos *sai pra comê elas*.

— Ratos! — exclamou Sara, horrorizada. — Há *ratos* lá em cima?

— Vários deles, senhorita — Becky respondeu como se fosse algo óbvio. — O que mais tem nos sótãos é rato e camundongo. A gente se acostuma com eles andando pra tudo que é lado. Eu *tô* tão acostumada que nem ligo, desde que eles não *venha pra* cima do meu travesseiro.

— Argh! — disse Sara.

— Você se acostuma com qualquer coisa depois de um tempo — disse Becky. — A gente tem que se *acostumá*, senhorita, se a gente nasce copeira. Eu prefiro ratos do que baratas.

— Eu também preferiria — disse Sara. — Suponho que, com o tempo, dê para fazer amizade com um rato, mas acho que não é possível virar amiga de uma barata.

Às vezes, Becky não ousava ficar mais de cinco minutos no quarto luminoso e quentinho e, quando era assim, apenas umas poucas palavras eram trocadas e um pequeno brinde era colocado dentro do antiquado bolsinho que Becky carregava sob a saia do vestido, amarrado em sua cintura com uma tira de fita. A procura e a descoberta de guloseimas que podiam ser embrulhadas em pequenos pacotinhos adicionaram um novo interesse à vida de Sara. Quando ela saía a pé ou em sua carruagem, acostumou-se a olhar as vitrines das lojas com entusiasmo. A primeira vez que lhe ocorreu trazer para casa duas ou três tortinhas de carne, ela sentiu que havia se deparado com uma nova descoberta. Quando mostrou-as para Becky, os olhos da copeira chegaram a brilhar.

— Ah, senhorita! — ela murmurou. — Elas vão ser *gostosa* e vão encher minha barriguinha. Ficar *sastisfeita* é a melhor coisa do mundo. Pão-de-ló é uma coisa divina, mas derrete como... se é que *cê* me entende, senhorita. Essas tortas vão *ficá* no meu estômago.

— Bom — hesitou Sara. — Não sei se seria bom que elas ficassem para sempre, mas eu acredito de verdade que elas vão saciar você.

As tortas realmente saciaram seu apetite – assim como os sanduíches de carne, comprados em uma rotisseria, e os bolinhos e a mortadela. Com o tempo, Becky começou a perder a sensação de fome e cansaço, e o balde de carvão não parecia não insuportavelmente pesado.

Por mais pesado que fosse, e por pior que estivesse o humor da cozinheira, ou a dificuldade do trabalho acumulado sobre seus ombros, ela sempre tinha a chance de ansiar pela tarde – a chance de que a Srta.

Sara pudesse estar em seus aposentos. Na verdade, apenas ver a Srta. Sara seria o suficiente, mesmo sem as tortas de carne. Mesmo que houvesse tempo apenas para poucas palavras, elas seriam sempre palavras amigáveis e felizes que animariam qualquer um; e, caso houvesse mais tempo, então haveria mais uma parte de alguma história a ser contada, ou alguma outra coisa para se lembrar mais tarde e, às vezes, ficar deitada na cama do sótão acordada, refletindo. Sara – que apenas fazia o que ela, inconscientemente, gostava mais do que qualquer outra coisa, já que a Natureza lhe havia feito tão generosa – não tinha a mínima ideia do que ela representava para a pobre Becky, e como ela lhe parecia uma benfeitora tão maravilhosa. Se a Natureza faz de você uma pessoa generosa, suas mãos nascem abertas, assim como seu coração; e, apesar de suas mãos, às vezes, estarem vazias, seu coração sempre estará cheio, e você poderá oferecer coisas vindas do coração – coisas afetuosas, coisas gentis, coisas ternas – ajuda, conforto e riso – e, de vez em quando, um riso alegre e gentil é a melhor ajuda que existe.

Becky praticamente não soubera o que era riso durante toda a sua pobre e dura vidinha. Sara a fazia rir, e ria com ela, e, apesar de nenhuma delas saber disso, o riso era tão *sastisfatório* quanto as tortinhas de carne.

Poucas semanas antes do aniversário de onze anos de Sara, chegou uma carta de seu pai, mas não parecia ter sido escrita com o mesmo bom humor pueril de sempre. Ele não estava bem e, evidentemente, estava sobrecarregado pelos negócios decorrentes das minas de diamantes.

— Você entende, minha pequena Sara — seu papai não é em absoluto um homem de negócios, e números e documentos o aborrecem. Na verdade, ele não consegue compreendê-los e tudo isso parece tão colossal. Talvez, se eu não estivesse febril, não estaria acordado, me revirando na cama durante metade da noite, e gastando a outra metade com sonhos perturbadores. Se a minha pequena senhorita estivesse aqui, ouso dizer que ela me daria algum conselho bom e solene. Você daria, não daria, minha Pequena Senhorita?

Uma de suas muitas piadas era chamá-la de sua "pequena senhorita", já que ela tinha um ar tão antiquado.

Ele havia feito preparativos deslumbrantes para seu aniversário. Entre outras coisas, uma nova boneca havia sido encomendada em Paris, e seu guarda-roupa seria, de fato, uma maravilha de extraordinária perfeição. Quando Sara respondeu à carta em que ele perguntava se a boneca seria um presente aceitável, ela foi bastante original.

— Estou ficando bastante velha — escreveu ela. — Entenda, não terei oportunidade de ganhar outra boneca. Esta será a última delas. Há algo solene a esse respeito. Se eu fosse capaz de escrever poesia, tenho certeza de que um poema sobre "A Última Boneca" seria muito bom. Mas não consigo escrever poesia. Eu tentei, e o resultado me fez rir. Não soou nada parecido com Watts, ou Coleridge, ou Shakespeare. Ninguém poderia tomar o lugar de Emily, mas eu devo respeitar muito a Última Boneca; e tenho certeza de que toda a escola irá adorá-la. Todas gostam de bonecas aqui, apesar de algumas das garotas mais crescidas – aquelas que têm quase quinze anos – fingirem ser gente grande.

O Capitão Crewe estava com uma dor de cabeça de rachar quando leu essa carta em seu bangalô na Índia. A mesa diante dele estava amontoada de documentos e cartas que o deixavam nervoso e enchiam-no de uma ansiedade terrível, mas ele riu como, havia semanas, não fazia.

— Ah — disse ele —, ela fica mais divertida a cada ano. Que Deus permita que esse negócio entre nos trilhos e me deixe livre para correr de volta para casa para vê-la. O que eu não daria para ter seus bracinhos em volta do meu pescoço nesse instante! O que eu *não daria*?

O aniversário deveria ser celebrado por grandes festividades. A sala de aula seria decorada e haveria uma festa. As caixas contendo os presentes seriam abertas com muita solenidade e haveria um deslumbrante banquete, servido na sala privada da Srta. Minchin. Quando o dia chegou, toda a casa estava em um turbilhão de agitação. Ninguém sabia dizer como a manhã passou, já que havia tantos preparativos a aprontar. A sala de aula estava sendo enfeitada por guirlandas de azevinho; as carteiras tinham sido afastadas e colocadas em volta da sala, contra a parede, cobertas por toalhas vermelhas.

Quando Sara entrou em sua sala de estar naquela manhã, ela encontrou um pacotinho atarracado, embrulhado com um pedaço de papel pardo. Ela sabia que se tratava de um presente e achava que poderia adivinhar de quem era. Abriu-o com muito carinho. Era uma almofada de alfinetes quadrada, feita com uma flanela vermelha não totalmente limpa, com alfinetes pretos espetados cuidadosamente, formando a frase "*Muintos* anos felizes".

— Ah! — exclamou Sara, com uma sensação afetuosa no coração. — Que trabalho ela teve! Gostei muito, tanto que fico até um pouco triste.

Mas, no instante seguinte, ela ficou confusa. No lado de baixo da almofada estava preso um cartão contendo, em letras bem nítidas, o nome "Srta. Amelia Minchin".

Sara virou-a para todos os lados.

— Srta. Amelia! — disse para si mesma. — Como *pode* ser?

E nesse exato momento ela ouviu a porta sendo aberta com muito cuidado e viu Becky espiando através dela.

Havia um sorriso carinhoso e feliz em seu rosto, e ela entrou devagarinho, ficando parada, esfregando os dedos ansiosamente.

— *Cê* gostou, Srta. Sara? — ela disse. — Gostou?

— Se eu gostei? — exclamou Sara. — Minha querida Becky, você fez tudo sozinha!

Becky soltou um suspiro nervoso e feliz, e seus olhos pareciam úmidos de alegria.

— *Num* é nada, só uma flanelinha, e nem é nova. Mas eu queria dar alguma coisa pra senhorita e fiz isso de noite. Eu sabia que *cê* podia fazer de conta que era cetim com alfinetes de diamantes. Eu mesma tentei quando *tava fazeno*. O cartão, senhorita — disse ela, cheia de dúvidas —, *num* foi erro meu pegar ele do cesto de papéis, foi? A Srta. Amelia tinha jogado fora. Eu *num* tinha um cartão meu e sabia que não seria um presente *apropiado* se eu *num* pusesse um cartão – então coloquei o da Srta. Amelia.

Sara avançou na sua direção e abraçou-a. Ela não conseguiria explicar, nem pra si mesma, nem para qualquer outra pessoa, porque ela tinha um nó na garganta.

— Ah, Becky! — ela exclamou, com uma risadinha curiosa. — Eu amo você, Becky – amo, sim!

— Ah, senhorita! — suspirou Becky. — Muito obrigado, senhorita. Não é pra tanto. A... a flanelinha nem era nova.

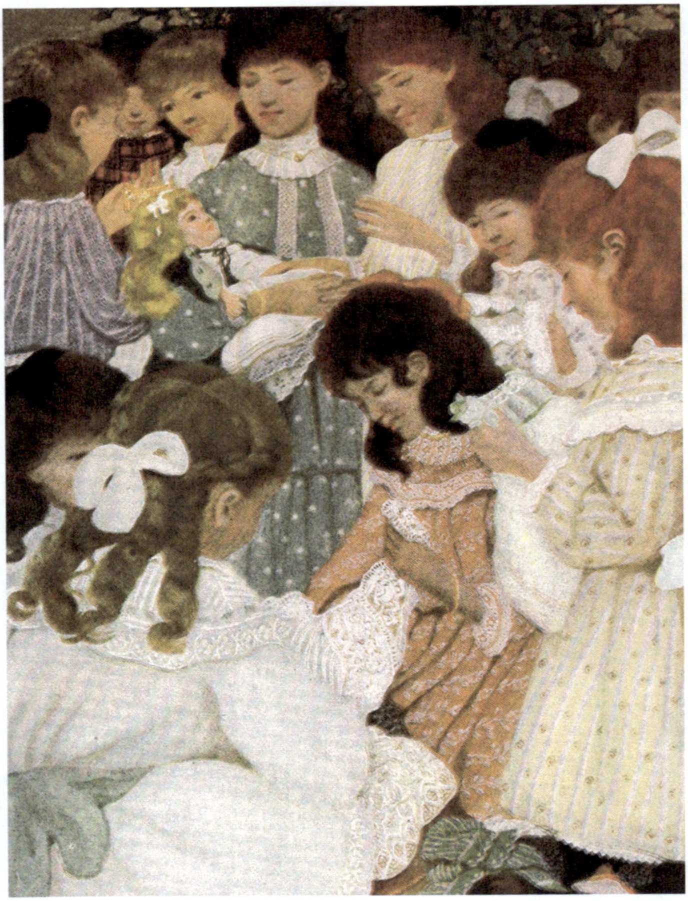

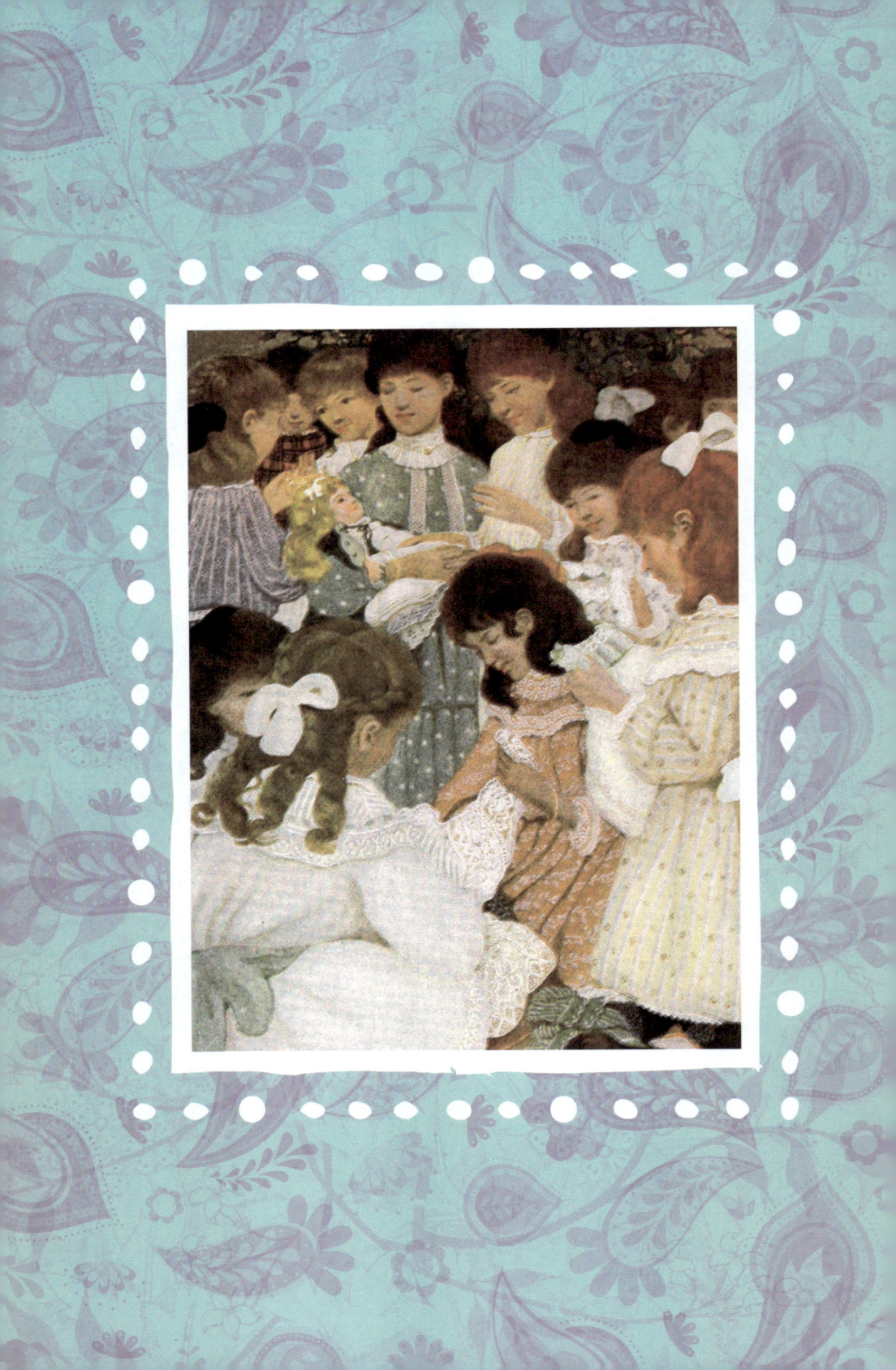

7

As Minas de Diamantes mais uma Vez

Quando Sara entrou na sala de aula com o azevinho pendurado, o fez como líder de uma espécie de desfile. A Srta. Minchin, em seu vestido de seda mais imponente, a conduzia pela mão. Um criado as seguia, carregando a caixa que continha a Última Boneca, uma criada carregava uma segunda caixa e Becky vinha logo atrás, carregando a terceira caixa, vestida com um avental limpo e uma touca nova. Sara preferiria ter entrado como sempre fizera, mas a Srta. Minchin mandara buscá-la e, depois de uma reunião em sua sala de estar particular, expressara seus pedidos.

— Esse não é um evento comum — disse ela. — Não quero que seja tratado como algo comum.

Então Sara foi conduzida com toda a pompa e sentiu-se acanhada quando, ao entrar, as garotas mais velhas olhavam para ela e cutucavam-se com os cotovelos, enquanto as mais novas começaram a se contorcer de alegria em seus assentos.

— Silêncio, mocinhas! — disse a Srta. Minchin, quando o burburinho ficou mais alto. — James, coloque a caixa sobre a mesa e remova a tampa. Emma, coloque a sua sobre uma cadeira. Becky! — falou subitamente, com rispidez.

Becky estava tão emocionada que tinha se esquecido completamente de sua função, sorrindo para Lottie, que se remexia com tanta expectativa. Ela quase deixou cair sua caixa, de tão assustada que ficou com a voz que a censurara, e sua mesura de desculpas era tão engraçada que Lavinia e Jessie soltaram risinhos dissimulados.

— Você não deve olhar para as garotas — disse a Srta. Minchin. — Você está se esquecendo de sua posição. Coloque sua caixa no chão.

Becky obedeceu com uma rapidez assustada e, rapidamente, voltou-se para a porta.

— Vocês podem sair — a Srta. Minchin disse para os criados, acenando com a mão.

Becky colocou-se de lado para respeitosamente deixar seus superiores saírem primeiro. Ela não pôde deixar de olhar longamente para a caixa sobre a mesa. Algo feito de cetim azul aparecia entre as dobras do papel de embrulho.

— Se você permitir, Srta. Minchin — disse Sara, subitamente —, gostaria que Becky ficasse.

Era uma atitude ousada. A Srta. Minchin deixou-se trair por algo parecido com um leve sobressalto. Então, levantou seus óculos e olhou perturbada para sua aluna de exibição.

— Becky! — ela exclamou. — Minha querida Sara!

Sara deu um passo na sua direção.

— Eu quero que ela fique porque sei que ela gostaria de ver os presentes — explicou-se. — Ela também é uma garotinha, sabe.

A Srta. Minchin ficou escandalizada. Ela deu uma rápida espiada de uma figura à outra.

— Minha querida Sara — disse —, Becky é a copeira. As copeiras... veja bem... não são garotinhas.

Realmente nunca lhe ocorrera pensar nelas sob esse ângulo. Para ela, copeiras eram máquinas de carregar baldes de carvão e acender as lareiras.

— Mas Becky é — disse Sara. — E eu sei que ela se divertiria. Por favor, deixe-a ficar – porque é meu aniversário.

A Srta. Minchin respondeu com muita dignidade:

— Como se trata de um pedido de aniversário – ela pode ficar. Rebecca, agradeça a Srta. Sara por sua extraordinária bondade.

Becky estava recolhida em um canto, torcendo a barra do seu avental em um alegre suspense. Ela avançou, cheia de reverências, mas entre os olhos de Sara e os dela passou um relance de amigável compreensão, enquanto suas palavras se atropelavam.

— Ah, por favor, senhorita! Sou muito grata, senhorita! Eu queria ver a boneca, senhorita, queria muito. Obrigado, senhorita. E obrigado, *madama* — disse, virando-se para a Srta. Minchin e curvando-se em reverências —, por *mim* dar essa liberdade.

A Srta. Minchin acenou com a mão mais uma vez – mas dessa vez apontava na direção do canto perto da porta.

— Vá e fique ali — ordenou. — Não fique muito perto das mocinhas.

Becky dirigiu-se para seu lugar, sorrindo. Ela não se importava com o lugar para onde fosse mandada, já que teria a sorte de ficar dentro da sala, em vez de ir para o andar de baixo, na copa, enquanto todas essas delícias aconteciam. Ela também não se importou quando a Srta. Minchin pigarreou de forma abominável e voltou a falar.

— Agora, mocinhas, tenho algumas palavras a lhes dizer — anunciou ela.

— Ela vai fazer um discurso — sussurrou uma das garotas. — Queria que já tivesse acabado.

Sara sentiu-se bastante desconfortável. Como era sua festa, provavelmente o discurso seria sobre ela. Não era agradável ficar em uma sala de aula ouvindo um discurso a seu respeito.

— Vocês sabem bem, mocinhas — o discurso começou – pois era mesmo um discurso —, que a querida Sara faz onze anos hoje.

— Querida Sara! — murmurou Lavinia.

—Muitas de vocês já fizeram onze anos, mas os aniversários de Sara são um pouco diferentes dos outros. Quando ela for mais velha, será a herdeira de uma imensa fortuna, e será sua responsabilidade gastá-la de uma forma relevante.

— As minas de diamantes — riu Jessie, sussurrando.

Sara não a ouviu, mas, enquanto mantinha seus olhos cinza-esverdeados fixos na Srta. Minchin, sentiu que ficava cada vez mais quente. Quando a Srta. Minchin falava de dinheiro, de alguma maneira ela sentia que sempre a detestara – e, claro, era falta de respeito detestar os adultos.

— Quando seu querido papai, o Capitão Crewe, trouxe-a da Índia e colocou-a sob meus cuidados — o discurso continuou —, ele me disse, em tom de brincadeira: "Temo que ela será rica demais, Srta. Minchin". Minha resposta foi: "Sua educação em meu internato, Capitão Crewe, será tão boa que embelezará até a maior fortuna". Sara tornou-se então minha aluna mais aplicada. Seu francês e sua dança são um mérito para o nosso internato. Seus modos – que fizeram com que vocês a chamassem de Princesa Sara – são perfeitos. Oferecer-lhes essa festa de aniversário é uma mostra de sua amabilidade. Espero que saibam apreciar sua generosidade. Desejo que expressem essa gratidão, dizendo todas juntas, "muito obrigado, Sara!".

Toda a sala de aula se pôs de pé, assim como na manhã que Sara recordava tão bem.

— Obrigado, Sara! — todas disseram, e é preciso admitir que Lottie pulava para todo lado. Sara ficou muito acanhada por um momento. Ela fez uma mesura – uma mesura muito digna.

— Obrigado — ela disse — por virem à minha festa.

— Muito bem, de verdade, Sara — aprovou a Srta. Minchin. — É exatamente isso que uma princesa de verdade faz quando o povo a aplaude. Lavinia — disse, fulminante —, esse som que você acaba de emitir pareceu o ronco de um animal. Se você tem ciúme de nossa aluna de exibição, peço-lhe que expresse seus sentimentos de uma forma mais apropriada a uma dama. Agora as deixarei para que se divirtam.

No instante em que ela deixou a sala, o encanto de sua presença sobre as garotas foi quebrado. A porta mal tinha fechado e todos os assentos já estavam vazios. As meninas mais novas pularam ou se jogaram para fora deles. As mais velhas tampouco perderam tempo para abandoná-los.

Houve uma corrida em direção às caixas. Sara havia se debruçado sobre uma delas com o rosto animado.

— Esses são livros, tenho certeza — disse.

As crianças menores irromperam em um murmúrio de lamento e Ermengarde parecia horrorizada.

— Seu papai lhe manda livros de presente de aniversário? — ela exclamou. — Ora, ele é tão ruim quanto o meu. Não abra essa caixa, Sara.

— Eu gosto de livros — Sara riu, mas virou-se para a caixa maior. Quando retirou a Última Boneca, ela era tão maravilhosa que as crianças emitiram gemidos extáticos de alegria, e recuaram de verdade para poder observá-la, completamente sem fôlego.

— Ela é quase do tamanho de Lottie — alguém suspirou.

Lottie bateu palmas e começou a dançar, rindo.

— Ela está vestida para ir ao teatro — disse Lavinia. — Sua capa tem forro de arminho.

— Ah — gritou Ermengarde, avançando para a frente —, ela tem binóculos de ópera na mão – um par azul e dourado!

— E aqui está seu baú — disse Sara. — Vamos abri-lo e ver suas coisas.

Ela sentou-se no chão e virou a chave. As crianças se amontoaram à sua volta, fazendo uma algazarra enquanto ela levantava um compartimento após o outro, exibindo seu conteúdo. Nunca a sala de aula havia presenciado tamanho tumulto. Havia golas de renda e meias e lenços de seda; havia um porta-joias que continha um colar e uma tiara que pareciam feitos de diamantes de verdade; havia uma longa pele de foca[13] e um regalo; havia vestidos de baile, de passeio e vestidos diurnos; havia chapéus, vestidos para casa e leques. Até mesmo Lavinia e Jessie se esqueceram de que eram velhas demais para se importar com bonecas e irromperam em exclamações de prazer e manusearam algumas coisas para olhá-las melhor.

— Imaginem — Sara disse, pondo-se de pé ao lado da mesa e colocando um chapéu de veludo preto na dona de todas aquelas maravilhas, com

---

13. Até meados do século 20, as peles de foca eram usadas como casacos impermeáveis. (N. do T.)

seu sorriso inalterável —, imaginem que ela entenda a conversa dos humanos e sinta muito orgulho de ser tão admirada.

— Você está sempre imaginando coisas — disse Lavinia, com um ar muito superior.

— Eu sei disso — respondeu Sara, sem se perturbar. — E gosto de imaginar. Não há nada tão agradável quanto imaginar. É quase como ser uma fada. Se você imaginar com bastante força, tudo parecerá real.

— É muito fácil imaginar as coisas quando se tem de tudo — disse Lavinia. — Será que você conseguiria imaginar e fazer de conta se fosse um mendigo e vivesse em um sótão?

Sara parou de arrumar as penas de avestruz da Última Boneca e parecia pensativa.

— *Acredito* que conseguiria — ela disse. — Se alguém é um mendigo, pode imaginar e fazer de conta o tempo todo. Mas não seria fácil.

Depois disso, ela pensava constantemente em quão estranho havia sido que, assim que ela acabara de dizer aquelas palavras – naquele exato momento –, a Srta. Amelia entrou na sala.

— Sara — ela disse —, o advogado de seu papai, Sr. Barrow, veio ver a Srta. Minchin e, como ela deve conversar com ele a sós e a comida da sua festa foi servida na sala dela, seria melhor que vocês fossem fazer seu banquete agora, assim minha irmã pode conversar com ele aqui, na sala de aula.

A comida não era algo a ser desprezado em momento nenhum e muitos pares de olhos brilharam. A Srta. Amelia organizou o cortejo e, então, com Sara ao seu lado, encabeçando-o, conduziu as garotas para fora da sala, deixando a Última Boneca sentada em uma cadeira com as glórias de seu guarda-roupa espalhadas ao seu redor, vestidos e casacos pendurados nos encostos das cadeiras e pilhas de anáguas com babados de renda sobre os assentos.

Becky, que não deveria compartilhar da comida, cometeu a indiscrição de demorar-se por um momento para admirar aquelas belezas – era realmente uma indiscrição.

— Volte para o seu trabalho, Becky — a Srta. Amelia dissera. Mas ela tinha parado para pegar, com muita reverência, primeiramente o regalo e depois um casaco e, enquanto ficava olhando para eles com adoração, ela ouviu a Srta. Minchin na soleira da porta e, tomada pelo terror de ser acusada de tomar liberdades, correu bruscamente para debaixo da mesa, ficando escondida sob sua toalha.

A Srta. Minchin entrou na sala acompanhada por um cavalheiro baixinho e mirrado, com traços angulosos, e aparentando estar um tanto perturbado. A própria Srta. Minchin parecia perturbada, deve-se admitir, e ela olhava para o cavalheiro baixinho e mirrado com uma expressão confusa e irritada.

Ela sentou-se com uma dignidade tensa e apontou-lhe uma cadeira.

— Por favor, sente-se, Sr. Barrow — ela disse.

O Sr. Barrow não se sentou imediatamente. Sua atenção pareceu ter sido atraída pela Última Boneca e por todas as coisas ao seu redor. Ele ajeitou seus óculos e olhou para tudo com uma expressão nervosa de desaprovação. A Última Boneca não pareceu se importar nem um pouco. Ela simplesmente continuou sentada muito ereta e retribuiu seu olhar com um ar indiferente.

— Cem libras — o Sr. Barrow comentou resumidamente. — Somente materiais caros, feitos por uma modista parisiense. Ele desperdiçava bastante dinheiro, aquele jovem.

A Srta. Minchin sentiu-se ofendida. Aquilo lhe pareceu uma desvalorização de seu melhor cliente, e também uma liberdade.

Nem mesmo advogados tinham o direito de tomar liberdades.

— Peço perdão, Sr. Barrow — disse ela, com um tom severo. — Não o compreendo.

— Presentes de aniversário — disse o Sr. Barrow com o mesmo tom crítico — para uma criança de onze anos de idade! Uma extravagância louca, é como chamo tal atitude.

A Srta. Minchin endireitou-se, ficando ainda mais ereta.

— O Capitão Crewe é um homem muito afortunado — disse ela. — Somente as minas de diamantes...

O Sr. Barrow deu uma volta em torno dela.

— Minas de diamantes! — interrompeu ele. — Não há nenhuma mina! Nunca houve!

A Srta. Minchin chegou a levantar-se de sua cadeira.

— O quê? — gritou ela. — O que o senhor quer me dizer?

— De qualquer forma — respondeu o Sr. Barrow, bastante irritado —, teria sido muito melhor se nunca tivesse havido uma.

— Uma mina de diamantes? — exclamou a Srta. Minchin, segurando-se no encosto de uma cadeira, sentindo como se um sonho deslumbrante desaparecesse de sua frente.

— Minas de diamantes significam muito mais ruína do que riqueza — disse o Sr. Barrow. — Quando um homem está nas mãos de um amigo muito querido e não é, ele próprio, um homem de negócios, o melhor a fazer é manter-se longe das minas de diamantes do amigo, ou das minas de ouro, ou de qualquer outro tipo de minas nas quais o querido amigo quer que ele invista. O finado Capitão Crewe...

Nesse instante, a Srta. Minchin interrompeu-o com um suspiro.

— O finado Capitão Crewe! — ela exclamou. — O finado! O senhor não veio me contar que o Capitão Crewe está...

— Ele está morto, madame — o Sr. Barrow respondeu com uma rispidez abrupta. — Morreu de uma combinação de malária com problemas nos negócios. Talvez a malária não o houvesse matado se ele não tivesse sido levado à loucura pelos problemas nos negócios, e talvez os problemas nos negócios não tivessem dado cabo dele se a malária não desse uma ajudinha. O Capitão Crewe está morto!

A Srta. Minchin deixou-se cair na cadeira mais uma vez. As palavras que ele proferira encheram-na de medo.

— Quais eram os problemas nos negócios? — disse ela. — Quais eram eles?

— As minas de diamantes — respondeu o Sr. Barrow —, os amigos queridos... e a ruína.

A Srta. Minchin perdeu o fôlego.

— Ruína! — ela esbaforiu.

— Perdeu cada centavo. Aquele jovem tinha muito dinheiro.

O amigo querido estava alucinado pelo assunto das minas de diamantes. Ele investiu todo o seu dinheiro nelas, e todo o dinheiro do Capitão Crewe. Então, o amigo querido fugiu... Capitão Crewe já havia sido infectado pela malária quando a notícia chegou. O choque foi demais para ele. Ele morreu delirando, enaltecendo sua garotinha... e não deixou um tostão.

Agora a Srta. Minchin compreendeu, e ela nunca havia recebido um golpe tão duro em toda a sua vida. Sua aluna de exibição, seu cliente de exibição, varridos do Internato Exclusivo de uma só vez. Ela sentia-se ultrajada e roubada, e tanto o Capitão Crewe quanto Sara e o Sr. Barrow eram igualmente culpados.

— O senhor quer me dizer — ela gritou — que ele não deixou nada? Que Sara não herdará nenhuma fortuna? Que ela é uma mendiga? Que ela foi deixada em minhas mãos como uma pobretona, e não como uma herdeira?

O Sr. Barrow era um astuto homem de negócios e sentiu que era o momento de liberar-se de qualquer responsabilidade de forma clara e sem demora.

— Ela certamente foi deixada como uma indigente — retrucou. — E certamente foi deixada em suas mãos, madame – já que ela não tem nenhum outro familiar que nós conheçamos.

A Srta. Minchin levantou-se subitamente. Ela parecia estar prestes a abrir a porta e sair correndo da sala para encerrar as festividades que continuavam alegremente e, naquele momento, com bastante barulho por causa da comida.

— É monstruoso! — disse. — Ela está na minha sala de estar neste momento, vestida com sedas e anáguas de renda, dando uma festa à minha custa.

— Se ela está dando uma festa, madame, está dando à sua custa — disse o Sr. Barrow, calmamente. — A Barrow & Skipworth não se responsabilizará por nada. Nunca um homem havia perdido sua fortuna tão abruptamente. O Capitão Crewe morreu sem pagar nossa última fatura – e era uma grande fatura.

A Srta. Minchin voltou da porta ainda mais indignada. Isso era muito pior do que qualquer um poderia sonhar.

— É isso que aconteceu comigo! — ela berrou. — Sempre tive tanta certeza de seus pagamentos que fiz todo tipo de despesas ridículas com essa criança. Paguei a conta daquela boneca ridícula e do seu fantástico guarda-roupa ridículo. A criança deveria ter tudo que quisesse. Ela tem uma carruagem, um pônei e uma criada, e fui eu quem pagou por tudo isso desde que o último cheque chegou.

O Sr. Barrow evidentemente não tinha a intenção de ficar ouvindo a história de lamentações da Srta. Minchin depois de ter deixado clara a posição de sua firma e relatado os meros fatos. Ele não sentia nenhuma empatia especial por furiosas proprietárias de internatos.

— É melhor a senhora não pagar por mais nada, madame — comentou —, a não ser que queira oferecer presentes à jovem senhorita. Ninguém se lembrará da senhora. Ela não tem nem um mísero centavo em seu nome.

— Mas o que devo fazer? — perguntou a Srta. Minchin, como se ela sentisse ser obrigação dele colocar tudo nos eixos. — O que devo fazer?

— Não há nada a fazer — disse o Sr. Barrow, dobrando os óculos e colocando-os no bolso. — O Capitão Crewe está morto. A criança foi deixada sem um tostão. Ninguém além da senhora é responsável por ela.

— Não sou responsável por ela, e me recuso a aceitar essa responsabilidade!

A Srta. Minchin ficou completamente pálida de tanta raiva.

O Sr. Barrow virou-se para sair.

— Não tenho nada a ver com isso, madame — disse, indiferente. — A Barrow & Skipworth não é responsável. Sinto muito por tudo que aconteceu, é claro.

— Se o senhor pensa que eu serei obrigada a ficar com ela, está muito enganado — resmungou a Srta. Minchin. — Fui roubada e traída. Vou jogá-la na rua!

Se ela não estivesse tão furiosa, teria sido um pouco mais discreta para dizer tal coisa. Ela via-se encarregada de uma criança criada de forma extravagante – uma criança que ela sempre ressentira – e perdeu todo o autocontrole.

O Sr. Barrow, sem se perturbar, dirigiu-se à porta.

— Eu não faria isso, madame — ele comentou. — Não ficaria bem. Seria uma história muito desagradável ligada ao seu estabelecimento. Uma aluna expulsa sem um centavo e sem amigos.

Ele era um astuto homem de negócios e sabia do que falava. Também sabia que a Srta. Minchin era uma mulher de negócios e seria inteligente o suficiente para ver a verdade. Ela não podia dar-se ao luxo de fazer algo que faria as pessoas chamarem-na de cruel e sem coração.

— É melhor mantê-la e usá-la a seu favor — acrescentou ele. — Acredito que ela seja uma criança inteligente. A senhora pode tirar bom proveito dela quando crescer.

— Vou tirar proveito dela antes que ela cresça! — exclamou a Srta. Minchin.

— Tenho certeza que sim, madame — disse o Sr. Barrow, com um sorrisinho sinistro. — Tenho certeza que sim. Bom dia!

Fez-lhe uma reverência antes de sair e fechar a porta, e é preciso admitir que a Srta. Minchin ficou parada por alguns instantes olhando para ela. O que ele havia dito era verdade. Ela sabia disso. Absolutamente, ela não tinha outra saída. Sua aluna de exibição havia se tornado nada, deixando uma garotinha indigente e sem amigos no seu lugar. O dinheiro que ela mesma havia adiantado estava perdido e não tinha como ser recuperado.

E, enquanto ela ficava ali parada, sem fôlego, sentindo-se lesada, desabou sobre seus ouvidos uma explosão de vozes felizes em sua sagrada sala particular, à qual ela havia abdicado para o banquete. Ao menos, ela poderia parar com aquilo.

Mas, ao dirigir-se à porta, esta foi aberta pela Srta. Amelia, que, ao avistar o rosto mudado, enraivecido, recuou assustada.

— Qual é o problema, irmã? — ela exclamou.

A voz da Srta. Minchin parecia quase feroz quando ela respondeu.

— Onde está Sara Crewe?

A Srta. Amelia ficou desnorteada.

— Sara? — ela gaguejou. — Ora, ela está com as outras crianças na sua sala, claro.

— Ela tem um vestido preto no seu suntuoso guarda-roupa? — perguntou com uma ironia amargurada.

— Um vestido preto? — a Srta. Amelia gaguejou novamente. — Preto?

— Ela tem vestidos de todas as cores. Tem também um preto?

A Srta. Amelia começou a empalidecer.

— Não... Si-sim! — disse ela. — Mas está muito curto para ela. Ela tem apenas um vestido preto antigo, de veludo, mas ele já não lhe serve mais.

— Vá dizer-lhe para tirar aquele vestido absurdo de seda cor-de-rosa e colocar o preto, seja ele muito curto ou não. Chega de refinamento para ela!

Então, a Srta. Amelia começou a apertar suas mãos gordas e a chorar.

— Ah, minha irmã! — fungou ela. — Ah, irmã! O que pode ter acontecido?

A Srta. Minchin não desperdiçou palavras.

— O Capitão Crewe está morto — disse. — E morreu sem um centavo. Aquela criança mimada, mal-acostumada e caprichosa foi deixada como mendiga em minhas mãos.

A Srta. Amelia sentou-se pesadamente na cadeira mais próxima.

— Gastei centenas de libras em bobagens com ela. E nunca vou ver nem um centavo de volta. Ponha um fim na festa ridícula dela. Vá fazê-la trocar de vestido agora.

— Eu? — ofegou a Srta. Amelia. — Eu é quem deve ir contar-lhe, agora?

— Nesse momento! — foi a resposta furiosa. — Não fique aí parada como uma tonta. Vá!

A coitada da Srta. Amelia estava acostumada a ser chamada de tonta. Na verdade, ela sabia que era uma tonta, e que eram as tontas que deviam fazer muitas coisas desagradáveis. De certa forma, era embaraçoso entrar no meio de uma sala cheia de crianças felizes e dizer à dona da festa que ela subitamente havia se tornado uma pequena mendiga, e que ela deveria subir e colocar um velho vestido preto que era curto demais para ela. Mas era preciso fazê-lo. Evidentemente, não era hora de fazer perguntas.

Ela esfregou seus olhos com o lencinho até que eles ficassem bem vermelhos. Depois disso, levantou-se e saiu da sala, sem se arriscar a dizer mais nenhuma palavra. Quando sua irmã mais velha ficava daquele jeito e falava como acabara de fazer, o melhor caminho a seguir era obedecer suas ordens sem fazer nenhum comentário. A Srta. Minchin andava de um lado para o outro da sala. Ela falava sozinha em voz alta sem tomar consciência disso. Durante o último ano, a história das minas de diamantes tinha sugerido todo tipo de possibilidades para ela. Até mesmo proprietários de internatos podiam fazer fortunas investindo em ações, com a ajuda dos proprietários de minas. E agora, em vez de olhar para os ganhos futuros, ela fora deixada olhando para os prejuízos passados.

— A Princesa Sara, francamente! — disse ela. — A criança foi mimada como uma rainha. — Ela estava passando furiosa pelo canto da mesa ao dizer essas coisas quando, no instante seguinte, assustou-se com o som alto de um soluço vindo debaixo da toalha.

— O que é isso? — exclamou com raiva. O som alto do soluço foi ouvido mais uma vez e ela parou para levantar uma das dobras do tecido que cobria a mesa.

— Como você ousa! — ela berrou. — Como você ousa! Saia daí imediatamente!

Foi a pobre Becky quem rastejou para fora, com a touca caída para um lado e o rosto completamente vermelho por ter que sufocar o choro.

— Por favor, *mada*... Sou eu, *madama* — ela explicou. — Eu sei que não devia. Mas eu *tava olhano* a boneca, *madama*... e fiquei com medo quando a senhora entrou... e fugi *pra* debaixo da mesa.

— Você estava aí o tempo todo, ouvindo — disse a Srta. Minchin.

— Não, *madama* — Becky protestou, fazendo reverências. — Não *tava ouvino*... Pensei que podia ter saído sem a senhora me ver, mas não consegui e tive que *ficá*. Mas *num* ouvi, *madama*... Não *escurtaria* por nada. Mas *num* consegui não *ouvi*.

De repente, pareceu que ela tinha perdido todo o medo que tinha da terrível mulher diante dela. Ela desatou a chorar novamente.

— Ah, por favor, *ma*... — disse ela —, eu sei que a senhora vai *mim dá* uma bronca, *madama*... mas *tô* com tanta pena da pobre Srta. Sara... *Tô* muito triste!

— Saia da sala! — ordenou a Srta. Minchin.

Becky fez outra reverência, as lágrimas escorrendo pelo seu rosto em abundância.

— Sim, ma... Vou sim, ma... — disse, tremendo —, mas, ah, eu só queria *pedi pra* senhora: a Srta. Sara – ela era uma jovem tão rica, e ela tinha gente pra *servi ela*... e o que ela vai *fazê* agora, *madama*, sem uma criada? Se... se, ah, por favor, a senhora me deixar *servi ela* depois que eu terminei com minhas panelas e chaleiras? Eu *fazia* bem rapidinho... Se a *madama* deixar *servi ela* agora que ela *tá* pobre. Ah — retomando o fôlego — pobre pequena Srta. Sara, *madama*... que todo mundo chamava de princesa.

Por alguma razão, ela acabou fazendo com que a Srta. Minchin ficasse mais brava do que nunca. Que a própria copeira ficasse do lado daquela criança – de quem ela percebia cada vez mais que nunca havia gostado — era demais. Ela chegou a bater o pé no chão com força.

— Não, é claro que não — disse ela. — Ela vai cuidar dela mesma, e das outras pessoas também. Saia daqui imediatamente ou você será despedida.

Becky lançou seu avental por cima da cabeça e escapuliu. Saiu correndo da sala e desceu as escadas até a copa, sentando-se entre suas panelas e chaleiras, e chorou como se seu coração tivesse sido despedaçado.

— É igualzinho às das *história* — gemeu ela. — As *pobre princesa* que são *jogada* no mundo.

A Srta. Minchin nunca tinha parecido tão imóvel e dura quanto no momento em que Sara veio até ela, algumas horas depois, em resposta à mensagem que ela lhe enviara.

Mesmo naquele momento parecia para Sara que a festa de aniversário tinha sido um sonho ou algo que acontecera anos antes, e tinha acontecido na vida de outra garotinha completamente diferente.

Todos os sinais de festividades tinham sido eliminados, o azevinho tinha sido removido das paredes da sala de aula e as carteiras foram colocadas de volta em seus lugares. A sala de estar da Srta. Minchin estava como sempre esteve – todos os traços do banquete desapareceram, e a Srta. Minchin retomara seu vestido habitual. Ordenaram às alunas que tirassem seus vestidos de festa e, depois que isso foi feito, elas voltaram à sala de aula e se amontoaram em grupos, sussurrando e falando agitadas.

— Diga a Sara para vir para a minha sala — a Srta. Minchin dissera à irmã. — E explique muito bem para ela que não vou permitir choro ou cenas desagradáveis.

— Irmã —respondeu a Srta. Amelia —, ela é a criança mais estranha que já vi. Na verdade, ela não fez nenhum escândalo. Você se lembra de que ela já não havia feito quando o Capitão Crewe voltou para a Índia. Quando eu contei para ela o que tinha acontecido, ela simplesmente ficou muito quieta e olhou para mim sem fazer nenhum barulho. Seus olhos pareciam crescer e crescer e ela ficou muito pálida. Quando eu terminei, ela ainda ficou me olhando por alguns segundos e então seu queixo começou a tremer, ela se virou e saiu correndo da sala e subiu as escadas. Várias das outras crianças começaram a chorar, mas ela não parecia ouvi-las ou estar ciente de qualquer coisa além daquilo que eu estava dizendo. Quando ela não me respondeu, me senti muito estranha. Quando se diz algo incomum subitamente, espera-se que as pessoas digam *qualquer coisa* – não importa o quê.

Ninguém além da própria Sara jamais soube o que acontecera naquela sala depois de ela ter corrido para o andar de cima e trancado a porta. Na verdade, ela mesma mal podia se lembrar de qualquer coisa, além de ter andado para todo lado, repetindo para si mesma com uma voz que não parecia ser dela: "Meu papai morreu! Meu papai morreu!"

Certa vez ela parou diante de Emily, que a olhava sentada em sua cadeira, e gritou, descontrolada: "Emily! Está me ouvindo? Você entende – meu papai morreu! Está morto na Índia – a milhares de quilômetros daqui".

Quando, em resposta ao seu chamado, ela entrou na sala de estar da Srta. Minchin, seu rosto estava lívido e seus olhos tinham olheiras. Ela tinha a boca firme, como se não quisesse revelar o quanto havia sofrido e ainda sofria. Ela não lembrava nem um pouco a rosada criança que parecia uma borboleta, revoando de um presente para o outro na sala de aula decorada. Em vez disso, parecia uma estranha e desolada figurinha, quase grotesca.

Ela havia vestido, sem a ajuda de Mariette, o abandonado vestido de veludo preto. Era muito curto e justo e suas pernas esguias ficaram longas e finas, aparecendo sob a pequena saia. Como ela não havia encontrado um pedaço de fita preta, seus cabelos curtos, grossos e pretos estavam soltos por sobre seu rosto, em um forte contraste com sua palidez. Ela segurava Emily com firmeza em seu braço, envolta em um pedaço de tecido preto.

— Solte sua boneca — disse a Srta. Minchin. — O que você quer trazendo-a aqui?

— Não — Sara respondeu. — Não vou soltá-la. Ela é tudo que tenho. Foi meu papai quem a deu para mim.

Ela sempre fizera a Srta. Minchin sentir-se desconfortável em segredo, assim como naquele momento. Ela não falou com grosseria, mas com uma firmeza fria, com a qual a Srta. Minchin tinha dificuldade de lidar — talvez porque soubesse que ela estava fazendo algo desumano e cruel.

— Você não terá tempo para bonecas no futuro — ela disse. — Você terá que trabalhar e se aprimorar para tornar-se útil.

Sara manteve seus olhos grandes e estranhos fixos nela, sem dizer uma só palavra.

— Tudo será muito diferente agora — a Srta. Minchin continuou. — Suponho que a Srta. Amelia tenha lhe explicado tudo.

— Sim — respondeu Sara. — Meu papai morreu. Ele não me deixou nenhum dinheiro. Estou completamente pobre.

— Você é uma indigente — disse a Srta. Minchin, seu mau humor aumentando à medida que ela se lembrava do que tudo aquilo significava. — Parece que você não tem nenhum parente, nem casa, e ninguém para tomar conta de você.

Por um momento, o rostinho magro e pálido contraiu-se, mas Sara continuou sem dizer nada.

— O que você está olhando? — perguntou a Srta. Minchin, bruscamente. — Você é tão estúpida que não consegue entender? Estou lhe dizendo que você está completamente só no mundo e que não tem ninguém para fazer nada com você, a não ser que eu decida mantê-la aqui, por pura caridade.

— Eu entendo — respondeu Sara, baixinho, e ela emitiu um som como se tivesse engolido algo que lhe subira pela garganta. — Eu entendo.

— Aquela boneca — a Srta. Minchin gritou, apontando para o esplêndido presente de aniversário sentado perto dela —, aquela boneca ridícula, com todas as suas coisas extravagantes e absurdas, na verdade, fui em quem paguei!

Sara virou o rosto na direção da cadeira.

— A Última Boneca — ela disse. — A Última Boneca. — E sua vozinha triste soava tão estranha.

— Realmente, a Última Boneca! — disse a Srta. Minchin. — E ela é minha, não sua. Tudo que você tem é meu.

—Então, por favor, tire-a de mim — disse Sara. — Eu não a quero.

Se ela tivesse chorado e soluçado e parecido assustada, a Srta. Minchin talvez tivesse tido mais paciência com ela. Ela era uma mulher que gostava de dominar e sentir seu poder e, ao olhar para o rostinho pálido e inabalável de Sara e ouvir sua vozinha orgulhosa, ela sentiu seu poder sendo menosprezado.

— Não se faça de arrogante — disse ela. — O tempo para esse tipo de coisa acabou. Você não é mais uma princesa. Sua carruagem e seu pônei serão mandados embora —sua criada será demitida. Você vai vestir suas roupas mais velhas e simples —suas roupas extravagantes não combinam mais com sua posição. Você é como Becky —terá que trabalhar para se sustentar.

Para sua surpresa, um leve brilho surgiu nos olhos da criança – um sinal de alívio.

— Posso trabalhar? — ela disse. — Se eu puder trabalhar, não me importo tanto. O que posso fazer?

— Você pode fazer tudo que lhe mandarem — foi a resposta. — Você é uma criança inteligente e pega as coisas rapidamente. Se você se tornar útil, pode ficar aqui. Você fala francês muito bem e pode ajudar as crianças mais novas.

— Posso mesmo? — exclamou Sara. — Ah, por favor, deixe que eu o faça! Eu gosto delas, e elas, de mim.

— Não diga besteiras a respeito das pessoas gostando de você — disse a Srta. Minchin. — Você terá que fazer mais do que ensinar as pequenas. Você vai fazer tarefas e ajudar na cozinha, assim como na sala de aula. Se não me agradar, você será mandada embora. Lembre-se disso. Agora vá.

Sara ficou quieta por um instante, olhando para ela. Em sua alma jovem, ela refletia sobre coisas profundas e estranhas. Então, virou-se para deixar a sala.

— Pare! — disse a Srta. Minchin. — Não pretende me agradecer?

Sara parou, e todas as reflexões profundas e estranhas irromperam em seu peito.

— Pelo quê? — ela disse.

— Pela minha bondade em relação a você — a Srta. Minchin respondeu. — Por minha bondade em dar-lhe um lar.

Sara deu dois ou três passos na direção dela. Seu pequeno peito franzino subiu e desceu, e ela falou de um modo estranho e agressivo, não se parecendo em nada com uma criança.

— A senhorita não é bondosa — ela disse. — A senhorita não é bondosa, e aqui não é um lar. — E ela já havia se virado e saído da sala antes que a Srta. Minchin pudesse interrompê-la ou fazer qualquer coisa além de olhar para ela com uma raiva insensível.

Ela subiu as escadas, devagar e ofegante, e segurava Emily apertada contra seu corpo.

— Eu gostaria que ela pudesse falar — disse para si mesma. — Se ela pudesse falar... Se ela pudesse falar!

Ela queria ir para seu quarto e deitar-se sobre a pele de tigre, com seu rosto sobre a grande cabeça do felino, e olhar para a lareira e pensar e pensar e pensar. Mas, no momento em que ela chegou ao andar de cima, a Srta. Amelia saía pela porta, fechando-a atrás de si, e se colocava diante dela, parecendo nervosa e constrangida. A verdade era que, em segredo, ela tinha vergonha do que lhe mandaram fazer.

— Você... Você não pode entrar aqui — ela disse.

— Não posso entrar? — exclamou Sara, dando um passo para trás.

— Esse não é mais seu quarto agora — respondeu a Srta. Amelia, corando levemente.

De alguma forma, subitamente, Sara entendeu. Ela percebeu que esse era o começo das mudanças de que a Srta. Minchin lhe falara.

— Onde é o meu quarto? — ela perguntou, esperando imensamente que sua voz não vacilasse.

— Você vai dormir no sótão, ao lado da Becky.

Sara sabia onde era. Becky havia lhe contado a respeito. Ela se virou e subiu dois lances de escadas. O último lance era estreito, coberto com tiras gastas de carpetes velhos. Sentia-se como se estivesse de partida, deixando para trás um mundo no qual aquela outra criança, que não se parecia mais com ela, havia vivido. Essa criança, em seu vestido curto e apertado, subindo as escadas até o sótão, era uma criatura completamente diferente.

Quando ela alcançou a porta do sótão e a abriu, sentiu uma pequena pontada melancólica no coração. Então, fechou a porta e apoiou-se nela, olhando ao seu redor.

Sim, esse era outro mundo. O quarto tinha um teto inclinado e era caiado. A caiação estava suja e descascava em alguns lugares. Havia uma grelha enferrujada, uma cama dura com cabeceira de ferro velha, coberta por uma colcha desbotada. Alguns móveis, gastos demais para serem usados no andar de baixo, haviam sido enviados para cima. Sob a claraboia no teto, que não mostrava nada além de uma vista alongada do triste céu cinzento, havia uma velha banqueta vermelha quebrada. Sara foi até ela e sentou-se. Ela raramente chorava. Também não chorou agora. Ela deitou Emily sobre seus joelhos e colocou seu rosto contra ela, abraçando-a, e ficou sentada ali, seus cabelos pretos pousados nos tecidos pretos, sem dizer uma só palavra, emitir um só ruído.

E, enquanto ela estava sentada em silêncio, uma batidinha fraca soou na porta – uma batida tão baixa e humilde que ela, a princípio, não conseguiu ouvi-la e, na verdade, não se levantou até que a porta foi aberta timidamente e um pobre rosto manchado pelas lágrimas aparecesse espiando por ela. Era o rosto de Becky, e ela estivera chorando às escondidas por horas e limpando os olhos com seu avental de cozinha até parecer realmente estranha.

— Ah, senhorita — ela disse, baixinho. — Eu posso — a senhorita me dá a licença — posso *entrá*?

Sara levantou a cabeça e olhou para ela. Ela tentou iniciar um sorriso, mas, de alguma forma, não conseguiu. De repente — por causa da amável tristeza nos olhos chorosos de Becky —, seu rosto começou a parecer mais com uma criança de sua idade do que de alguém mais velho. Ela estendeu a mão e soluçou baixinho.

— Ah, Becky — disse ela. — Eu lhe disse que éramos iguaizinhas — apenas duas garotinhas — apenas duas garotinhas. Você vê como é verdade? Não há nenhuma diferença agora. Não sou mais uma princesa.

Becky correu até ela, segurou sua mão, e abraçou-a sobre o peito, ajoelhando-se ao seu lado e soluçando, num misto de dor e amor.

— Não, senhorita, *cê* é uma princesa — ela exclamou, e suas palavras estavam entrecortadas. — O que acontecer com a senhorita — *qualqué* coisa — *cê* vai ser uma princesa mesmo *ansim* — e nada pode *fazê* a senhorita *sê* diferente.

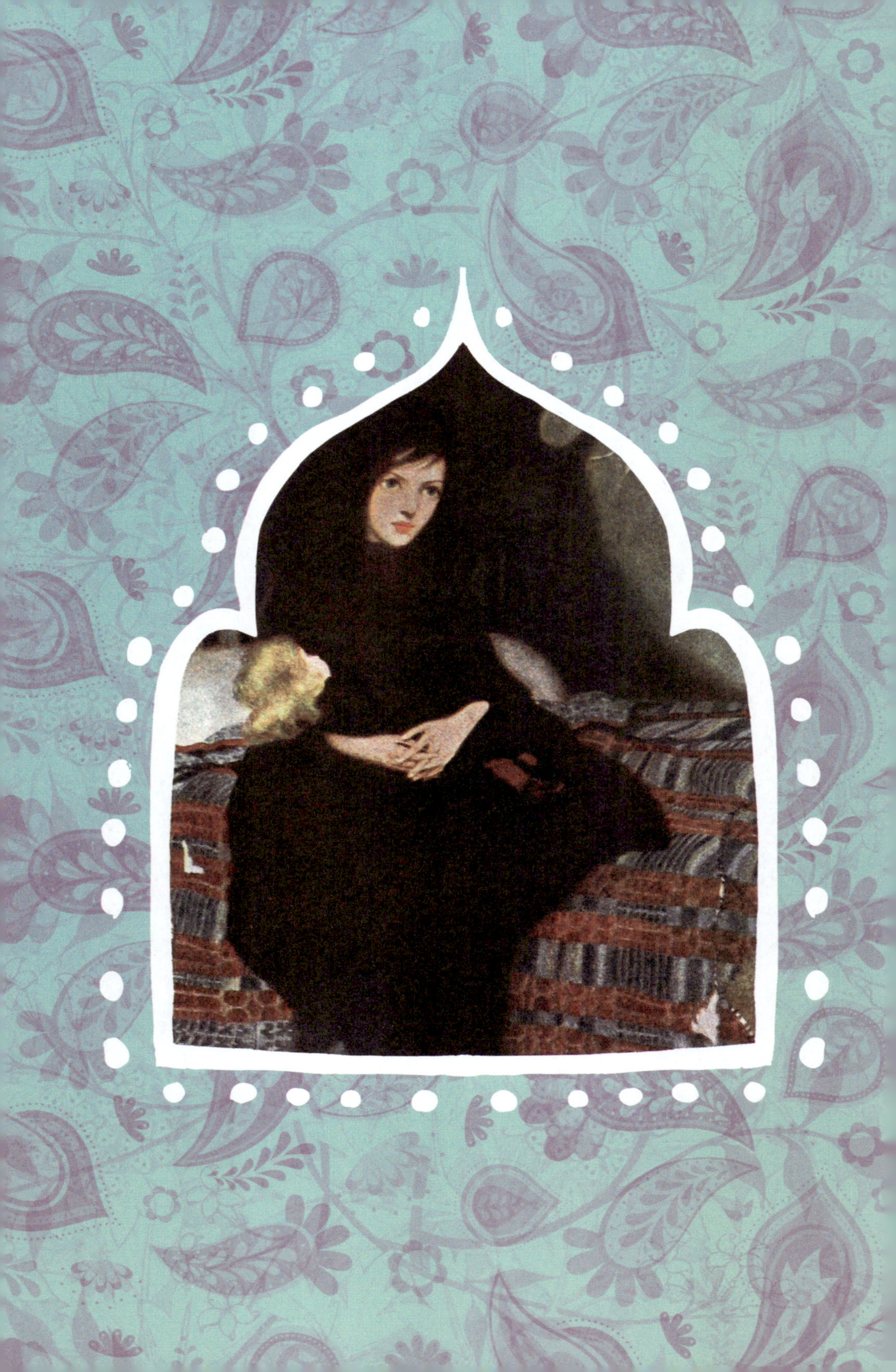

No Sótão

8

A primeira noite que ela passou no sótão foi algo de que ela nunca se esqueceu. No decorrer da noite, ela passou por terríveis aflições, nem um pouco infantis, sobre as quais nunca comentou com ninguém. Ninguém a teria entendido. Na verdade, foi até bom para ela, acordada na escuridão, ter sua mente distraída, vez ou outra, pela estranheza daquele ambiente. Talvez tenha sido bom para ela ser lembrada das coisas materiais pelo seu corpinho. Se não fosse por isso, a angústia de sua jovem mente teria sido grande demais para uma criança suportar. Mas, na verdade, enquanto a noite passava, ela mal conseguia se lembrar de que tinha um corpo, ou de qualquer outra coisa além de uma só.

— Meu papai morreu! — ela continuava sussurrando para si mesma. — Meu papai morreu!

Depois de muito tempo, ela percebeu que sua cama era tão dura que ela tinha que se revirar para todo lado para tentar achar uma posição confortável, que a escuridão parecia mais intensa do que ela jamais vira, e que o vento uivava por sobre o telhado entre as chaminés como algo gemendo em voz alta. Então, ouviu algo pior. Havia uma espécie de lutas e arranhões e chiados vinda das paredes e por detrás dos rodapés. Ela sabia o que isso significava, porque Becky os havia descrito para ela. Eram ratos e camundongos que estavam brigando ou brincando entre si. Uma ou duas vezes, ela chegou até mesmo a ouvir patinhas com unhas afiadas correndo pelo chão e, algum tempo depois, lembrava-se de como, ao ouvi-las pela primeira vez, levantara-se na cama e ficara sentada, tremendo, cobrindo sua cabeça com as cobertas depois de ter se deitado novamente.

A mudança em sua vida não chegou aos poucos, mas aconteceu de uma vez só.

— Ela tem que começar a se acostumar com o que se tornou — a Srta. Minchin disse à Srta. Amelia. — Ela deve saber imediatamente o que lhe espera.

Mariette deixara a casa na manhã seguinte. A olhadela que Sara conseguiu dar de sua sala de visitas, ao passar por sua porta aberta, mostrou-lhe que tudo havia sido mudado. Suas decorações e seus luxos haviam sido removidos e uma cama fora colocada a um canto para transformar os aposentos no quarto de uma nova aluna.

Quando ela desceu para o café da manhã, ela viu que seu assento ao lado da Srta. Minchin fora ocupado por Lavinia, e a Srta. Minchin falou-lhe friamente.

— Você começará com suas novas obrigações, Sara — ela disse —, sentando-se com as crianças mais novas em uma mesa menor. Você deve mantê-las em silêncio e fazer com que elas se comportem bem, sem desperdiçar comida. Você deveria ter descido para o café mais cedo. Lottie já derrubou o chá dela.

Esse foi apenas o início e, dia a dia, suas obrigações eram aumentadas. Ela ensinava francês para as crianças menores e tomava-lhes outras lições, e esse era o mais leve de seus afazeres. Descobriram que ela poderia ser usada de inúmeras formas. Ela poderia ser enviada para serviços fora da casa a qualquer hora ou sob qualquer clima. Podiam pedir-lhe para fazer coisas às quais os outros se negavam. A cozinheira e as arrumadeiras aprenderam a usar com ela o mesmo tom da Srta. Minchin e até gostavam de dar ordens para a "jovenzinha", sobre a qual houvera tanto rebuliço por tanto tempo. Elas não eram criadas da melhor espécie, e não tinham nem boas maneiras nem bom temperamento, e era muitas vezes conveniente ter alguém à mão para colocar a culpa.

A PRINCESINHA

Durante o primeiro ou segundo mês, Sara achava que sua boa vontade para fazer as coisas tão bem quanto podia e seu silêncio a respeito das reprimendas poderiam sensibilizar quem a tratava tão duramente. No seu coraçãozinho orgulhoso, ela queria que vissem que ela tentava ganhar a vida, e não estava aceitando caridade. Mas chegou o momento em que ela percebeu que ninguém havia se sensibilizado e, quanto mais boa vontade ela demonstrava para fazer o que lhe pediam, mais dominadoras e exigentes as descuidadas criadas se mostravam, e mais predisposta a ralhar e colocar a culpa nela a cozinheira ficava.

Se ela fosse mais velha, a Srta. Minchin teria lhe dado as garotas maiores para ensinar e economizaria dinheiro, demitindo uma instrutora. Mas, enquanto ela permanecesse e se parecesse com uma criança, poderia ser mais útil como uma garota de recados distinta e uma criada para qualquer tipo de tarefa. Um garoto de recados comum não seria tão inteligente e confiável. Podiam confiar em Sara para encomendas difíceis e mensagens complicadas. Ela podia até sair para pagar contas e, além disso, tinha a capacidade de tirar muito bem o pó de uma sala e colocar as coisas em ordem.

Suas próprias aulas se tornaram coisa do passado. Nada lhe era ensinado e, depois dos dias longos e cheios, gastos correndo para todo lado sob as ordens de todos, lhe era permitido, com muita relutância, ir à sala de aula vazia, com uma pilha de livros velhos, estudar sozinha à noite.

— Se eu não me lembrar das coisas que eu aprendi, talvez acabe esquecendo-as — ela dizia para si mesma. — Sou quase uma copeira e, se eu for uma copeira que não sabe nada, serei como a pobre Becky. Fico me perguntando se poderia esquecer *tudo* e começar a não pronunciar os *erres* finais dos verbos ou lembrar que o rei Henrique VIII teve seis esposas.

Uma das coisas mais curiosas em sua nova existência era sua nova posição em relação às alunas. Em vez de ser uma espécie de pequeno personagem da realeza entre elas, passou a nem sequer parecer ser uma delas, em absoluto. Mantinham-na tanto tempo no trabalho que ela raramente tinha a oportunidade de falar com qualquer uma delas, e não conseguia deixar de perceber que a Srta. Minchin preferia que ela vivesse uma vida separada das ocupantes da sala de aula.

— Não vou permitir que ela tenha intimidades ou converse com as outras crianças — a senhorita disse. As garotas adoram injustiças, e se ela começar a contar histórias românticas a seu respeito, ela se tornará uma heroína maltratada, e passarão uma impressão errada aos pais. É melhor que ela tenha uma vida separada – uma vida mais compatível com suas circunstâncias. Estou lhe dando um lar, e isso é mais do que ela tem qualquer direito de esperar de mim.

Sara não esperava muito, e era orgulhosa demais para tentar continuar a ser íntima de garotas que, claramente, sentiam-se constrangidas e inseguras ao seu lado. O fato era que as alunas da Srta. Minchin eram um grupo de jovens enfadonhas e práticas. Estavam acostumadas a ser ricas e acomodadas e, como os vestidos de Sara ficavam cada vez mais curtos, surrados e com aparência estranha, e tornou-se evidente que ela usava sapatos furados e era despachada para comprar mantimentos, carregando-os pelas ruas com uma cesta em mãos quando a cozinheira precisava urgentemente deles, elas se sentiam, ao falar com ela, como se estivessem dando atenção a uma criada inferior.

— E pensar que ela era a garota com minas de diamantes — Lavinia comentou. — Ela realmente parece um objeto agora. E está mais estranha do que nunca. Nunca gostei muito dela, mas não suporto essa mania que ela adquiriu de olhar para as pessoas sem falar – como se as estivesse analisando.

— E estou — disse Sara imediatamente, ao ouvi-la. — É por isso que olho para algumas pessoas. Gosto de saber a seu respeito. Depois, reflito sobre elas.

A verdade era que ela havia evitado muitos aborrecimentos ao ficar de olho em Lavinia, que estava sempre disposta a fazer alguma brincadeira de mau gosto, e teria ainda mais prazer se o fizesse com a ex-aluna de exibição.

Sara nunca fez nenhuma brincadeira de mau gosto, nem nunca se intrometeu com ninguém. Ela trabalhava como um burro de carga; percorria ruas molhadas carregando pacotes e cestas; tinha que lidar com a falta de atenção das alunas menores nas lições de francês; à medida que sua aparência ficava mais maltrapilha e desleixada, foi aconselhada a fazer suas refeições no andar inferior; era tratada como se ninguém se importasse com ela, e seu coração ficava cada vez mais orgulhoso e ferido, mas nunca dizia a ninguém como se sentia.

— Soldados não reclamam — ela costumava dizer a boca fechada, entre seus dentinhos. — Não vou reclamar. Vou fazer de conta que tudo faz parte de uma guerra.

Mas havia horas em que seu coração infantil teria se despedaçado de solidão se não fosse por três pessoas.

A primeira, é preciso admitir, era Becky —ninguém além de Becky. Durante toda aquela primeira noite passada no sótão, ela sentira um leve consolo em saber que do outro lado da parede em que os ratos lutavam e guinchavam havia outra jovem criatura humana. E, durante as noites seguintes, a sensação de conforto aumentou. Elas tinham poucas oportunidades para conversar durante o dia. Cada uma tinha suas tarefas a executar e qualquer tentativa de se comunicar teria sido vista como uma tendência à vadiagem e à perda de tempo. — Não ligue pra mim, senhorita — Becky sussurrou na primeira manhã —, se eu não falar nada educado. Alguém *pudia ficá* bravo com a gente se eu falasse. Eu quero *dizê* "por favor" e "obrigado" e *"disculpa"*, mas não posso perder tempo com isso.

Porém, antes do amanhecer, ela costumava aparecer no quartinho de Sara no sótão para abotoar seu vestido e ajudá-la no que fosse preciso antes de descer para acender o fogo da cozinha. E, quando chegava a noite, Sara sempre ouvia a batidinha humilde à sua porta, o que significava que sua ajudante estava pronta para ajudá-la mais uma vez, se fosse necessário. Durante suas primeiras semanas de luto, Sara sentia-se atordoada demais para conversar, então algum tempo se passou até que elas se vissem e se visitassem com mais frequência. O coração de Becky disse-lhe que era melhor deixar as pessoas com aflições sozinhas.

A segunda pessoa do trio de consoladoras era Ermengarde, mas coisas estranhas aconteceram antes que ela tomasse seu lugar.

Quando a mente de Sara pareceu despertar novamente para a vida ao seu redor, ela percebeu que havia esquecido que uma Ermengarde vivia nesse mundo. As duas sempre foram amigas, mas Sara sentia como se estivesse anos mais velha. Não se podia negar que Ermengarde era tão simplória quanto afetuosa. Ela agarrava-se a Sara de um jeito simples e desajeitado; levava-lhe suas lições para que Sara a ajudasse; ouvia cada palavra dela e a importunava pedindo que lhe contasse histórias. Mas ela mesma não tinha nada interessante a dizer e detestava livros de qualquer espécie. Na verdade, não era uma pessoa de quem alguém se lembraria em meio a uma torrente de problemas, e Sara acabou por esquecê-la.

E fora ainda mais fácil esquecê-la, já que Ermengarde havia sido mandada para casa por algumas semanas. Ao voltar, não viu Sara por um ou dois dias e, quando a encontrou pela primeira vez descendo por um corredor, ela estava carregada de roupas para serem remendadas. A própria Sara havia aprendido como consertá-las. Ela parecia pálida e muito diferente do seu normal, trajando um estranho vestido curto demais, cujo tamanho mostrava muito de suas pernas magras e sujas.

Ermengarde era vagarosa demais para assimilar tal situação. Ela não conseguia pensar em nada para dizer. Ela sabia o que havia acontecido, mas, de alguma forma, nunca imaginara que Sara poderia parecer-se assim – tão diferente e tão pobre, quase como uma criada. Ela só conseguiu se sentir muito triste e não pôde fazer nada além de irromper em uma risada breve e histérica e exclamar – a esmo e sem nenhuma intenção escusa:

— Ah, Sara! É você mesmo?

— Sim — respondeu Sara e, subitamente, um estranho pensamento passou por sua cabeça, fazendo-a corar. Ela segurava uma pilha de roupas em seus braços e seu rosto apoiava-se no topo da pilha, para mantê-la firme. Algo no olhar fixo de Sara fez com que Ermengarde perdesse ainda mais seu bom senso. Ela sentia que Sara havia se transformado em um novo tipo de garota, e que ela nunca a conhecera antes. Talvez fosse porque ela havia se tornado pobre e tivesse que consertar coisas e trabalhar como Becky.

— Ah — ela gaguejou. — Como... Como você está?

— Não sei — Sara respondeu. — Como você está?

— Estou... Estou muito bem — disse Ermengarde, atordoada pela timidez. Então, de repente, pensou em algo para dizer que parecia um pouco mais particular. — Você está... está muito infeliz? — disse com pressa.

Então Sara cometeu uma injustiça. Exatamente naquele momento seu coração ferido extravasou e ela sentiu que, se alguém era estúpido a tal ponto, o melhor era ficar longe dessa pessoa.

A PRINCESINHA

— O que você acha? — ela disse. — Você acha que estou muito feliz? — E passou por ela sem proferir mais nenhuma palavra.

Com o tempo, ela percebeu que, se sua tragédia não a fizera se esquecer das coisas, ela soube que a pobre e tola Ermengarde não podia ser culpada por seu comportamento despreparado e embaraçoso. Ela sempre fora desajeitada e, quanto mais sentia algo, mais agia de modo desastrado.

Mas o pensamento repentino, que passou como um raio por ela, fez com que ficasse muito sensível.

— Ela é como as outras — pensou ela. — Ela não quer realmente falar comigo. Ela sabe que ninguém mais quer.

Então, por várias semanas, uma barreira se formou entre elas. Quando se encontravam por acaso, Sara desviava o olhar, e Ermengarde sentia-se tensa e envergonhada demais para falar qualquer coisa. Às vezes, elas acenavam uma para a outra ao cruzarem-se, mas havia momentos em que nem sequer se cumprimentavam.

— Se ela prefere não falar comigo — Sara pensou —, vou ficar fora do seu caminho. A Srta. Minchin já facilita bastante que eu o faça.

A Srta. Minchin facilitou tanto que, finalmente, elas mal se viam. Naquela época, ficou evidente que Ermengarde estava mais ignorante do que nunca, e parecia apática e infeliz. Ela costumava sentar-se no assento da janela, muito encolhida, e olhava fixamente para fora sem falar nada. Certa vez, Jessie, ao passar por ela, parou para observá-la com atenção.

— Por que você está chorando, Ermengarde? — perguntou ela.

— Não estou chorando — respondeu Ermengarde, com uma voz abafada e trêmula.

— Está, sim — disse Jessie. — Uma lágrima imensa acaba de rolar pelo seu nariz e pingou na ponta dele. E lá vem outra.

— Bom — disse Ermengarde —, estou triste, e ninguém precisa se intrometer. E virou o corpinho rechonchudo, tirou seu lencinho do bolso e, sem medo, escondeu o rosto nele.

Naquela noite, quando Sara foi para o sótão, era mais tarde do que o usual. Ela teve que ficar trabalhando até depois da hora de as alunas irem para a cama e, depois disso, foi estudar na sala de aula vazia. Quando alcançou o topo das escadas, foi surpreendida por um feixe de luz vindo da porta do sótão.

— Ninguém entra aí além de mim — pensou rapidamente —, mas alguém acendeu uma vela.

Alguém tinha, realmente, acendido uma vela, e não queimava no castiçal da cozinha que ela devia usar, mas em um dos castiçais pertencentes aos quartos das alunas. Esse alguém estava sentado na banqueta quebrada, vestia sua camisola e se enrolara em um xale vermelho. Era Ermengarde.

— Ermengarde! — exclamou Sara. Ela ficou tão assustada que quase morreu de susto. — Você vai ficar em apuros.

Ermengarde saltou da banqueta. Ela atravessou o sótão em suas pantufas, que eram grandes demais para ela. Seus olhos e nariz estavam rosados de tanto chorar.

— Eu sei disso... Se me descobrirem aqui — disse ela. — Mas não me importo... Não me importo nem um pouco. Ah, Sara, por favor, diga-me. Qual é o problema? Por que você não gosta mais de mim?

Algo em sua voz fez com que o conhecido nó aparecesse na garganta de Sara. Uma voz tão afetuosa e simples – tão parecida com a da velha Ermengarde que lhe pedira para ser sua "melhor amiga". Ela soou como se não tivesse tido a intenção de dizer o que dissera durante aquelas semanas anteriores.

— Eu realmente gosto de você — Sara respondeu. — Achei... Veja bem, tudo está diferente agora. Eu achei que você... estava diferente.

Ermengarde arregalou os olhos cheios de lágrimas.

— Ora, era você que estava diferente! — ela exclamou. — Você não queria falar comigo. Eu não sabia o que fazer. Foi você que ficou diferente depois que eu voltei.

Sara pensou por um instante. Ela percebeu que cometera um erro.

— Eu estou diferente — explicou ela —, mas não do jeito que você achou. A Srta. Minchin não quer que eu fale com as garotas. A maioria delas não quer falar comigo. Pensei que, talvez, você também não quisesse. Então tentei ficar fora do seu caminho.

— Ah, Sara — Ermengarde quase chorou de tão consternada. Então, depois de um simples olhar, ambas correram para os braços uma da outra. Deve-se admitir que os cabelos negros de Sara ficaram por vários minutos sobre o ombro coberto pelo xale vermelho. Quando Ermengarde parecera abandoná-la, ela se sentira terrivelmente sozinha.

Depois disso, elas se sentaram no chão juntas, Sara segurando os joelhos com os braços e Ermengarde enrolada em seu xale. Ermengarde olhava com uma expressão de adoração para o estranho rosto com grandes olhos.

— Eu não podia mais aguentar — ela disse. — Acredito que você pudesse viver sem mim, Sara, mas eu não poderia viver sem você. Estava quase morta. Então, esta noite, quando estava chorando debaixo das minhas cobertas, subitamente pensei em subir até aqui e simplesmente implorar para que você me deixasse ser sua amiga de novo.

— Você é mais gentil do que eu — disse Sara. — Estava muito cheia de orgulho para tentar fazer amigas. Olhe só, agora que as dificuldades apareceram, mostraram-me que *não* sou uma criança boa. Eu temia que isso acontecesse. Talvez... — ela franziu a testa, com sagacidade — seja por isso que elas me foram enviadas.

— Não vejo nada de bom nelas — disse Ermengarde, decidida.

— Nem eu... para falar a verdade — admitiu Sara, com sinceridade. — Mas eu suponho que deva haver algo bom em tudo, mesmo que não consigamos ver. Deve haver — disse, cheia de dúvidas — algo bom na Srta. Minchin.

Ermengarde olhou para o sótão à sua volta, com uma curiosidade bastante apavorante.

— Sara — ela disse —, você acha que conseguirá viver aqui?

Sara também olhou ao redor.

— Se eu fizer de conta que é um lugar totalmente diferente, posso — respondeu. — Ou se fizer de conta que é um lugar em alguma história.

Ela falou lentamente. Sua imaginação começava a trabalhar a seu favor. Não fazia isso desde que suas aflições começaram. Sara sentira como se ela estivesse atordoada.

— Outras pessoas já moraram em lugares piores. Pense no Conde de Monte Cristo nas masmorras do Castelo d'If[14]. E pense nas pessoas na Bastilha!

— A Bastilha — Ermengarde suspirou baixinho, observando-a e começando a ficar fascinada. Ela se lembrava das histórias da Revolução Francesa que Sara conseguira fixar em sua mente ao contá-las de forma tão dramática. Ninguém além de Sara conseguira tal feito.

Uma luz bem conhecida voltou aos olhos de Sara.

— Sim — ela disse, abraçando os joelhos —, esse será um ótimo lugar para fazer de conta. Sou uma prisioneira na Bastilha. Estou aqui há anos e anos... e anos, e todos se esqueceram de mim. A Srta. Minchin é a carcereira... e Becky... — um súbito brilho juntou-se à luz de seus olhos —, Becky é a prisioneira da cela ao lado.

Ela virou-se para Ermengarde, parecendo-se muito com a velha Sara.

— Vou fingir que é tudo verdade — ela disse — e isso me servirá de consolo.

Ermengarde ficou imediatamente fascinada, encantada.

— E você vai me contar tudo a respeito? — perguntou. — Posso subir aqui à noite, sempre que for seguro e ouvir as coisas que você inventou durante o dia? Vai parecer que somos "melhores amigas" mais do que nunca.

— Sim — respondeu Sara, concordando com a cabeça. — A adversidade coloca as pessoas à prova, e a minha pôs você à prova, mostrando quanto você é boa.

---

14. A autora faz referência ao romance escrito por Alexandre Dumas, *O Conde de Monte Cristo*, onde o marinheiro Edmond Dantès é preso injustamente por catorze anos no Castelo d'If, localizado em uma ilha na costa da cidade de Marselha, no sul da França. (N. do T.)

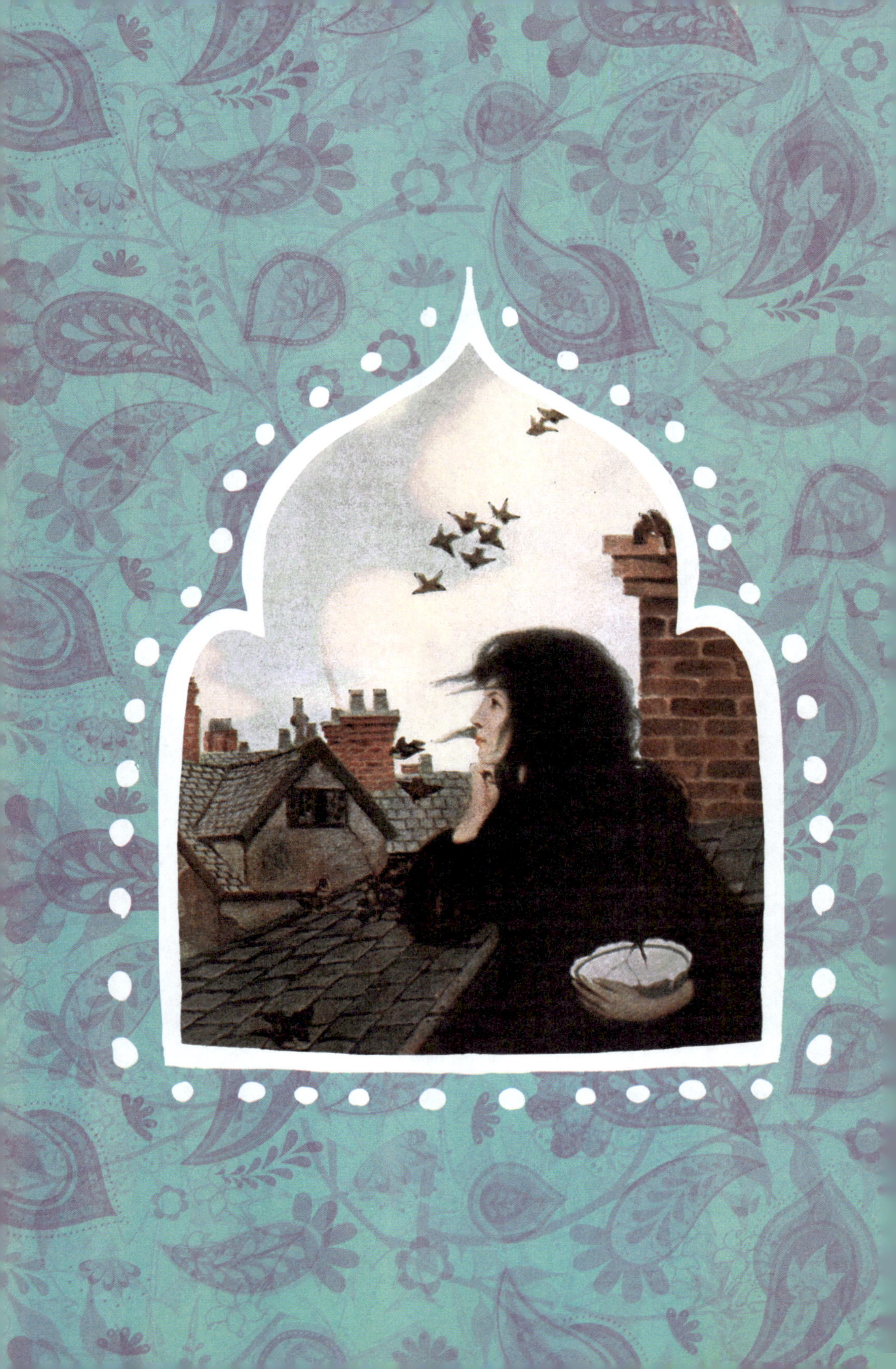

9

Melchisedec

A terceira pessoa do trio era Lottie. Ela era uma coisinha pequenina, não sabia o que a adversidade significava e estava completamente confusa pelas alterações que aconteceram com sua jovem mãe adotiva. Ela ouvira boatos de que coisas estranhas tinham acontecido com Sara, mas ela não conseguia entender por que ela parecia diferente – por que ela usava um vestido velho e preto e ia para a sala de aula para ensinar, em vez de sentar-se no seu lugar de honra para aprender também. Houve muitos sussurros entre as mais novas quando descobriram que Sara não vivia mais nos aposentos onde Emily se sentara com tanta pompa por um bom tempo. A principal dificuldade de Lottie era que Sara falava muito pouco quando lhe faziam perguntas. Aos sete anos de idade, os mistérios precisam ser muito bem explicados para que se possa entendê-los.

— Você é muito pobre agora, Sara? — ela perguntou em segredo na primeira manhã em que sua amiga ficou encarregada da lição de francês das pequenas. — Você está tão pobre quanto um mendigo? — ela empurrou a mão magra de Sara com sua mãozinha rechonchuda e arregalou os olhos cheios de lágrimas. — Eu não quero que você seja pobre como um mendigo.

Ela parecia prestes a chorar. E Sara apressou-se em consolá-la.

— Os mendigos não têm onde morar — disse ela bravamente. — Eu tenho um lugar para morar.

— Onde você mora? — insistiu Lottie. — A nova garota dorme no seu quarto, e ele não é mais bonito.

— Eu moro em outro quarto — disse Sara.

— É um quarto bom? — perguntou Lottie. — Quero ir vê-lo.

— Você não deve falar nada — disse Sara. — A Srta. Minchin está olhando para nós duas. Ela vai ficar brava comigo por deixar você cochichar.

Ela já havia descoberto que seria responsabilizada por tudo que fosse reprovável. Se as crianças não prestassem atenção, se conversassem, se estivessem inquietas, era ela quem seria repreendida.

Mas Lottie era uma criaturinha decidida. Se Sara não ia contar onde morava, ela descobriria de uma forma ou de outra. Conversou com suas colegas menores e ficou ao redor das alunas mais velhas, ouvindo enquanto elas fofocavam, e, ao organizar algumas informações que elas deixaram escapar sem querer, iniciou finalmente uma jornada de descobertas, subindo escadas cuja existência ela desconhecia até então, chegando ao andar do sótão. Ali encontrou duas portas, uma ao lado da outra, e, ao abrir uma delas, viu sua amada Sara sobre uma mesa velha, olhando para fora de uma janela.

— Sara! — ela gritou, horrorizada. — Mamãe Sara! — Ela estava horrorizada porque o sótão era tão vazio e feio, e parecia tão distante de todo o mundo. Suas pernas curtas pareciam ter escalado centenas de escadarias.

Sara virou-se ao som de sua voz. Era sua vez de ficar horrorizada. O que aconteceria agora? Se Lottie começasse a chorar e alguém acabasse ouvindo, ambas estariam perdidas. Ela pulou da mesa e correu para a criança.

— Não chore e não faça barulho — ela implorou. — Vou levar uma bronca se você chorar, e fiquei o dia inteiro levando broncas. Não é... Não é um quarto tão ruim, Lottie.

— Não é? — suspirou Lottie e, ao olhar ao redor, ela mordeu o lábio. Ela ainda era uma criança mimada, mas gostava tanto de sua mãe adotiva a ponto de fazer um esforço para se controlar por causa dela. Então, de alguma forma, era possível que qualquer lugar em que Sara morasse pudesse se transformar em um lugar agradável. — Por que não é, Sara? — ela quase cochichou.

Sara abraçou-a com força e tentou rir. Havia uma espécie de conforto no calor daquele corpinho infantil e gorducho. Ela tinha tido um dia difícil e estivera olhando pela janela com os olhos vermelhos.

— Aqui pode-se ver todo tipo de coisas que não se consegue ver lá embaixo — disse.

— Que tipo de coisas? — perguntou Lottie, com a curiosidade que Sara conseguia despertar até mesmo em garotas maiores.

— Chaminés... Bem pertinho de nós... Com fumaça se contorcendo em espirais e nuvens, subindo pelo céu... E pardais saltitando e conversando uns com os outros como se fossem pessoas... E as janelas de outros sótãos, onde cabeças aparecem a todo minuto e você pode ficar imaginando de quem são. E tudo parece estar lá no alto... como se fosse outro mundo.

— Ah, deixe-me ver! — exclamou Lottie. — Levante-me!

Sara levantou-a e elas ficaram juntas em cima da velha mesa, apoiando-se na beirada da janela plana do telhado e olhando para fora.

Qualquer um que não tenha feito isso não faz ideia do mundo diferente que elas viram. As telhas de ardósia estendiam-se por ambos os lados e inclinavam-se até as calhas da chuva. Os pardais, totalmente em casa, piavam e saltitavam para todo canto sem medo. Dois deles se empoleiravam no alto da chaminé mais próxima e discutiam com fervor até que um expulsou o outro a bicadas. A janela do sótão ao lado estava fechada porque a casa vizinha estava vazia.

— Gostaria que alguém morasse ali — disse Sara. — É tão perto que, se houvesse uma garotinha no sótão, poderíamos conversar pela janela e visitar uma à outra, se não tivéssemos medo de cair.

O céu parecia tão mais próximo do que quando o via da rua que Lottie ficou encantada. Da janela do sótão, entre os topos das chaminés, as coisas que aconteciam no mundo lá embaixo pareciam quase irreais.

Quase era possível duvidar da existência da Srta. Minchin, da Srta. Amelia e da sala de aula, e o som das rodas deslizando pela praça pareciam algo pertencente a outra realidade.

— Ah, Sara! — exclamou Lottie, aninhando-se em seu braço protetor. — Eu gosto desse sótão... Gosto muito! É mais agradável do que lá embaixo!

— Olhe para aquele pardal — sussurrou Sara. — Gostaria de ter algumas migalhas para jogar para ele.

— Eu tenho algumas! — surgiu um gritinho de Lottie. — Tenho parte de um pão doce no bolso. Comprei com a minha moedinha ontem e guardei um pedaço.

Quando elas arremessaram algumas migalhas, o pardal deu um salto e voou para o topo de uma chaminé vizinha. Evidentemente, ele não estava acostumado com pessoas próximas nos sótãos e as migalhas inesperadas o assustaram. Mas quando Lottie ficou bem quietinha e Sara piou com muita delicadeza – quase como se ela própria fosse um pardal – ele percebeu que aquilo que o espantara representava hospitalidade, afinal. Ele inclinou a cabeça para o lado e, do seu poleiro na chaminé, olhou para as migalhas com os olhos brilhantes. Lottie mal podia se manter quieta.

— Será que ele vem? Será que ele vem? — sussurrou ela.

— Seus olhos indicam que sim — Sara sussurrou de volta. — Ele está pensando e pensando se deve se arriscar. Sim, ele vem! Sim, ele está vindo!

Ele desceu voando e saltitou na direção das migalhas, mas parou a alguns centímetros delas, inclinando a cabeça mais uma vez, como se cogitasse a probabilidade de Sara e Lottie serem, na verdade, grandes gatos prestes a pular em cima dele. Finalmente, seu coração disse-lhe que elas eram mais gentis do que pareciam, e ele saltou para mais perto e mais perto, bicou a maior migalha, rápido como um raio, agarrando-a e carregando-a para o outro lado de sua chaminé.

— Agora ele *sabe* — disse Sara. — E voltará para buscar as outras.

Ele realmente voltou e até trouxe um amigo, e o amigo foi buscar um parente e, entre eles, fizeram uma rica refeição, piando, conversando e soltando exclamações, parando de vez em quando para inclinar a cabeça e examinar Lottie e Sara. Lottie estava tão encantada que esqueceu completamente de sua primeira impressão acerca do sótão. Na verdade, quando ela foi levantada da mesa e voltou para a realidade das coisas terrenas, Sara pôde apontar-lhe as inúmeras belezas no quarto, de cuja existência nem ela mesmo suspeitara.

— O sótão é tão pequeno e tão acima de tudo — disse ela — que é quase como um ninho em uma árvore. O teto inclinado é tão engraçado. Olhe só, você mal consegue ficar em pé nessa ponta do quarto, e, quando a manhã começa a chegar, posso deitar na cama e olhar direto para o céu através da janela plana do telhado. É como se fosse um remendo de luz. Se o sol está prestes a brilhar, pequenas nuvens rosadas flutuam por todo lado e eu sinto que poderia tocá-las. E, se chover, os pingos batem e batem como se dissessem algo agradável. Então, se há estrelas, você pode se deitar e tentar contar quantas entram no remendo. Cabem tantas nele! E dê uma olhada naquelas minúsculas grades enferrujadas no canto. Se elas estivessem polidas e houvesse fogo nelas, pense em como seriam bonitas. Você percebe, na verdade é um quartinho muito bonito!

Ela andava ao redor do pequeno espaço, segurando a mão de Lottie e fazendo gestos que descreviam todas as belezas que ela se obrigava a ver. Ela fez com que Lottie as visse também. Lottie sempre conseguia acreditar nas coisas que Sara retratava.

— Você vê — disse ela —, poderia haver um grosso e macio tapete azul indiano no chão, e naquele canto podia haver um agradável sofazinho com almofadas para se acomodar, e, acima dele, uma estante cheia de livros para que qualquer um pudesse alcançá-los facilmente, e também um tapete de pele diante da lareira, e tapeçarias na parede para cobrir a caiação, e quadros também. Eles teriam que ser pequenos, mas seriam bonitos, e também podia haver um abajur com uma cúpula pintada com um cor-de-rosa bem forte, e uma mesa no meio, com apetrechos para tomar chá, e uma chaleirinha redonda de cobre chiando no fogareiro, e a cama poderia ser bem diferente. Ela seria muito macia, coberta com uma encantadora colcha de seda. E seria bonita. E talvez poderíamos convencer os pardais a serem nossos amigos para virem bicar a janela, pedindo para entrar.

— Ah, Sara! — exclamou Lottie. — Queria morar aqui!

Quando Sara a convenceu a ir para baixo novamente e, depois de colocá-la a caminho, voltou para o sótão, ficou no meio do seu quarto e olhou à sua volta. O encantamento do que havia imaginado para Sara havia desaparecido. A cama era dura e coberta com sua colcha de retalhos encardida. A parede caiada mostrava os remendos rachados, o chão era frio, sem nenhum tapete, as grades da lareira estavam despedaçadas e enferrujadas, e a banqueta surrada, o único assento do quarto, se inclinava sobre sua perna quebrada. Ela sentou-se nela por alguns minutos e deixou a cabeça cair em suas mãos. O mero fato de Lottie ter vindo e saído novamente fez com que as coisas parecessem um pouco piores – assim como talvez os prisioneiros sentiam-se um pouco mais desolados depois que suas visitas chegavam e partiam, deixando-os sozinhos.

— É um lugar solitário — disse ela. — Às vezes, é o lugar mais solitário no mundo.

Assim estava ela sentada quando sua atenção foi atraída por um leve ruído próximo. Ela levantou a cabeça para ver de onde ele vinha e, caso fosse uma criança aflita, ela teria deixado seu assento na banqueta surrada com muita pressa. Um imenso rato estava sentado sobre as patas traseiras e farejava o ar com uma expressão interessada. Algumas das migalhas de Lottie haviam caído no chão e seu aroma o havia retirado de seu buraco.

Ele parecia tão estranho e tão parecido com um anão ou gnomo com bigodes grisalhos que Sara ficou muito fascinada. Ele olhou para ela com seus olhos brilhantes, como se lhe fizesse uma pergunta. Ele se mostrava evidentemente tão indeciso que um dos estranhos pensamentos da criança veio-lhe à mente.

"Ouso dizer que é muito difícil ser um rato," pensou ela. "Ninguém gosta de você. As pessoas pulam, fogem e gritam: 'Ah, um rato horrível!' Eu não gostaria que as pessoas gritassem e pulassem, dizendo: 'Ah, uma Sara horrível!' no momento em que me vissem. Nem que armassem armadilhas para mim, fazendo com que parecessem o jantar. É tão diferente ser um pardal. Mas ninguém perguntou a esse rato se ele queria ser um rato quando estava sendo feito. Ninguém disse: 'Você não prefere ser um pardal?'."

Ela se sentara tão quietinha que o rato começou a criar coragem. Estava com muito medo dela, mas talvez ele tivesse um coração igual ao do pardal, que lhe diria que ela talvez não fosse algo que costumava saltar. Ele tinha muita fome. E tinha uma esposa e uma grande família morando na parede, e haviam tido uma má sorte assustadora por vários dias. Ele deixara as crianças chorando muito e sentia que teria que se arriscar o quanto fosse por algumas migalhas, então, com muito cuidado, baixou as patas dianteiras.

— Venha — disse Sara —, não sou uma armadilha. Pode ficar com elas, coitadinho! Os prisioneiros na Bastilha costumavam fazer amizade com os ratos. Talvez eu me torne sua amiga.

Como é que os animais entendem as coisas, eu não sei, mas certamente entendem. Talvez haja uma língua que não é feita de palavras e todos no mundo a compreendem. Talvez haja uma alma escondida em todas as coisas e ela seja sempre capaz de falar, sem emitir um único som, com outra alma. Mas, independentemente da razão, o rato soube a partir daquele momento que estava a salvo – apesar de ser um rato. Ele sabia que essa jovem humana sentada na banqueta vermelha não saltaria nem o aterrorizaria com ruídos ferozes e agudos, nem jogaria nele objetos que – se não caíssem sobre ele, esmagando-o – despachariam-no mancando de volta ao seu buraco. Na verdade, ele era um rato muito agradável, e não queria fazer nenhum mal. Quando ele se colocara sobre as patas traseiras e farejara o ar, com os olhos brilhantes fixos em Sara, tinha a esperança de que ela o compreenderia, e não começaria a odiá-lo como a um inimigo. Quando aquela coisa misteriosa que fala sem dizer nenhuma palavra disse-lhe que não era o caso dela, dirigiu-se devagarinho na direção das migalhas e começou a comê-las. Enquanto comia, olhava vez ou outra para Sara, assim como os pardais haviam feito, e sua expressão era tão desconsolada que acabou por emocioná-la.

Ela sentou-se e observou-o sem fazer nenhum movimento. Uma migalha era muito maior do que as outras – na verdade, mal podia ser chamada de migalha. Era evidente que ele queria muito aquele pedaço, mas ele estava perto demais da banqueta e o rato ainda estava muito receoso.

"Acho que ele quer levar esse pedaço para sua família na parede", Sara pensou. "Se eu não me mexer nem um pouco, talvez venha pegá-lo."

Ela mal se permitia respirar, de tão interessada. O rato moveu-se até um pouco mais perto e comeu mais algumas migalhas, então parou e farejou delicadamente, olhando de relance para a ocupante da banqueta. Então, lançou-se ao pedaço de pão com a mesma ousadia repentina do pardal e, no momento em que se encontrava na posse do pedaço, correu como um raio de volta à parede, escorregou por uma rachadura no rodapé e sumiu.

— Sabia que ele queria o pedaço para seus filhos — disse Sara. — Acredito que possa me tornar sua amiga.

Mais ou menos uma semana depois disso, em uma das raras noites em que Ermengarde achava seguro escapulir até o sótão, Sara demorou dois ou três minutos para atendê-la depois que ela bateu na porta com as pontas dos dedos. Havia, na verdade, tanto silêncio no quarto que, inicialmente, Ermengarde imaginou que Sara tivesse caído no sono. Então, para sua surpresa, ela ouviu-a dar uma risadinha baixa e falar com alguém, tentando convencê-lo.

— Aqui! — Ermengarde ouvi-a dizer. — Pegue e leve para casa, Melchisedec! Vá para casa, para sua esposa!

Quase imediatamente Sara abriu a porta e, ao fazê-lo, encontrou Ermengarde parada na soleira da porta, com os olhos assustados.

— Com quem... Com quem você está *falando*, Sara? — disse ela, ofegante.

Sara puxou-a para dentro com cuidado, mas ela parecia divertir-se com algo.

— Você tem que me prometer não se assustar – não gritar nem um pouquinho, caso contrário não posso lhe contar — respondeu ela.

Ermengarde sentiu vontade de gritar naquele mesmo instante, mas conseguiu se controlar. Ela olhou ao redor, por todo o sótão, e não viu ninguém. Mesmo assim, certamente Sara estava falando com *alguém*. Ela pensou em fantasmas.

— É... É algo que vai me assustar? — perguntou, receosa.

— Algumas pessoas têm medo deles — disse Sara. — Eu tive, a princípio – mas agora não tenho mais.

— Era... um fantasma? — estremeceu Ermengarde.

— Não — disse Sara, rindo. — Era meu rato.

Ermengarde deu um pulo e aterrissou no meio da caminha encardida.

Ela escondeu os pés sob sua camisola e o xale vermelho. Ela não gritou, mas gemeu assustada.

— Ah! Ah! — ela clamou baixinho. — Um rato! Um rato!

— Receava que você fosse se assustar — disse Sara. — Mas não é preciso. Estou domesticando-o. Na verdade, ele já me conhece e sai quando eu o chamo. Você está com medo demais para querer vê-lo?

A verdade era que, com o passar dos dias e com a ajuda dos restos trazidos da cozinha, sua curiosa amizade havia se desenvolvido e, pouco a pouco, ela se esquecera de que a tímida criatura com quem ela se familiarizara era um simples rato.

A princípio, Ermengarde estava assustada demais para fazer qualquer coisa além de ficar encolhida sobre a cama, escondendo seus pés, mas a visão do semblante contido de Sara e a história da primeira aparição de Melchisedec começaram finalmente a aguçar sua curiosidade, e ela inclinou-se para além da beirada da cama e observou Sara ajoelhar-se próximo ao buraco no rodapé.

— Ele... ele não vai começar a correr e pular na cama, vai? — ela disse.

— Não — respondeu Sara. — Ele é tão educado quanto nós duas. Ele é igualzinho a uma pessoa. Agora, veja!

Ela começou a emitir um assobio baixo – tão baixo e convincente que só poderia ser ouvido em meio a um silêncio absoluto. Ela assobiou diversas vezes, parecendo completamente concentrada no seu ato. Ermengarde achou que Sara parecia estar fazendo um encantamento. E, por fim, certamente em resposta ao assobio, uma cabeça com olhos brilhantes e bigodes grisalhos apareceu no buraco. Sara tinha algumas migalhas na mão. Ela deixou-as cair e Melchisedec aproximou-se em silêncio e as comeu. Pegou um pedaço maior que o restante e carregou-o solenemente de volta para sua casa.

— Está vendo — disse Sara —, aquele pedaço maior é para sua esposa e filhos. Ele é muito agradável. Apenas come os pedaços pequenos. Depois que volta para casa, sempre ouço sua família guinchar de felicidade. Há três tipos de guinchos. Um tipo é dos filhos, um é da Sra. Melchisedec e o outro é do próprio Melchisedec.

Ermengarde começou a rir.

— Ah, Sara! — disse ela. — Você *é* estranha... mas é muito boa.

— Sei que sou estranha — admitiu Sara, animada — e eu *tento* ser boa. — Ela esfregou a testa com sua mãozinha morena, e um olhar confuso e terno surgiu em seu rosto. — Meu papai sempre ria de mim — disse ela —, mas eu gostava. Ele achava que eu era estranha, mas gostava quando eu inventava coisas. Eu... eu não consigo parar de inventar coisas. Se não fizesse isso, não acredito que poderia viver. — Parou de falar e olhou ao redor do sótão. — Tenho certeza que não poderia viver aqui — acrescentou em voz baixa.

Ermengarde mostrava-se interessada, como sempre. — Quando você fala sobre qualquer coisa — disse —, ela parece se tornar real. Você fala de Melchisedec como se ele fosse uma pessoa.

— Ele *é* uma pessoa — disse Sara. — Ele tem fome e medo, assim como nós, e ele é casado e tem filhos. Como podemos saber que ele não pensa, assim como nós? Seus olhos parecem com os de uma pessoa. É por isso que lhe dei um nome.

Ela sentou-se no chão, na sua posição favorita, segurando os joelhos.

— Além disso — disse —, ele é um rato da Bastilha enviado para ser meu amigo. Sempre consigo pegar um pedaço de pão que a cozinheira joga fora, e é mais que suficiente para alimentá-lo.

— Ainda estamos na Bastilha? — perguntou Ermengarde, ansiosa. — Você continua fazendo de conta que aqui é a Bastilha?

— Quase sempre — respondeu Sara. — Às vezes, tento fazer de conta que é outro tipo de lugar, mas, geralmente, a Bastilha é mais fácil – principalmente quando faz frio.

Nesse exato instante, Ermengarde quase pulou para fora da cama, assustada com um barulho que ouvira. Algo parecido com duas batidas na parede.

— O que é isso? — exclamou ela.

Sara levantou-se do chão e respondeu muito dramaticamente:

— É a prisioneira da cela ao lado.

— Becky! — exclamou Ermengarde, fascinada.

— Sim — disse Sara. — Ouça: duas batidas significam "Prisioneira, você está aí?".

Ela bateu três vezes na parede, como se respondesse.

— Isso significa: "Sim, estou aqui, e está tudo bem".

Quatro batidas surgiram no lado da parede de Becky.

— Isso significa — explicou Sara — "então, companheira sofredora, vamos dormir em paz. Boa noite".

Ermengarde praticamente irradiava de prazer.

— Ah, Sara! — ela sussurrou alegremente. — É como se fosse uma história!

— *É* uma história — disse Sara. — *Tudo* é uma história. Você é uma história... Eu sou uma história. A Srta. Minchin é uma história.

E ela sentou-se novamente e falou até Ermengarde se esquecer de que ela mesma era uma espécie de prisioneira fugitiva, e teve que ser lembrada por Sara que não poderia ficar na Bastilha por toda a noite, mas deveria escapulir em silêncio para o andar de baixo e arrastar-se de volta à sua cama deserta.

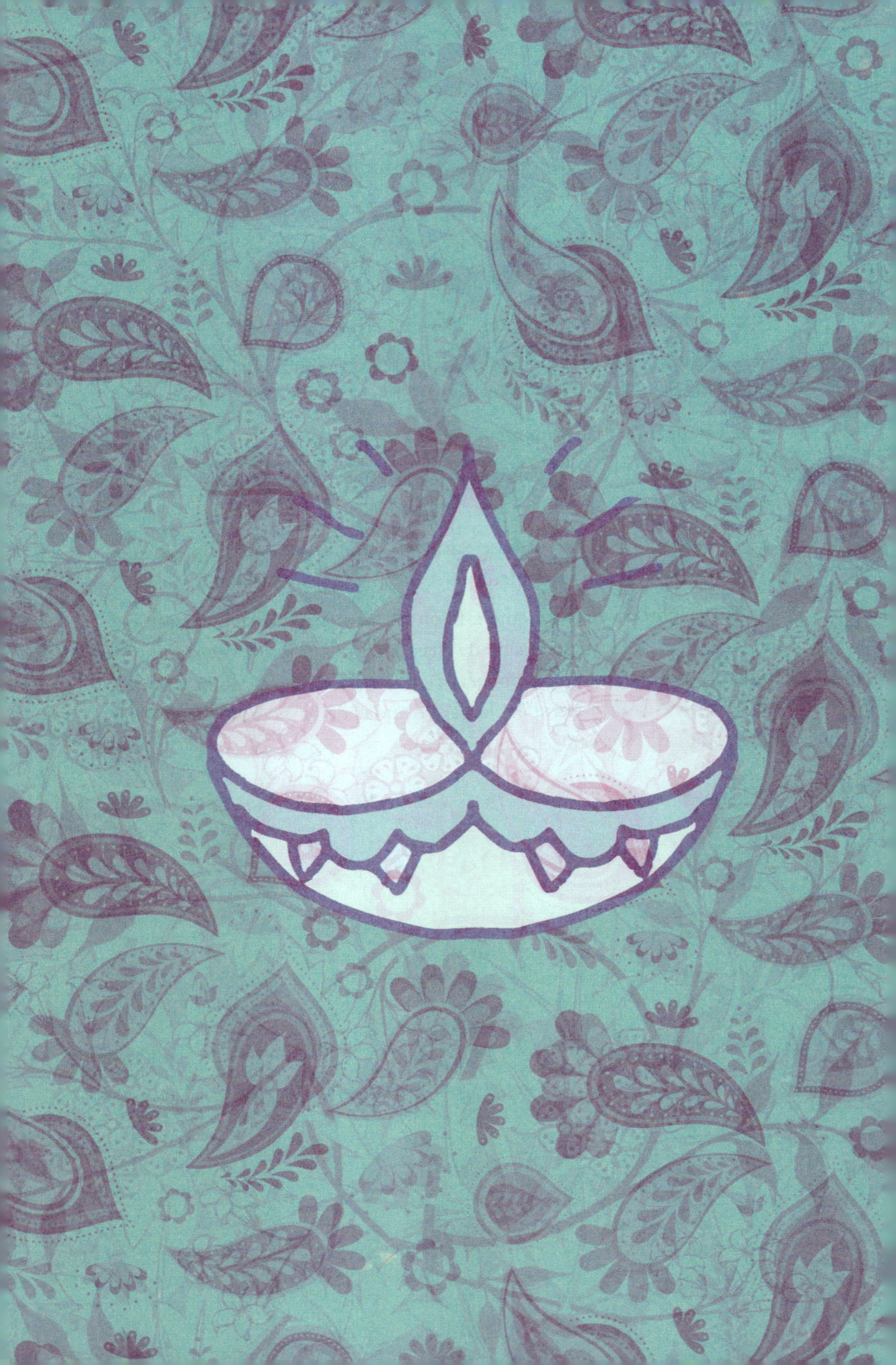

10

O Cavalheiro Indiano

Mas era perigoso para Ermengarde e Lottie fazerem suas peregrinações para o sótão. Elas nunca tinham certeza de que Sara estaria lá, e tampouco podiam saber se a Srta. Amelia não iria fazer uma visita de inspeção pelos quartos depois que as alunas devessem estar dormindo. Por isso, suas visitas eram raras e Sara vivia uma vida estranha e solitária. Era uma vida ainda mais solitária quando estava lá embaixo do que quando estava no sótão. Ela não tinha ninguém com quem conversar e, quando era enviada para fazer alguma tarefa e andava pelas ruas, uma figurinha desamparada carregando uma cesta ou um pacote, tentando segurar seu chapéu quando o vento soprava e sentindo a água ensopar seus sapatos quando chovia, ela sentia como se a multidão correndo apressada por ela fizesse sua solidão ainda maior. Antes, quando ela era a Princesa Sara, atravessando as ruas em sua carruagem, ou caminhando, acompanhada por Mariette, a vista de seu rostinho radiante e inquieto e seus casacos e chapéus exóticos faziam com que as pessoas a admirassem. Uma garotinha feliz e muito bem cuidada chama a atenção. Crianças esfarrapadas não são incomuns nem bonitas o suficiente para fazer as pessoas se voltarem para olhá-las e sorrirem. Ninguém olhava para Sara ultimamente e ninguém parecia vê-la enquanto ela se apressava nas calçadas superlotadas. Ela tinha começado a crescer muito rápido e, como usava apenas as roupas mais simples que o restante do seu guarda-roupa podia lhe prover, sabia que parecia realmente muito estranha. Todas as suas vestes de valor lhe tinham sido confiscadas, e as que haviam permanecido para seu uso deveriam durar enquanto fosse possível vesti-las. Às vezes, quando ela passava por uma vitrine com espelho, quase gargalhava ao notar seu próprio reflexo e, às vezes, seu rosto corava, ela mordia o lábio e virava-se de costas.

Nos fins de tarde, quando passava por casas cujas janelas tinham luz, ela costumava olhar os cômodos quentinhos e divertir-se imaginando coisas a respeito das pessoas que via sentadas diante das lareiras ou à volta das mesas. Sempre lhe interessava dar uma espiadela nos quartos antes de as persianas serem fechadas. Havia inúmeras famílias na praça em que a Srta. Minchin morava, com as quais se familiarizara de um jeito só dela. Ela costumava chamar a família de que mais gostava de Grande Família. Chamou-a assim não porque seus membros eram grandes – já que, na verdade, a maioria deles era pequena –, mas porque havia muitos deles. Havia oito crianças na Grande Família, e uma mãe corpulenta e rosada, um pai corpulento e rosado, uma avó corpulenta e rosada e vários criados. As oito crianças eram sempre levadas para caminhar, ou para passear em carrinhos de bebê por babás tranquilas, ou saíam de carruagem com sua mamãe, ou corriam porta afora de encontro ao papai delas, para beijá-lo e dançar ao redor dele, tirando seu casaco e olhando nos bolsos à procura de algum pacote, ou amontoavam-se nas janelas dos seus quartos, olhando para fora, empurrando umas às outras e rindo – de fato, elas estavam sempre fazendo algo divertido, de acordo com os costumes de uma grande família. Sara gostava muito deles, e dera-lhes nomes saídos de livros – nomes muito românticos. Quando não os chamava de Grande Família, ela os chamava de Montmorency. A bebê gorduchinha e loira com uma touca de renda era Ethelberta Beauchamp Montmorency; a outra bebê chamava-se Violet Cholmondeley Montmorency; o garotinho, que mal conseguia andar e tinha umas perninhas muito rechonchudas, era Sydney Cecil Vivian Montmorency; e depois vinham Lilian Evangeline Maud Marion, Rosalind Gladys, Guy Clarence, Veronica Eustacia e Claude Harold Hector.

Certa noite, algo muito engraçado aconteceu – embora, talvez, de certa forma não fosse nem um pouco engraçado.

Vários dos Montmorency estavam evidentemente indo a uma festa de criança quando, no instante em que Sara estava prestes a passar pela porta de sua casa, cruzaram a calçada para entrar na carruagem que lhes aguardava. Veronica Eustacia e Rosalind Gladys, usando vestidos brancos de renda e faixas adoráveis, tinham acabado de entrar, e Guy Clarence, com cinco anos, vinha em seguida. Ele era um garotinho tão lindo, com bochechas tão rosadas, olhos tão azuis e uma cabecinha coberta de cachos tão adoráveis, que Sara se esqueceu completamente de sua cesta e de sua capa esfarrapada – na verdade, esqueceu-se de tudo, fora o fato de que queria olhá-lo por um momento. Então, parou e olhou.

Era época de Natal, e a Grande Família ouvira tantas histórias sobre crianças que eram pobres e que não tinham mamães e papais para enchê-las de presentes e levá-las à encenação natalina – crianças que, de fato, passavam fome, frio e mal tinham o que vestir. Nas histórias, pessoas bondosas – às vezes garotinhos e garotinhas com corações gentis – invariavelmente viam tais crianças pobres e davam-lhes dinheiro ou presentes caros, ou levavam-nas para casa e ofereciam-lhes maravilhosos jantares. Guy Clarence havia chegado às lágrimas naquela mesma tarde ao ler tais histórias, e desejara ardentemente encontrar uma criança pobre como aquelas para dar-lhe certas moedinhas que possuía, sustentando-a assim pelo resto da vida. Uma moedinha de seis centavos[15], ele tinha certeza, significaria a prosperidade para sempre. Ao cruzar o tapete vermelho estendido na calçada da porta da casa até a carruagem, ele carregava esses exatos seis centavos no bolso de suas calças curtas de marinheiro. E exatamente quando Rosalind Gladys entrou no veículo e pulou no assento para testar as molas das almofadas, ele viu Sara em pé sobre a calçada molhada em suas roupas maltrapilhas, com sua velha cesta no braço, olhando para ele, faminta.

Ele achou que seus olhos pareciam famintos porque ela talvez não tivesse nada para comer há muito tempo. Ele não sabia que eles assim pareciam porque ela tinha fome de uma vida feliz e afetuosa como a que

---

15. No original, *sixpence*, moeda equivalente a seis centavos de 1 libra esterlina, circulante no Reino Unido até 1980. (N. do T.)

se levava na casa dele – que se revelava em seu rostinho rosado – nem que ela tinha fome de segurá-lo em seus braços e beijá-lo. Ele apenas sabia que ela tinha olhos grandes, um rosto magro, pernas finas, uma cesta ordinária e roupas pobres. Então, ele pôs a mão no bolso, encontrou sua moedinha de seis centavos e dirigiu-se a ela com bondade.

— Aqui, pobre garotinha — disse ele. — Aqui está uma moedinha. Quero que fique com ela.

Sara assustou-se e, de uma só vez, percebeu que se parecia exatamente com as crianças pobres que havia visto, em outra época, esperando na calçada para observá-la enquanto saía de sua própria carruagem. E, mais de uma vez, ela lhes havia dado moedas. Seu rosto corou e depois empalideceu e, por um segundo, ela sentiu-se incapaz de pegar aquela moedinha.

— Ah, não! — disse ela. — Ah, não, obrigado. Não devo aceitar, de forma nenhuma!

Sua voz era tão diferente da voz de uma criança de rua comum e sua atitude tão parecida com os modos de uma criaturinha bem-criada que Veronica Eustacia (cujo nome verdadeiro era Janet) e Rosalind Gladys (que era, na verdade, chamada de Nora) inclinaram-se para ouvir melhor.

Mas Guy Clarence não seria contrariado em sua generosidade. Ele colocou a moeda na mão de Sara.

— Sim, você tem que aceitar, pobre garotinha! — ele insistiu com firmeza. — Você pode comprar coisas para comer com ela. É uma moeda de seis centavos!

Havia algo tão sincero e gentil em seu rosto, e ele parecia tão propenso a ficar magoado de tão desapontado caso ela não a aceitasse, que Sara sabia que não deveria recusar sua oferta. Ser tão orgulhosa seria algo cruel. Então, acabou colocando seu orgulho no bolso, embora deva-se admitir que suas faces arderam de tão vermelhas.

— Obrigado — disse. — Você é uma coisinha adorável e muito gentil. E, enquanto ele escalava a carruagem, ela tentou sorrir, apesar de ter rapidamente recuperado o fôlego, com os olhos brilhando por trás das lágrimas. Ela já sabia que parecia estranha e maltrapilha, mas, até aquele momento, ainda não soubera que poderia ser confundida com um mendigo.

À medida que a carruagem da Grande Família se afastava, as crianças em seu interior conversavam com um entusiasmo animado.

— Ah, Donald — (esse era o nome de Guy Clarence), Janet exclamou, surpresa —, por que você ofereceu sua moeda para aquela garotinha? Tenho certeza de que ela não é uma mendiga.

— Ela não falava como um mendigo! — exclamou Nora. — E seu rosto não parecia com o rosto de um mendigo!

— Além disso, ela não pediu nada — disse Janet. — Fiquei com muito medo de que ela ficasse brava com você. Você sabe, as pessoas ficam com raiva de serem confundidas com um mendigo quando não são um.

— Ela não ficou brava — disse Donald, um pouco desanimado, mas ainda decidido. — Ela riu um pouquinho e disse que eu sou uma coisinha adorável e muito gentil. E eu sou! — disse firmemente. — Era todo o meu dinheiro.

Janet e Nora trocaram olhares.

— Uma garota pedinte nunca teria dito isso — decidiu Janet. — Ela teria dito: "Muito *brigado, seu senhorzinho... brigado*, senhor" e talvez tivesse feito uma reverência.

Sara não soube nada do ocorrido, mas, a partir daquele momento, a Grande Família ficou tão profundamente interessada nela quanto ela neles. Rostos costumavam aparecer nas janelas dos quartos das crianças quando ela passava e muitas conversas a seu respeito eram trocadas em frente à lareira.

— Ela é um tipo de criada do internato — disse Janet. — Não acredito que ela tenha família. Acho que é uma órfã. Mas não é uma mendiga, mesmo que pareça maltrapilha.

E, a partir de então, passou a ser chamada por todos eles de "a garotinha que não é uma mendiga", o que era, claro, um nome bastante grande, e soava muito engraçado às vezes, quando os mais novos falavam-no muito rápido.

Sara conseguiu fazer um furo na moeda de seis centavos e pendurou-a no pescoço com um velho pedaço de uma fita estreita. Seu carinho pela Grande Família aumentou – assim como, na verdade, sua afeição por tudo que ela pudesse amar tinha aumentado. Ela gostava mais e mais de Becky e costumava esperar ansiosamente pelas duas manhãs semanais em que ia para a sala de aula ensinar francês para as pequeninas. Suas aluninhas a amavam, e lutavam umas com as outras pelo privilégio de ficar perto dela e colocar suas mãozinhas na mão dela. Senti-las abrigando-se nela alimentava seu coração faminto. Ela tornou-se tão amiga dos pardais que, quando subia em cima da mesa, colocando a cabeça e os ombros para fora da janela do sótão e piando, ouvia quase imediatamente um esvoaçar de asas e trinados em resposta, e uma pequena revoada de pássaros encardidos da cidade aparecia e pousava nas telhas de ardósia para conversar com ela e desfrutar das migalhas que ela espalhava. Ela se tornara tão íntima de Melchisedec que ele chegava a trazer a Sra. Melchisedec consigo às vezes e, vez ou outra, um ou dois de seus filhos. Ela costumava conversar com ele e, de certa forma, ele parecia compreendê-la completamente.

Crescera em sua mente uma sensação bastante estranha em relação a Emily, que permanecia sentada, olhando para tudo. Essa sensação surgiu em um de seus momentos de maior angústia. Ela gostaria de acreditar ou fazer de conta que acreditava que Emily a compreendia e solidarizava-se com ela. Ela não gostava de admitir para si mesma que sua única companheira não era capaz de sentir nem ouvir nada. Às vezes, costumava colocá-la em uma cadeira e sentava-se na frente dela na velha banqueta vermelha, encarava-a e usava-a em algum "faz de conta" até que seus próprios olhos se arregalassem com algo que era quase um medo — especialmente à noite, quando tudo estava tão quieto, quando o único ruído no sótão era o ocasional correr e chiar repentinos da família de Melchisedec na parede. Um de seus "faz de conta" era tornar Emily um tipo de bruxa boa capaz de protegê-la. Às vezes, depois de encará-la até ficar inteiramente tomada pela fantasia, ela fazia perguntas e sentia *quase* como se ela fosse capaz de lhe responder. Mas nunca respondeu realmente.

— Quanto a responder, no entanto — disse Sara, tentando se consolar —, não respondo com tanta frequência. Nunca respondo se consigo evitar. Quando as pessoas nos insultam, não há nada melhor do que não emitir uma só palavra – apenas olhar para elas e *refletir*. A Srta. Minchin fica vermelha de raiva quando faço isso e a Srta. Amelia parece assustada, assim como as garotas. Quando não nos entregamos à ira, as pessoas reconhecem que somos mais fortes do que elas, porque somos fortes o bastante para controlar nossa raiva, e elas não, e acabam dizendo coisas estúpidas, das quais se arrependem depois. Não há nada tão forte quanto a raiva, a não ser o que fazemos para controlá-la — isso é ainda mais forte. Não responder aos nossos inimigos é uma coisa boa. Eu raramente respondo. Talvez Emily se pareça mais comigo do que eu mesma. Talvez ela prefira não responder nem mesmo a seus amigos. Ela mantém tudo em seu coração.

Mas, apesar de tentar se satisfazer com esses argumentos, não era fácil. Quando, depois de um longo e árduo dia em que ela fora enviada para todo canto, às vezes em longas tarefas debaixo de chuva, vento e frio, ela voltava molhada e faminta, apenas para ser mandada novamente para a rua porque ninguém tentava se lembrar de que ela era apenas uma criança, de que suas pernas finas poderiam estar cansadas e, seu corpinho, gelado; quando ela só ouvira palavras duras e frias, e recebera olhares ofensivos como agradecimento; quando a cozinheira fora grosseira e insolente; quando a Srta. Minchin estivera em seu pior humor, e quando ela vira as garotas zombando entre si de sua penúria — então nem sempre ela era capaz de consolar seu coração desolado, ofendido e ressentido com suas fantasias, quando Emily simplesmente sentava-se ereta em sua velha cadeira, encarando-a.

Em uma dessas noites, quando ela subiu até o sótão com frio e fome, com alguma aflição assolando seu jovem peito, o olhar de Emily pareceu tão vazio, suas pernas e seus braços de serragem tão inexpressivos, que Sara perdeu todo o autocontrole. Não havia ninguém além de Emily — ninguém no mundo. E ali estava ela sentada.

— Poderia morrer agora — disse ela, a princípio.

Emily simplesmente encarou-a.

— Não suporto mais tudo isso — disse a pobre garota, tremendo. — Só sei que posso morrer. Estou com frio, estou molhada, estou morrendo de fome. Andei milhares de quilômetros hoje, e não fizeram nada além de me repreender desde a manhã até a noite. E, por não ter conseguido encontrar a última coisa que a cozinheira me pediu, não me deram o jantar. Alguns homens riram de mim porque meus sapatos velhos me fizeram escorregar na lama. Ainda estou coberta de lama até agora. E eles riram. Está me ouvindo?

Ela olhou para os olhos de vidro arregalados e para o rosto compassivo e, subitamente, uma espécie de raiva inconsolável tomou conta dela. Ela levantou sua mãozinha impetuosa e jogou Emily para fora da cadeira, explodindo em soluços desenfreados — a mesma Sara que nunca chorava.

— Você não é nada além de uma boneca! — ela gritou. — Nada além de uma boneca... uma boneca... uma boneca! Você não se importa com nada. Você é feita de serragem. Você nunca teve um coração. Nada poderia fazê-la sentir algo. Você é uma boneca! — Emily ficou deitada no chão, com suas pernas vergonhosamente dobradas por sobre sua cabeça e uma nova parte achatada na ponta de seu nariz. Mas ela estava calma, até mesmo grandiosa. Sara escondeu o rosto nos braços. Os ratos na parede começaram a brigar, morder uns aos outros, chiar e correr. Melchisedec estava castigando alguém de sua família.

Os soluços de Sara gradualmente diminuíram. Era tão incomum ela perder o controle que ficara surpresa consigo mesma. Depois de um tempo, levantou o rosto e olhou para Emily, que parecia lançar-lhe um olhar enviesado e, de alguma forma, dessa vez olhava-a de verdade, com uma espécie de empatia nos olhos de vidro. Sara inclinou-se e pegou-a do chão. O arrependimento apossou-se dela. Chegou a rir de si mesma um pouquinho.

— Você não pode deixar de ser uma boneca — disse, com um suspiro resignado —, assim como Lavinia e Jessie não podem deixar de ser insensíveis. Não somos todas feitas da mesma forma. Talvez, sendo de serragem, você faça seu melhor. — E beijou-a, endireitando suas roupas e colocando-a de volta em sua cadeira.

Ela tinha desejado com tanta força que alguém se mudasse para a casa vazia ao lado. Desejava porque a janela do sótão ficava tão perto da dela. Parecia-lhe que seria muito agradável vê-la aberta qualquer dia desses, com uma cabeça e ombros surgindo pela abertura quadrada.

— Se a cabeça parecer amável — pensou ela —, posso começar dizendo-lhe "bom dia", e todo tipo de coisa pode acontecer. Mas, claro, não é muito provável que alguém, além de serviçais, durma ali.

A PRINCESINHA

Certa manhã, ao virar a esquina da praça depois de uma visita à mercearia, ao açougue e à padaria, para seu enorme prazer, ela viu que, durante sua ausência um tanto quanto prolongada, um veículo lotado de móveis havia parado em frente à casa vizinha, as portas da frente estavam escancaradas e homens, em mangas de camisa, entravam e saíam carregando pacotes pesados e móveis.

— Está ocupada! — disse ela. — Está realmente ocupada! Ah, espero de verdade que uma cabeça gentil olhe pela janela do sótão!

Ela teria quase gostado de se juntar ao grupo de desocupados que pararam na calçada para observar as coisas que eram levadas para dentro da casa. Ela pensou que, se pudesse ver parte da mobília, poderia adivinhar alguma coisa das pessoas a quem ela pertencia.

— As mesas e cadeiras da Srta. Minchin são exatamente como ela — pensou. — Lembro-me de ter pensado isso no instante em que a vi, apesar de ser tão pequena. Contei para meu papai logo depois, e ele riu e disse que era verdade. Tenho certeza que a Grande Família tem sofás e poltronas largos e confortáveis, e posso ver que o papel de parede com flores vermelhas é exatamente como eles. É caloroso, animado, alegre e agradável de ver.

Ela foi enviada para comprar salsinha na quitanda no fim do dia e, quando subiu os degraus do porão, seu coração teve um sobressalto ao reconhecer algo. Vários móveis haviam sido colocados na calçada. Havia uma linda mesa de teca finamente trabalhada, algumas cadeiras e um biombo coberto com um rico bordado oriental. Ver essa mobília causou-lhe uma estranha sensação de nostalgia. Ela vira coisas muito parecidas com aquelas na Índia. Uma das coisas que a Srta. Minchin havia tirado dela era uma escrivaninha de teca entalhada que seu pai lhe havia enviado.

— São coisas bonitas — disse ela — Elas parecem pertencer a uma pessoa gentil. Todas as coisas parecem realmente imponentes. Suponho que seja uma família rica.

Os veículos com a mobília vinham e eram descarregados, dando lugar a vários outros durante o dia. Por inúmeras vezes, Sara teve a chance de ver as coisas que eram levadas para dentro. Ficou claro que ela estava certa em supor que os recém-chegados eram pessoas de muitas posses. Toda a mobília era rica e bonita, e grande parte dela era oriental. Tapetes maravilhosos, tapeçarias e ornamentos eram retirados dos veículos, além de muitos quadros e livros suficientes para montar uma biblioteca. Entre outras coisas, havia um grandioso deus Buda em um magnífico altar.

— Alguém dessa família deve ter estado na Índia — Sara pensou. — Eles devem ter se acostumado e começado a apreciar as coisas da Índia. Estou feliz. Sinto como se eles já fossem amigos, mesmo se nenhuma cabeça olhar para fora da janela do sótão.

Quando ela estava levando o leite noturno para a cozinheira (realmente não havia nenhum tipo de serviço que não lhe mandassem fazer), viu algo acontecer que tornou a situação mais interessante do que nunca. O bonito homem rosado que era o pai da Grande Família atravessou a praça da forma mais banal possível e subiu correndo os degraus da casa vizinha. Agiu como se estivesse em casa e esperasse subir e descer esses degraus continuamente no futuro. Ficou por um bom tempo lá dentro e, por várias vezes, saiu e deu ordens aos ajudantes, como fosse seu direito fazê-lo. Era absolutamente certo que ele tinha algum tipo de intimidade com os recém-chegados e que agia em nome deles.

— Se os novos vizinhos tiverem filhos — Sara considerou —, os filhos da Grande Família certamente virão brincar com eles e poderão ir até o sótão apenas para se divertirem.

À noite, depois que seu trabalho havia acabado, Becky veio visitar sua companheira de prisão e trazer-lhe as notícias.

— É um cavalheiro *nindiano* que *tá vino* morar na casa ao lado, senhorita — ela disse. — Não sei se ele é um cavalheiro negro ou não, mas é *nindiano*. Ele é muito rico, e *tá* doente, e o cavalheiro da Grande Família é advogado dele. Ele teve um monte de *poblema* e por isso ele *tá* doente da cabeça. Ele adora ídolos, senhorita. Ele é pagão e faz reverência *pra* madeira e pedra. Eu vi um ídolo *sê* carregado pra dentro pra ele *adorá*. Alguém devia *dá* um folheto da igreja pra ele. Dá pra *comprá* um por um centavo.

Sara deu uma risadinha.

— Eu não acho que ele adore aquele ídolo — disse ela. — Algumas pessoas gostam de tê-los para admirá-los porque são interessantes. Meu papai tinha um muito bonito e ele não o adorava.

Mas Becky estava com muita disposição a preferir acreditar que o novo vizinho era "um pagão". Parecia algo muito mais romântico do que vê-lo como um tipo comum de cavalheiro que ia à igreja com seu livro de orações. Ela sentou-se e falou por bastante tempo naquela noite sobre como ele seria, sobre como seria sua esposa, se ele tivesse uma, e sobre como seriam suas crianças, se ele tivesse filhos. Sara percebeu que, intimamente, ela não podia deixar de ter esperanças de que as crianças fossem negras, que usassem turbantes e, acima de tudo, que – como seus pais – fossem todas "pagãs".

— Eu nunca morei ao lado de pagãos, senhorita — disse ela —, e gostaria de saber que jeito eles *tudo* têm.

Passaram-se várias semanas antes de sua curiosidade ser satisfeita e, então, foi revelado que o novo ocupante não tinha nem esposa nem filhos. Era um homem solitário sem nenhuma família e era evidente que sua saúde estava enfraquecida e, sua mente, infeliz.

Uma carruagem surgiu certo dia e parou em frente à casa. Quando o lacaio desceu da boleia para abrir a porta, o cavalheiro que era o pai da Grande Família saiu primeiro. Depois dele, desceu uma enfermeira uniformizada, e então, dois criados. Eles vinham auxiliar seu patrão, que, quando foi ajudado a sair da carruagem, mostrou ser um homem com um rosto esgotado e deprimido, e com um corpo esquelético enrolado em peles. Ele foi carregado degraus acima e o chefe da Grande Família entrou junto, parecendo muito ansioso. Logo depois, a carruagem de um médico chegou e o doutor também entrou – obviamente para cuidar dele.

— Há um cavalheiro tão amarelo na casa ao lado, Sara — Lottie sussurrou-lhe na aula de francês mais tarde. — Você acha que ele é chinês? O livro de geografia diz que os chineses são amarelos.

— Não, ele não é chinês — Sara sussurrou de volta. — Ele está muito doente. Continue com seu exercício, Lottie. *Non, monsieur. Je n'ai pas le canif de mon oncle*[16].

Esse foi o começo da história do cavalheiro indiano.

---

16. "Não, senhor. Não estou com o canivete do meu tio", em francês. (N. do T.)

11

Ram Dass

À s vezes, havia belos poentes, mesmo na praça. No entanto, só era possível ver parte deles por entre as chaminés e acima dos telhados. Das janelas da cozinha, não se podia ver absolutamente nada, e só se podia adivinhar que eles estavam acontecendo porque os tijolos pareciam quentes e o ar ficava rosado ou amarelo por um tempo, ou talvez podia-se ver um brilho intenso refletir em uma vidraça qualquer. Contudo, havia um lugar de onde podia-se vê-los em todo seu esplendor: montanhas de nuvens vermelhas e douradas no oeste; ou violetas, com contornos de um brilho ofuscante; ou ainda pequeninas, felpudas e flutuantes, tingidas de rosa, parecidas com revoadas de pombos rosados deslizando pelo azul do céu com muita pressa, caso ventasse. O lugar onde era possível ver tudo isso e onde, ao que parece, podia-se ao mesmo tempo usufruir de um ar mais puro era, claro, a janela do sótão. Quando, de repente, a praça parecia começar a brilhar de uma forma mágica e adquirir um aspecto maravilhoso, apesar de suas grades e árvores cobertas de fuligem, Sara sabia que algo estava acontecendo no céu; e, quando era definitivamente possível sair da cozinha sem que sentissem sua falta ou a chamassem de volta, ela invariavelmente escapulia, galgava os lances de escadas e, subindo na velha mesa, colocava a cabeça e o corpo o tanto quanto possível para fora da janela. Quando conseguia fazê-lo, ela sempre respirava fundo, antes de olhar à sua volta. Era como se ela tivesse todo o céu e o mundo só para ela. Ninguém mais olhava para fora dos outros sótãos. Geralmente as claraboias permaneciam fechadas; mas mesmo quando eram abertas para deixar o ar entrar, ninguém parecia aproximar-se delas. E ali Sara ficava, às vezes virando o rosto para o alto, na direção do azul que parecia tão amigável e próximo — como um encantador teto curvado —às vezes olhando para o oeste e para todas as coisas maravilhosas que aconteciam por lá: as nuvens se dissolvendo, flutuando sem rumo ou esperando calmamente para se tingirem de rosa, ou carmim, ou branco como a neve, ou violeta, ou cinza clarinho como uma pomba. Às vezes, elas formavam ilhas ou imensas montanhas ao redor de lagos de um azul-turquesa profundo, ou da cor do âmbar, ou como um quartzo verde; às vezes, formavam promontórios escuros saindo de estranhos mares perdidos; às vezes, finas faixas de terras maravilhosas juntavam-se entre si. Havia lugares onde parecia ser possível correr, ou escalar, e esperar para ver o que viria depois – até que, talvez, tudo se fundisse para que pudéssemos flutuar para longe. Pelo menos era assim que tudo parecia para Sara, e nada fora tão belo para ela quanto as coisas que ela via enquanto ficava em pé sobre a mesa – com metade do corpo para fora da claraboia – e os pardais piavam com a mesma suavidade do pôr do sol sobre as telhas. Os pardais sempre lhe pareciam piar com uma espécie de suavidade serena quando essas maravilhas aconteciam.

Houve um poente assim poucos dias depois que o cavalheiro indiano foi trazido para sua nova casa, e, como felizmente seu trabalho vespertino havia terminado na cozinha e ninguém a tinha enviado para nenhum lugar nem mandado executar nenhuma tarefa, Sara achou mais fácil do que o normal escapulir e subir para o sótão.

Ela subiu em sua mesa e ficou olhando para fora. Foi um momento maravilhoso. Havia enxurradas de ouro derretido cobrindo o oeste, como se uma onda gloriosa estivesse varrendo todo o mundo. Uma profunda e suntuosa luz amarela preenchia o ar; contra ele, os pássaros sobrevoando o topo das casas pareciam enegrecidos.

— Que momento Magnífico — disse Sara, baixinho, para si mesma. — Tudo isso me faz sentir certo medo – como se algo estranho estivesse prestes a acontecer. Momentos Magníficos sempre fazem com que me sinta assim.

Subitamente, ela virou sua cabeça, pois ouviu um som a alguns metros dela. Era um barulho estranho, como uma bizarra conversa estridente. Vinha da janela do sótão vizinho. Alguém tinha vindo ver o pôr do sol, assim como ela. Havia uma cabeça e parte de um corpo surgindo na claraboia, mas não era a cabeça ou o corpo de uma garotinha ou de uma criada. Era uma figura exótica envolta em branco, com um rosto escuro de olhos brilhantes e um turbante alvo, típicos de um criado indiano — "um lascarim[17]", Sara disse para si mesma rapidamente — e o som que ela ouvira tinha vindo de um macaquinho que ele segurava em seus braços como se lhe tivesse muito afeto, e que guinchava, agarrando-se ao peito do homem.

Assim que Sara olhou em sua direção, ele olhou na direção dela. A primeira coisa em que ela pensou foi que seu rosto escuro parecia triste e nostálgico. Ela tinha absoluta certeza de que ele viera até ali para ver o sol, pois raramente o vira na Inglaterra e ansiava por avistá-lo. Ela olhou para ele com muito interesse por um segundo e, então, sorriu por entre as telhas. Ela havia aprendido o quão reconfortante um sorriso podia ser, mesmo vindo de um estranho.

Seu sorriso foi certamente um prazer para ele. Todo o seu semblante se alterou, e ele mostrou dentes tão brancos e brilhantes ao sorrir-lhe de volta que parecia que uma luz tinha se acendido em seu rosto sombrio. O olhar amigável de Sara era sempre muito efetivo quando as pessoas estavam cansadas ou entediadas.

E, ao saudá-la, talvez ele tenha soltado o macaquinho de seus braços. Era um macaquinho travesso, sempre pronto para uma aventura, e a visão de uma garotinha provavelmente o entusiasmou. Ele se soltou de repente, pulou nas telhas, correu sobre elas guinchando, pulou no ombro de Sara e, de lá, para dentro do quarto dela. Isso fez com que ela risse e ficasse encantada com ele. Mas ela sabia que ele deveria ser devolvido ao dono — se é que o lascarim era seu dono — e pôs-se a imaginar como ela o faria. Será que ele a deixaria pegá-lo, ou ficaria agitado e se recusaria a ser pego, talvez fugindo pelo telhado até se perder? Isso não poderia acontecer de jeito nenhum. Talvez ele pertencesse ao cavalheiro indiano e o pobre homem gostasse dele.

17. Ver Nota 1.

Ela voltou-se para o lascarim, feliz por ainda se lembrar de um pouco do hindustâni[18] que ela aprendera quando morava com seu pai. Ela poderia fazer o homem compreendê-la. Falou com ele na língua que ele conhecia.

— Será que ele vai me deixar pegá-lo? — perguntou.

Ela acreditou nunca ter visto mais surpresa e encanto que aquela expressada pelo rosto escuro quando falou em sua língua familiar. A verdade era que o pobre homem sentiu que seus deuses haviam intercedido e que a vozinha gentil vinha do próprio céu. Imediatamente, Sara viu que ele estava acostumado com as crianças europeias. Ele despejou uma torrente de agradecimentos respeitosos. Colocou-se como criado da Srta. Sahib[19]. O macaco era bonzinho e não a morderia, mas, infelizmente, ele era difícil de pegar. Corria de um lugar a outro como um raio. Era desobediente, mas não era malvado. Ram Dass o conhecia como se fosse seu filho, e ele obedecia Ram Dass às vezes, mas não sempre. Se a Srta. Sahib permitisse, o próprio Ram Dass atravessaria o telhado até seu quarto, entraria pela janela e recuperaria o animal indigno. Mas, evidentemente, ele temia que Sara pudesse pensar que ele estava tomando muita liberdade e talvez não o deixasse entrar.

Mas Sara deu-lhe permissão imediatamente.

— Você consegue atravessar? — ela perguntou.

— Em um instante — ele respondeu.

— Então venha — disse ela. — Ele está pulando de um lado para outro do quarto, como se estivesse assustado.

Ram Dass escorregou pela janela do seu sótão e atravessou até a janela dela de uma forma tão estável e leve que parecia ter andado sobre telhados toda a sua vida. Deslizou pela claraboia e caiu em pé sem fazer nenhum ruído. Então, virou-se para Sara e cumprimentou-a mais uma vez. O macaco viu-o e soltou um gritinho. Ram Dass rapidamente fechou a claraboia, como precaução, e então foi à caça do macaquinho. Não foi uma caçada muito longa. O macaco prolongou-a por alguns minutos,

---

18. Termo antigo para se referir à língua hindi-urdu, ou simplesmente urdu, uma das línguas oficiais da Índia e do Paquistão. (N. do T.)
19. Ver Nota 3.

evidentemente apenas para se divertir, mas em pouco tempo pulou e sentou-se no ombro de Ram Dass, guinchando e pendurando-se em seu pescoço com um estranho bracinho magro.

Ram Dass agradeceu Sara profundamente. Ela tinha visto que seus rápidos olhos de nativo haviam percebido em um relance toda a decadência do quarto, mas falou com ela como se estivesse se dirigindo à filhinha de um rajá, e fingiu não ter prestado atenção em nada. Ele não se atreveu a permanecer mais que uns poucos minutos depois de ter capturado o macaquinho, e esses instantes foram dedicados às mesuras mais reconhecidas e profundas em troca de sua atenção. O malvadinho, disse ele, acariciando o macaco, na verdade não era tão mau quando parecia e seu dono, que estava doente, ocasionalmente se entretia com ele. Ele teria ficado triste se seu queridinho fugisse e se perdesse. Depois disso, cumprimentou-a mais uma vez e atravessou a claraboia e as telhas novamente com a mesma agilidade que o próprio macaco havia exibido.

Quando ele saiu, Sara ficou no meio do seu sótão e pensou em inúmeras coisas que o rosto e os trejeitos dele reavivaram em sua memória. A visão de suas roupas típicas e a profunda reverência em seus modos despertaram lembranças do passado dela. Parecia algo estranho a lembrar que ela – a serviçal para quem a cozinheira proferira tantos insultos uma hora atrás – há alguns anos estivera rodeada de pessoas que a tratavam como Ram Dass a tinha tratado, que a reverenciavam quando ela passava, cujas cabeças quase tocavam o chão ao falar com ela, que eram seus criados e cativos. Era uma espécie de sonho. Tudo tinha acabado, e nunca mais voltaria. Certamente parecia não haver nenhuma forma de alguma mudança acontecer. Ela sabia o que a Srta. Minchin pretendia para seu futuro. Enquanto ela fosse jovem demais para ser usada como uma professora comum, serviria como garota de recados e criada e, ainda assim, esperava-se que ela se lembrasse do que havia aprendido e, de alguma maneira misteriosa, aprendesse ainda mais. A maioria de suas noites, ela deveria gastar estudando e, em vários intervalos indefinidos, era avaliada e sabia que seria punida severamente se não progredisse como esperado. De fato, a verdade era que a Srta. Minchin sabia que ela tinha vontade demais de aprender para precisar de professores. Era só dar-lhe livros e ela os devoraria, acabando por saber tudo de cor. Podia-se ter certeza de que ela seria capaz de ensinar muitas coisas no decorrer de alguns anos. Era isso que aconteceria: quando fosse mais velha, ela se mataria de trabalhar na sala de aula, como já o fazia em várias partes da casa. Eles seriam obrigados a dar-lhe roupas mais respeitáveis, mas se assegurariam que fossem simples e feias o bastante para fazer com que ela, de alguma forma, se parecesse com uma criada. Era tudo que lhe parecia ser possível esperar, e Sara ficou bem quietinha por vários minutos, refletindo sobre isso.

Então um pensamento voltou à sua mente, fazendo com que a cor ressurgisse em seu rosto e um brilho faiscasse em seus olhos. Ela endireitou seu corpinho magro e levantou a cabeça.

— Não importa o que aconteça — disse ela —, isso não mudará uma coisa. Se eu sou uma princesa em trapos e farrapos, ainda posso ser uma princesa por dentro. Seria fácil ser uma princesa se estivesse vestida com roupas de ouro, mas é muito mais triunfante ser uma princesa o tempo todo, sem que ninguém saiba. Maria Antonieta, quando estava na prisão e seu trono havia desaparecido, tinha apenas um vestido preto para usar e seus cabelos ficaram brancos, e a insultavam e chamavam-na de Viúva Capeto[20]. Ela se mostrara muito mais como uma rainha então do que quando vivia muito feliz e tudo era tão grandioso. Eu gosto mais dela nessa época. Aquelas multidões de pessoas urrando não a assustavam. Ela era mais forte que eles, mesmo quando lhe cortaram a cabeça.

Esse não era um pensamento novo, mas, àquela altura, algo bem antigo. Era o que a consolava durante muitos dias difíceis, nos quais ela andava pela casa com uma expressão no rosto que a Srta. Minchin não conseguia compreender, e que era uma fonte de muita irritação para ela, como se aquela criança vivesse, em sua mente, uma vida que a mantinha acima do resto do mundo. Era como se ela raramente ouvisse todas as coisas duras e amargas que lhe diziam, ou, se as ouvisse, não se importava nem um pouco com elas. Às vezes, quando estava no meio de alguma reprimenda autoritária e rude, a Srta. Minchin percebia os olhos calmos e maduros fixados nela, revelando uma espécie de sorriso orgulhoso. Nesses

---

20. Quando foi abolida a monarquia francesa, em 1792, Luís XVI perdeu seus títulos e passou a ser chamado de Luís Capeto, por ser descendente da dinastia capetíngia (ou capetiana). Após sua morte na guilhotina, a alcunha Viúva Capeto foi dada a Maria Antonieta. (N. do T.)

momentos, ela não sabia que Sara dizia para si mesma: "Você não sabe que está dizendo essas coisas para uma princesa e que, se eu decidisse, poderia acenar com a mão e ordenar sua execução. Apenas vou poupá-la porque sou uma princesa e você é uma criatura pobre, estúpida, cruel, vulgar e velha, e não sabe como agir".

Isso costumava interessá-la e diverti-la mais do que qualquer outra coisa, e, por mais que parecesse estranho e fantasioso, sentia-se consolada e bem. Enquanto tal pensamento tomasse conta dela, não agia de forma grosseira ou cruel em resposta à grosseria e à crueldade ao seu redor.

— Uma princesa deve ser educada — ela dizia para si mesma.

E quando as criadas, usando o mesmo tom de sua patroa, eram insolentes e davam-lhe ordens, ela mantinha sua cabeça erguida e respondia-lhes com uma polidez singular, o que muitas vezes fazia com que elas a encarassem.

— Ela é mais pedante do que se tivesse vindo do Palácio de Buckingham, essa jovenzinha — dizia a cozinheira, às vezes dando risadinhas. — Perco bastante a paciência com ela, mas devo dizer que ela nunca se esquece de seus modos. "Por favor, cozinheira", "por gentileza, cozinheira", "perdoe-me, cozinheira", "com sua permissão, cozinheira". Profere esse tipo de coisas na cozinha como se não fosse nada.

Na manhã seguinte ao encontro com Ram Dass e seu macaquinho, Sara estava na sala de aula com suas aluninhas. Tendo terminado de explicar-lhes suas lições, ela pensava, enquanto reunia os livros de exercícios de francês, nas várias coisas que os personagens da realeza disfarçados haviam sido forçados a fazer: Alfredo, o Grande[21], por exemplo, deixou certos bolos queimarem e foi estapeado pela esposa do pastor. Como ela deve ter ficado com medo quando descobriu o que havia feito. Se a Srta. Minchin descobrisse que ela — Sara, cujos dedos estavam praticamente saindo para fora de suas botas — era uma princesa — uma princesa de verdade! Seu olhar era exatamente aquele que a Srta. Minchin mais detestava. Ela não iria aceitar aquilo; estava muito perto de Sara e ficou com tanta raiva que chegou realmente a partir para cima dela e a estapeou – exatamente

---

21. Alfredo, o Grande, foi rei de Wessex (um dos sete reinos que formaram a Inglaterra) de 871 a 899 e rei de todo o povo anglo-saxão (um dos povos da atual Grã-Bretanha) de 886 a 899. Ficou conhecido por defender seu reino contra os vikings. (N. do T.)

o que a esposa do pastor havia feito com o Rei Alfredo. Sara assustou-se. Acordou de seu sonho com o choque e, retomando o fôlego, ficou imóvel por um segundo. Então, sem saber que isso ia acontecer, soltou uma risadinha.

— Do que você está rindo, criança insolente e atrevida? — a Srta. Minchin exclamou.

Foram necessários alguns segundos para Sara controlar-se o suficiente para lembrar-se de que era uma princesa. Suas faces estavam coradas e doloridas por causa dos tapas que tinha recebido.

— Estava pensando — ela respondeu.

— Implore meu perdão imediatamente — disse a Srta. Minchin.

Sara hesitou por um segundo antes de responder.

— Perdoe-me por ter rido, caso tenha sido rude — disse, então —, mas não vou lhe pedir perdão por pensar.

— Em que estava pensando? — perguntou a Srta. Minchin. — Como ousa pensar? Em que estava pensando?

Jessie soltou uma risadinha, e tanto ela quanto Lavinia se cutucaram ao mesmo tempo. Todas as garotas tiraram os olhos dos livros para ouvir. Na verdade, elas sempre demonstravam certo interesse quando a Srta. Minchin atacava Sara. Sara sempre dizia algo estranho e nunca demonstrava nem um pouco de medo. Ela não estava com um pingo de medo agora, apesar de suas orelhas estarem vermelhas e seus olhos brilharem como estrelas.

— Estava pensando — ela respondeu, com nobreza e educação — que a senhorita não sabia o que estava fazendo.

— Que eu não sabia o que estava fazendo? — a Srta. Minchin quase sussurrou.

— Sim — disse Sara — e estava pensando no que aconteceria se eu fosse uma princesa e a senhorita me estapeasse – no que eu faria com a senhorita. E estava pensando que, se fosse uma princesa, a senhorita nunca ousaria fazer isso, não importando o que eu dissesse ou fizesse. E estava pensando em quão surpresa e amedrontada a senhorita ficaria se de repente descobrisse...

Ela tinha aquele futuro fantasioso tão claro diante de seus olhos que falou de uma maneira que seu efeito foi sentido até mesmo pela Srta. Minchin. Por um instante, para aquela mente limitada e sem imaginação, pareceu que deveria haver algum poder oculto por trás daquela ousadia ingênua.

— O quê? — ela exclamou. — Descobrisse o quê?

— Que eu realmente sou uma princesa — disse Sara — e que poderia fazer qualquer coisa... qualquer coisa que quisesse.

Todos os olhos da sala arregalaram-se ao máximo. Lavinia inclinou-se para a frente em seu assento para olhar.

— Vá para o seu quarto imediatamente! — berrou a Srta. Minchin, sem fôlego. —Saia da sala de aula! Voltem para seus deveres, mocinhas!

Sara fez uma pequena reverência.

— Desculpe-me por rir se fui mal-educada — disse ela e caminhou para fora da sala, deixando a Srta. Minchin lutando contra sua raiva, e as garotas sussurrando por trás dos livros.

— Vocês a viram? Vocês viram como ela estava estranha? — Jessie disparou. — Eu não ficaria nem um pouco surpresa se ela acabasse sendo importante. Imaginem só!

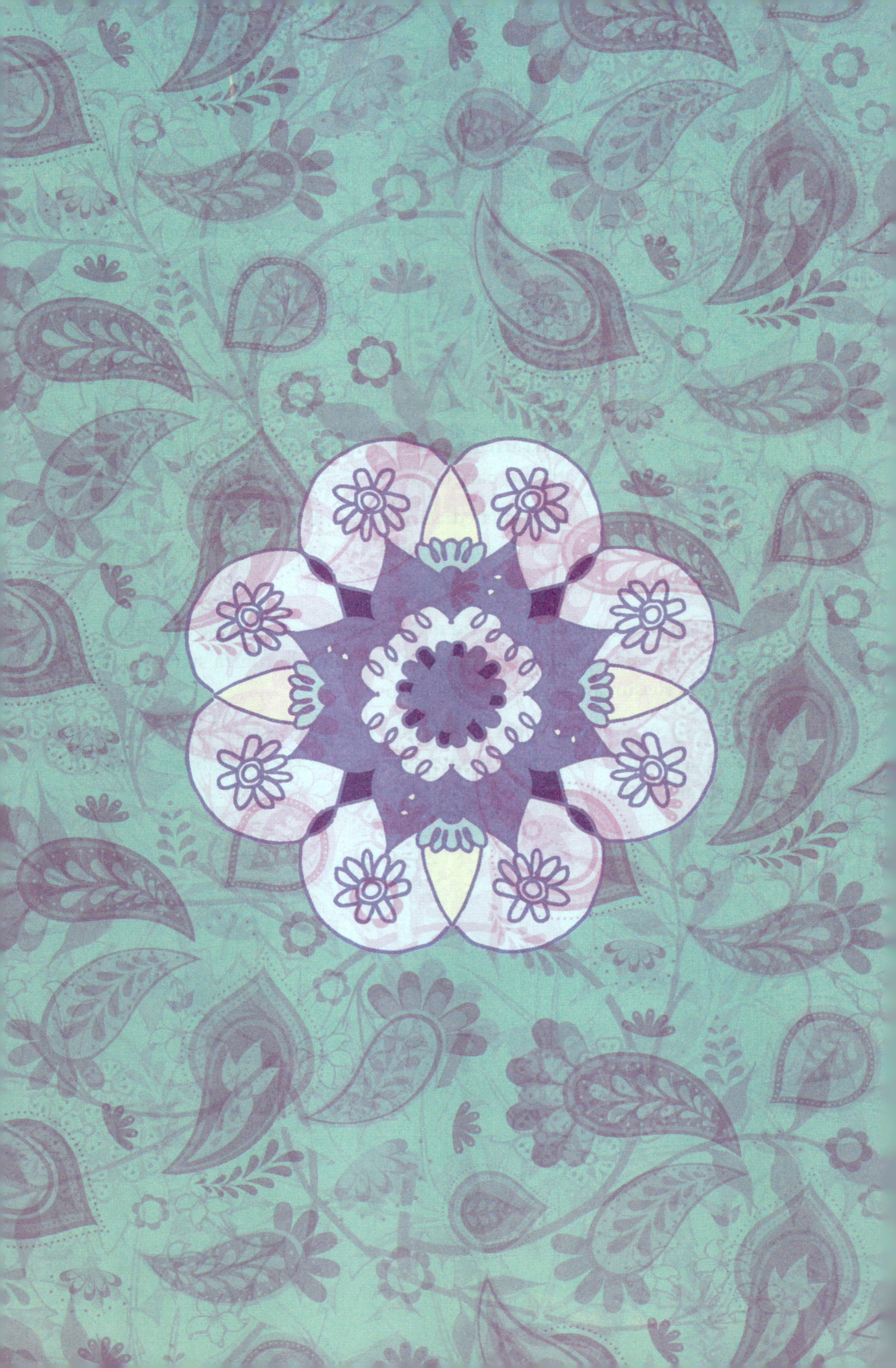

12

O Outro Lado da Parede

Quando se vive em uma rua com casas geminadas, é interessante pensar nas coisas que estão sendo feitas e ditas do outro lado da parede dos aposentos em que vivemos. Sara gostava de se divertir tentando imaginar as coisas escondidas pela parede que dividia o Internato Exclusivo da casa do cavalheiro indiano. Ela sabia que a sala de aula era do lado do escritório do cavalheiro indiano, e esperava que a parede fosse grossa o bastante para que o barulho que às vezes se fazia depois das aulas não o incomodasse.

— Estou começando a gostar muito dele — disse ela para Ermengarde. — Não gostaria que ele fosse incomodado. Adotei-o como amigo. Pode-se fazer isso com pessoas com as quais nunca conversamos. Você pode simplesmente observá-las, pensar nelas e preocupar-se com elas até que passem a parecer quase como parentes. Às vezes, fico bastante ansiosa quando vejo o médico visitá-lo duas vezes no mesmo dia.

— Tenho pouquíssimos parentes — disse Ermengarde, pensativa — e fico muito feliz com isso. Não gosto dos parentes que tenho. Minhas duas tias vivem dizendo: "Minha nossa,

Ermengarde! Você está gorda demais. Não devia comer doces", e meu tio está sempre me fazendo perguntas como: "Quando Eduardo III ascendeu ao trono?" e "Quem morreu por ter comido lampreias em excesso?".

Sara riu.

— As pessoas com quem você nunca conversou não podem lhe perguntar coisas como essas — disse ela — e tenho certeza de que o cavalheiro indiano não o faria, mesmo se tivesse muita intimidade com você. Eu gosto dele.

Ela começou a gostar da Grande Família porque eles pareciam felizes, mas gostava do cavalheiro indiano porque ele parecia triste. Era evidente que ele não havia se recuperado completamente de alguma doença muito grave. Na cozinha – onde, claro, as criadas, por algum meio misterioso, sabiam de tudo – havia muita discussão a respeito do caso dele. Ele não era realmente um cavalheiro indiano, mas um inglês que havia morado na Índia. Ele passara por grandes infortúnios que, por um tempo, colocaram de tal forma em perigo toda a sua fortuna que ele pensou que estava arruinado e em desgraça para sempre. O choque fora tão grande que ele quase morreu de febre cerebral[22], e, desde então, sua saúde ficara debilitada, apesar de sua sorte ter mudado e todas as suas posses terem sido restituídas. Seus problemas e perigos tinham ligação com minas.

— E minas com diamantes nelas! — disse a cozinheira. — Nenhuma de minhas economias vai para minas – e, especialmente, minas de diamantes — disse, olhando de soslaio para Sara. — Todos nós sabemos algo sobre *elas*.

— Ele se sentiu da mesma forma que meu papai — Sara pensou. — Ficou tão doente quanto meu papai, mas não morreu.

Por isso seu coração ficou ainda mais envolvido por ele do que antes. Quando ela era enviada para algum lugar à noite, por vezes ficava muito feliz, pois havia sempre uma chance de as cortinas da casa ao lado ainda não terem sido fechadas e poderia olhar para a sala quentinha e ver seu amigo adotivo. Quando não havia ninguém por perto, ela costumava

---

22. *Brain fever*, no original. Termo em desuso muito empregado no século 19, que pode ser uma série de doenças atualmente conhecidas, como meningite, encefalite e escarlatina, entre outras. Optou-se pela tradução literal do termo. (N. do T.)

parar e, segurando-se na grade de ferro, desejava-lhe boa-noite como se ele pudesse ouvi-la.

— Talvez você possa sentir, caso não possa ouvir — era sua fantasia. — Talvez pensamentos bons cheguem até as pessoas de alguma forma, mesmo através de janelas, portas e paredes. Talvez você se sinta um pouco aquecido e consolado, sem saber o porquê, quando estou em pé aqui, no frio, na expectativa de que você melhore e se alegre novamente. Sinto tanto por você — ela sussurrava com uma vozinha intensa. — Gostaria que você tivesse uma Pequena Senhorita que pudesse cuidar de você como eu costumava cuidar do meu papai quando ele estava com dor de cabeça. Eu mesma gostaria de ser sua Pequena Senhorita, coitadinho! Boa noite... boa noite. Deus o abençoe!

Ela ia embora, sentindo-se muito consolada e um pouco mais aquecida. Sua compaixão era tão forte que ela parecia *poder* alcançá-lo de alguma forma enquanto ele se sentava em sua poltrona diante da lareira, quase sempre em um grande camisolão, e quase sempre com a testa apoiada na mão, encarando o fogo sem esperanças. Para Sara, ele aparentava ser um homem que ainda tinha algo o incomodando em sua mente e não simplesmente alguém cujos problemas haviam todos ficado no passado.

— Ele parece estar pensando em algo que o magoa *agora* — ela disse para si mesma —, mas ele recuperou todo o seu dinheiro e vai se curar da febre cerebral com o tempo, então ele não deveria mais estar assim. Fico imaginando se não há nada além.

Se havia algo além — algo que as criadas não tinham ouvido —, ela não podia deixar de acreditar que o pai da Grande Família sabia o que era — o cavalheiro que ela chamava de Sr. Montmorency. O Sr. Montmorency ia visitá-lo frequentemente, e a Sra. Montmorency e todos os pequenos Montmorency também iam, mas com menos frequência. Ele parecia gostar principalmente das duas garotas mais velhas, Janet e Nora, que tinham ficado tão surpresas quando seu irmão menor Donald oferecera sua moedinha a Sara. Ele tinha, na verdade, um lugar muito especial em seu coração para todas as crianças, e particularmente para garotinhas. Janet e Nora gostavam tanto dele quanto ele delas, e aguardavam com muito prazer pelas tardes em que tinham permissão para cruzar a praça e fazer-lhe suas visitinhas bem-educadas. Eram visitas extremamente comportadas, já que ele estava inválido.

— Ele é um pobrezinho — dizia Janet — e ele diz que nós o animamos. Tentamos animá-lo com muita calma.

Janet era a líder da família e mantinha o resto em ordem. Era ela quem decidia quando era prudente pedir ao cavalheiro indiano para contar histórias sobre a Índia, e era ela quem percebia quando ele estava cansado e era hora de se retirar calmamente e dizer a Ram Dass para ficar com ele. Eles gostavam muito de Ram Dass. Ele poderia ter contado inúmeras histórias se pudesse falar outra língua, além do hindustâni. O nome verdadeiro do cavalheiro indiano era Sr. Carrisford, e Janet contou ao Sr. Carrisford sobre o encontro com a-garotinha-que-não-é-uma-mendiga. Ele ficou muito interessado, ainda mais quando ouviu de Ram Dass a aventura do macaquinho no telhado. Ram Dass descreveu um retrato muito preciso do sótão e de sua pobreza – do chão sem tapete e do reboco rachado, da grade vazia e enferrujada e da cama estreita e dura.

— Carmichael — disse ele para o pai da Grande Família, depois de ter ouvido essa descrição —, eu me pergunto quantos dos sótãos nessa praça são como esse, e quantas pobres garotinhas serviçais dormem em camas assim, enquanto eu me viro em meu travesseiro, impregnado e atormentado por uma riqueza que não é – em sua maior parte – minha.

— Meu querido amigo — o Sr. Carmichael respondeu animadamente —, quanto mais rápido você parar de se atormentar, melhor será para você. Se você tivesse toda a riqueza de todas as Índias, você não conseguiria consertar todos os erros do mundo, e se começasse a mobiliar todos os sótãos dessa praça, ainda restariam todos os sótãos de todas as outras praças e ruas para arrumar. E assim é!

O Sr. Carrisford sentou-se e mordeu suas unhas, enquanto olhava para o monte brilhante de brasas na grade da lareira.

— Você acha — disse ele lentamente, depois de uma pausa —, você acha que é possível que a outra criança — a criança em quem não consigo parar de pensar, acredito eu — possa estar... *poderia* estar reduzida à mesma condição da pobre alma que mora ao lado?

O Sr. Carmichael olhou para ele, desconfortável. Ele sabia que a pior coisa que o homem poderia fazer consigo mesmo, por sua lucidez e sua saúde, era começar a pensar daquele jeito sobre esse assunto em especial.

— Se a criança na escola de *Madame* Pascal em Paris era a que o senhor estava procurando — ele respondeu calmamente —, ela parece estar nas mãos de pessoas que têm condições para cuidar dela. Elas a adotaram porque ela tinha sido a companheira favorita de sua filhinha que morreu. Não tinham outros filhos, e *Madame* Pascal disse que se tratava de um casal de russos muito bem de vida.

— E a infeliz mulher realmente não sabia para onde a levaram! — exclamou o Sr. Carrisford.

O Sr. Carmichael encolheu os ombros.

— Ela era uma francesa inteligente e mundana e, evidentemente, ficou muito feliz em livrar-se da criança tão facilmente quando a morte do pai dela deixou-a completamente destituída. Mulheres desse tipo não se preocupam com o futuro de crianças que podem se tornar um fardo. Os pais adotivos, aparentemente, desapareceram sem deixar rastros.

— Mas você disse *se* a criança era a que eu estou procurando. Você disse "se". Não temos certeza. Há uma diferença no nome.

— Madame Pascal pronunciou-o como se fosse Carew, em vez de Crewe – mas isso pode ser simplesmente uma questão de pronúncia. As circunstâncias eram curiosamente similares. Um oficial inglês na Índia colocara sua garotinha órfã de mãe na escola. Ele morrera subitamente depois de perder sua fortuna — O Sr. Carmichael parou por um instante, como se outro pensamento lhe viesse à mente. — Você tem *certeza* de que a criança foi deixada em uma escola em Paris? Tem certeza de que era Paris?

— Meu querido amigo — irrompeu Carrisford, com uma amargura inquieta —, não tenho certeza de nada. Nunca vi nem a mãe nem a criança. Ralph Crewe e eu gostávamos muito um do outro quando crianças, mas não nos víamos desde nosso tempo de escola, até nos encontrarmos na Índia. Estava absorto pela grandiosa promessa das minas. Ele ficou igualmente absorto. Toda a coisa era tão enorme e deslumbrante que quase perdemos a cabeça. Quando nos reuníamos, quase não falávamos de outra coisa. Só soube que a criança havia sido enviada para uma escola em algum lugar. Agora, não me lembro sequer de *como* soube disso.

Ele estava começando a ficar agitado. Ele sempre ficava agitado quando seu cérebro, ainda enfraquecido, era sacudido pela lembrança das catástrofes do passado.

O Sr. Carmichael observou-o com ansiedade. Era necessário fazer algumas perguntas, mas elas deveriam ser feitas calmamente e com cuidado.

— Mas você tinha algum motivo para pensar que a escola *era* em Paris?

— Sim — foi sua resposta — porque sua mãe era francesa e eu tinha ouvido que ela gostaria que sua filha fosse educada em Paris. Parecia simplesmente que o mais provável era que ela estivesse lá.

— Sim — o Sr. Carmichael disse —, parece mais que provável.

O cavalheiro indiano inclinou-se e bateu na mesa com sua longa e exaurida mão.

— Carmichael — disse ele —, eu preciso encontrá-la. Se ela está viva, está em algum lugar. Se não tem amigos, nem dinheiro, é por culpa minha. Como um homem pode recuperar a saúde com algo assim em sua mente? Essa súbita mudança de sorte nas minas tornou realidade todos os nossos sonhos mais fantásticos, e a pobre filha de Crewe pode estar mendigando na rua!

— Não, não — disse Carmichael. — Tente se acalmar. Console-se com o fato de que, quando ela for encontrada, você tem uma fortuna para entregar-lhe.

— Por que eu não fui homem o bastante para manter-me firme quando as coisas pareciam catastróficas? — Carrisford soltou um gemido cheio de tristeza e irritação. — Acredito que eu teria me mantido firme se não fosse responsável pelo dinheiro das outras pessoas, além do meu. O pobre Crewe tinha colocado cada centavo que tinha no projeto. Ele confiava em mim... Ele *gostava* de mim. E morreu pensando que eu o levei à ruína... eu... Tom Carrisford, que jogava críquete em Eton[23] com ele. Que canalha ele deve ter pensado que eu era!

— Não se condene com tanta crueldade.

— Não me condeno porque a especulação ameaçou fracassar — me condeno por ter perdido a coragem. Fugi como um trapaceiro e um

---

23. Eton College é um internato para rapazes localizado nas proximidades do Castelo de Windsor destinado à educação de filhos de nobres e da aristocracia inglesa. Foi fundado por Henrique IV em 1440 e já formou inúmeros primeiros-ministros britânicos e herdeiros da Coroa. (N. do T.)

ladrão, porque não pude encarar meu melhor amigo e dizer-lhe que havia arruinado tanto ele quanto sua filha.

O bondoso pai da Grande Família colocou a mão no ombro dele, procurando consolá-lo.

— Você fugiu porque seu cérebro havia enfraquecido sob a tensão da tortura mental — disse ele. — Você já estava praticamente delirando. Se não fosse isso, você teria ficado e lutado. Você estava em um hospital, amarrado a uma cama, delirando com a febre cerebral, dois dias depois de ter partido. Lembre-se disso.

Carrisford deixou cair o rosto nas mãos.

— Meu Deus! Sim — disse ele —, eu estava enlouquecido pelo medo e pelo terror. Não dormia havia semanas. Na noite em que saí cambaleando de minha casa, todo o ar parecia repleto de coisas horríveis, que zombavam de mim e me ofendiam.

— Isso já é, por si só, explicação suficiente — disse o Sr. Carmichael. — Como um homem à beira de uma febre cerebral poderia fazer qualquer julgamento sensato?

Carrisford balançou sua cabeça abaixada.

— E quando eu retomei a consciência, o pobre Crewe estava morto... e enterrado. E eu não parecia me lembrar de nada. Não me lembrei da criança por meses a fio. Mesmo quando comecei a lembrar-me de sua existência, tudo parecia envolto por uma espécie de névoa. Ele parou um instante e esfregou a testa.

— Às vezes, tudo parece tão fresco quando tento me lembrar. Certamente devo ter ouvido Crewe falar da escola para onde ela foi enviada. Você não acha?

— Pode ser que não tenha falado de forma definitiva. Você parece não ter nem sequer ouvido seu nome verdadeiro.

— Ele costumava chamá-la por um apelido estranho que tinha inventado. Ele a chamava de sua Pequena Senhorita. Mas as detestáveis minas afastaram tudo de nossas cabeças. Nós não falávamos sobre mais nada. Se ele falou da escola, eu esqueci... eu esqueci. E agora, talvez nunca mais me lembre.

— Calma, calma — disse Carmichael. — Nós ainda vamos encontrá-la. Vamos continuar a procurar os bondosos russos de Madame Pascal. Ela parecia ter uma vaga ideia de que eles moravam em Moscou. Vamos usar essa pista. Irei a Moscou.

— Se eu pudesse viajar, iria com você — disse Carrisford —, mas só posso sentar aqui, enrolado em peles, e encarar o fogo. E quando olho para ele posso ver o rosto alegre de Crewe olhando de volta para mim. Ele parece estar me fazendo uma pergunta. Às vezes, sonho com ele à noite, e ele está sempre em pé na minha frente, fazendo a mesma pergunta. Você consegue adivinhar o que ele diz, Carmichael?

O Sr. Carmichael respondeu-lhe com uma voz bastante baixa.

— Não exatamente — ele disse.

— Ele sempre diz: "Tom, meu velho... Tom... onde está a Pequena Senhorita?" Ele agarrou a mão de Carmichael, apertando-a. — Eu preciso dar-lhe uma resposta... Eu preciso! — ele disse. — Ajude-me a encontrá-la. Ajude-me!

Do outro lado da parede, Sara estava sentada em seu sótão, conversando com Melchisedec, que havia saído de seu buraco para a refeição da noite.

— Foi difícil ser uma princesa hoje, Melchisedec — ela disse. — Foi mais difícil que o habitual. Fica mais difícil quando o tempo começa a esfriar e as ruas ficam mais escorregadias. Quando Lavinia riu da minha saia enlameada, ao passar por ela no saguão, pensei em algo para dizer na mesma hora... e só consegui me deter no último instante. Não se pode ser sarcástico com pessoas assim... quando se é uma princesa. Mas temos que morder nossa língua para nos controlarmos. Eu mordi a minha. Foi uma tarde fria, Melchisedec. E está uma noite fria.

De repente, ela colocou sua cabeça morena entre os braços, como fazia frequentemente quando estava sozinha.

— Ah, papai — ela sussurrou —, quanto tempo parece ter passado desde que eu era sua Pequena Senhorita!

Isso foi o que aconteceu naquele dia em ambos os lados da parede.

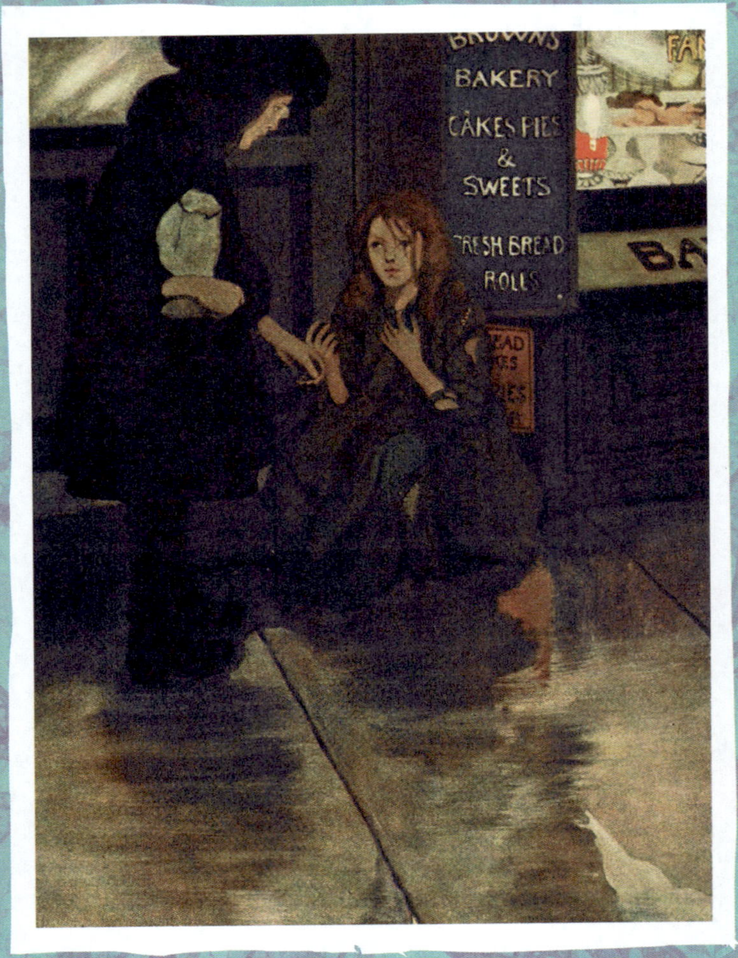
BAKERY
CAKES PIES
&
SWEETS
BREAD
ROLLS

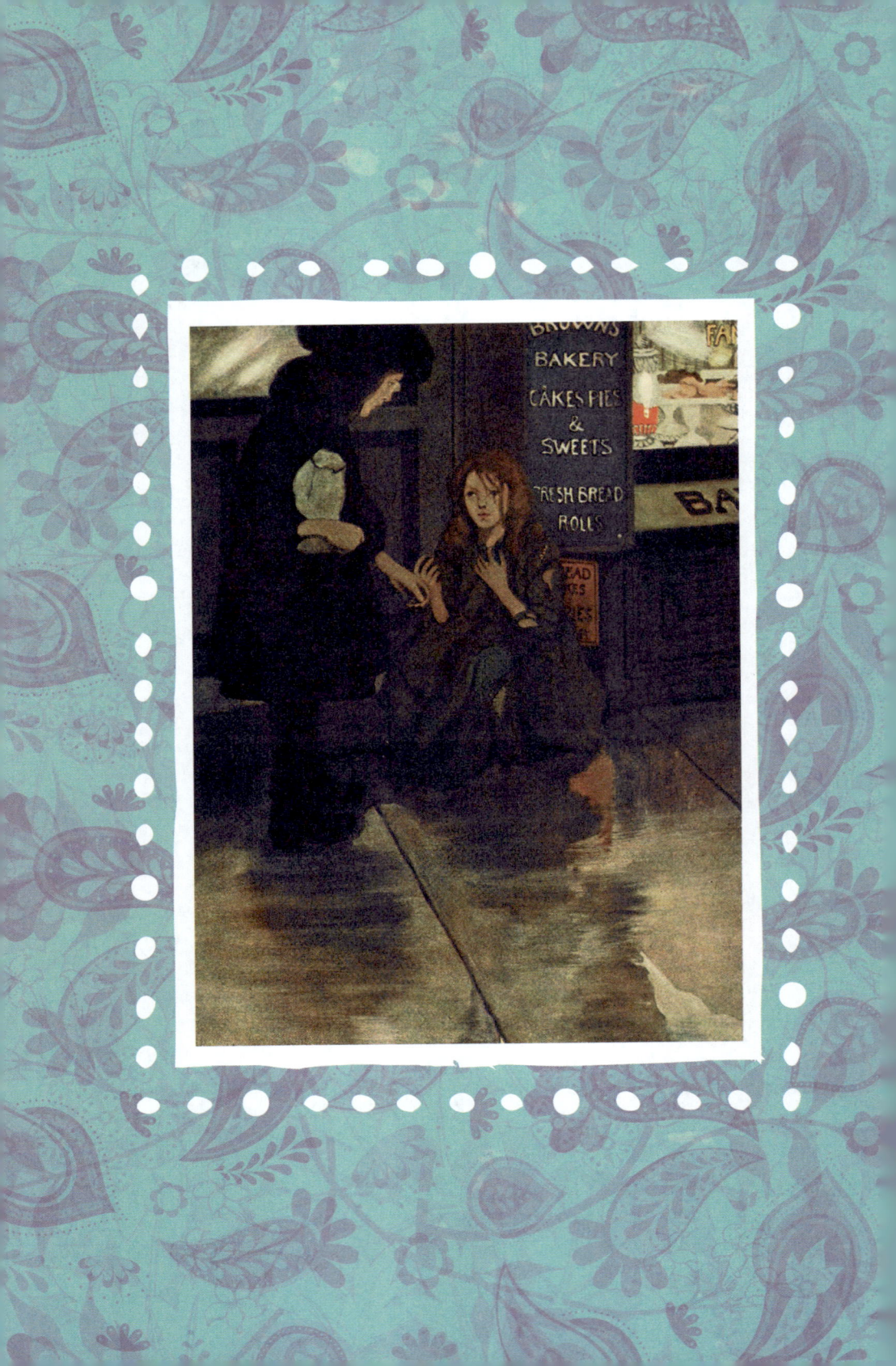

13

Alguém do Povo

O inverno foi péssimo. Havia dias em que Sara tinha dificuldade para atravessar a neve quando saía em suas tarefas; e havia dias piores, quando a neve derretia e se misturava à lama, formando uma espécie de lodo. Havia outros em que a neblina era tão espessa que os lampiões na rua ficavam acesos o dia todo e Londres ficava parecida com aquela tarde, vários anos antes, em que a carruagem percorrera as largas estradas com Sara encolhida em seu assento, encostada no ombro de seu pai. Nesses dias, as janelas da casa da Grande Família sempre pareciam encantadoramente aconchegantes e atraentes, e o escritório em que o cavalheiro indiano se sentava irradiava calor e cores brilhantes. Mas o sótão ficava indescritivelmente sombrio. Para Sara, parecia não haver mais poentes ou amanheceres para contemplar, e quase nenhuma estrela. As nuvens pairavam baixinho, próximas à claraboia, e eram cinza, ou cor de lama, ou derramavam uma chuva pesada. Às quatro da tarde, mesmo quando não havia muita neblina, a luz do dia já estava acabando. Se era necessário ir até o sótão para qualquer coisa, Sara era obrigada a acender uma vela. As mulheres na cozinha ficavam deprimidas, o que as tornava mais mal-humoradas do que nunca. Becky era tratada como uma pequena escrava.

— Se *num era* pela senhorita — ela disse para Sara com a voz rouca certa noite, quando havia escapulido para o sótão —, se *num era* por *ocê*, pela Bastilha, e ser a prisioneira da cela ao lado, eu teria morrido. Isso tudo parece de verdade agora, *num é*? A *madame*, a cada dia que passa, parece mais com uma carcereira-chefe. Posso até *vê* as *chave grande* que *ocê* diz que ela carrega. A cozinheira, ela é uma das *carcereira menor*. Conte mais, por favor, senhorita... Conte sobre a *passage* subterrânea que a gente *cavô* debaixo das *parede*.

— Vou lhe contar algo mais quente — estremeceu Sara. — Pegue sua colcha e enrole-se nela. Eu vou pegar a minha e vamos nos amontoar juntas na cama, e vou lhe contar sobre a floresta tropical onde o macaquinho do cavalheiro indiano costumava morar. Quando eu o vejo sentado na mesa perto da janela, olhando para a rua lá fora com aquele semblante triste, tenho certeza de que ele está pensando na floresta tropical onde costumava se balançar pelo rabo por entre os coqueiros. Fico imaginando quem o capturou, e se ele deixou uma família para trás, que dependia dele para comer cocos.

— Essa história é mais quentinha, senhorita — disse Becky, agradecida —, mas, de *qualqué* jeito, até a Bastilha parece quentinha quando *ocê* conta sobre ela.

— Isso é porque uma história faz você pensar em outra coisa — disse Sara, enrolando-se na colcha até que apenas seu rostinho moreno podia ser visto, olhando para fora. — Percebi isso. O que você tem que fazer na sua mente, quando o corpo está em frangalhos, é obrigá-la a pensar em outra coisa.

— *Ocê* consegue *fazê* isso, senhorita? — gaguejou Becky, olhando-a com admiração.

Sara franziu a testa por um instante.

— Às vezes consigo, e às vezes não — ela disse, com firmeza. — Mas, quando eu *consigo*, fico bem. E acredito que nós sempre conseguiremos se praticarmos bastante. Tenho praticado muito ultimamente, e está começando a ficar mais fácil do que antes. Quando as coisas estão péssimas... simplesmente péssimas... penso o melhor que eu posso em ser uma princesa. Digo para mim mesma: "Eu sou uma princesa, uma princesa de contos de fadas e, como sou uma princesa de contos de fadas, nada pode me machucar ou me incomodar". Você não tem ideia de como isso nos faz esquecer — concluiu, rindo.

Ela tinha muitas oportunidades de fazer sua mente pensar em outra coisa, e muitas oportunidades de provar para si mesma se era ou não uma princesa. Mas um dos testes mais duros que ela já teve aconteceu em um certo dia horrível que – ela pensou com frequência mais tarde – nunca sumiria de sua memória, mesmo nos anos seguintes.

Chovera por vários dias sem parar; as ruas estavam frias, cheias de lama e tomadas por uma névoa gelada e triste; havia lodo por todo lado – o lodo grudento de Londres – e, por cima de tudo, uma capa de garoa e cerração. É claro que havia uma longa lista de afazeres demorados e cansativos a fazer – sempre havia em dias assim – e Sara era enviada para fora de novo e de novo, até que suas roupas esfarrapadas ficassem completamente úmidas. As velhas penas absurdas no seu lastimável chapéu estavam mais sujas e ridículas do que nunca, e seus sapatos gastos estavam tão molhados que não tinham como absorver mais água. Além disso, ela fora privada de seu almoço porque a Srta. Minchin havia decidido puni-la. Ela tinha tanto frio, fome e cansaço que seu rosto começou a adquirir um aspecto esquelético e, vez ou outra, alguma pessoa bondosa passando por ela na rua olhava para ela com súbita compaixão. Mas ela não notava isso. Ela continuava apressada, tentando fazer sua mente pensar em outra coisa. Era algo realmente necessário. Sua forma de fazê-lo era "fazendo de conta" e "imaginando" com toda a força que restava nela. Mas, na verdade, dessa vez estava muito mais difícil do que nunca e, uma ou duas vezes, ela pensou que suas fantasias faziam aumentar o frio e a fome, em vez de diminuí-los. Mas ela perseverou com obstinação e, enquanto a água lamacenta respingava por entre seus sapatos surrados e o vento tentava arrancar seu casaco fininho, ela falava consigo mesma, apesar de não falar alto e nem mexer seus lábios.

— Imagine que eu esteja com roupas secas — ela pensou. — Imagine que eu tenha bons sapatos e um longo e grosso casaco, e meias de lã de carneiro e um guarda-chuva inteiro. E imagine... imagine... que, quando eu chegar perto de uma padaria onde vendem pães quentes, vou encontrar uma moedinha de seis centavos... que não pertence a ninguém. *Imagine* que, se eu a encontrasse, entraria na padaria e compraria seis pães quentinhos e comeria todos sem parar.

Às vezes, algumas coisas muito estranhas acontecem nesse mundo.

Certamente foi estranho o que aconteceu com Sara. Ela teve que atravessar a rua bem no momento em que dizia isso para si mesma. Havia muita lama — tanto que ela quase chegava a enfiar os pés nela. Ela tinha que escolher onde pisar com o maior cuidado possível, mas não conseguia se resguardar muito. Só que, para escolher onde pôr os pés, ela devia olhar para eles e para a lama e, ao olhar para baixo — assim que chegou à calçada — ela viu algo brilhando na sarjeta. De fato, era um pedacinho de prata — um pedaço muito pequeno, pisoteado por muitos pés, mas ainda com ânimo suficiente para brilhar um pouquinho. Não era exatamente uma moeda de seis centavos, mas o que havia logo depois — uma moeda de quatro centavos.

Em um segundo, ela estava em sua mãozinha azulada e vermelha, de tão fria.

— Ah — ela suspirou. — É verdade! É verdade!

E então, acredite se quiser, ela olhou diretamente para a loja que estava na sua frente. Era uma padaria, e uma mulher robusta, maternal e animada com bochechas rosadas estava colocando uma travessa de deliciosos pães doces quentinhos na vitrine, acabados de sair do forno — pães grandes, fofinhos e reluzentes, recheados com groselhas.

Por alguns segundos, Sara chegou a pensar que iria desmaiar, tamanho o choque da visão e do aroma delicioso dos pães quentinhos subindo pela janela do porão da padaria.

Ela sabia que não precisava hesitar em usar a moedinha. Evidentemente, ela estava na lama por algum tempo, e seu dono estava completamente perdido no fluxo de passantes que se amontoavam e se acotovelavam durante todo o dia.

— Mas vou perguntar para a mulher da padaria se ela perdeu algo — disse para si mesma, bastante fraca. Então, cruzou a calçada e colocou seu pé encharcado no degrau. Assim que o fez, viu algo que a paralisou.

Era uma figura pequenina ainda mais lastimável que ela mesma — aquela figura pequenina não era mais que um punhado de trapos, do qual despontavam minúsculos pés descalços, vermelhos e enlameados, apenas porque os trapos com que sua dona tentava se cobrir não eram longos o

A PRINCESINHA

bastante. Sobre os trapos, aparecia um tufo de cabelos emaranhados e um rosto sujo com grandes olhos, miseráveis e famintos.

Sara sabia que eram olhos famintos no momento em que os viu e sentiu uma repentina compaixão.

"Essa", disse ela para si mesma, soltando um breve suspiro, "é alguém do povo... e ela tem mais fome do que eu."

A criança — essa "alguém do povo" — encarou Sara e arrastou-se para o lado um pouco para lhe dar espaço para passar. Ela estava acostumada a sair da frente de todos. Ela sabia que, se um policial chegasse a vê-la ali, iria dizer-lhe para "circular".

Sara agarrou sua moedinha de quatro centavos e hesitou por alguns segundos. Então, disse-lhe:

— Você está com fome? — perguntou.

A criança arrastou-se, afastando seus trapos um pouco mais.

— Se *tô*? — ela disse com uma voz rouca. — *Tô*, sim!

— Você não almoçou nada? — disse Sara.

— Almoço nenhum — disse, ainda mais rouca e arrastando-se mais. — Nem café da manhã nem *jantá*. Nem nada.

— Desde quando? — perguntou Sara.

— *Num* sei. *Num* consegui nada hoje... em lugar nenhum. Pedi, e pedi.

Apenas de olhar para ela, Sara ficou com mais fome e mais fraca. Mas aqueles estranhos pensamentos começaram a se mexer em seu cérebro e ela ficou falando consigo mesma, apesar de se sentir muito triste.

"Se sou uma princesa", ela dizia, "se sou uma princesa... quando elas ficam pobres e destituídas de seus tronos... elas sempre compartilham... com o povo... se encontram alguém mais pobre e com mais fome que elas. Elas sempre compartilham. Os pães doces custam um centavo cada um. Se fossem seis centavos, poderia comer seis pães. Não vai ser o suficiente para nós duas. Mas é melhor do que nada."

— Espere um pouco — ela disse para a criança pedinte.

Ela entrou na padaria. Estava quente e cheirava deliciosamente. A mulher estava justamente indo colocar mais pães quentinhos na vitrine.

— Por favor — disse Sara —, você perdeu quatro centavos... Uma moedinha de quatro centavos? — E ela mostrou a moedinha abandonada para ela.

A mulher olhou para a moeda e depois para ela – para aquele rostinho intenso e para as roupas – que certa vez já tinham sido roupas excelentes – todas sujas.

— Graças a Deus, não — ela respondeu. — Você a encontrou?

— Sim — disse Sara. — Na sarjeta.

— Fique com ela, então — disse a mulher. — Pode ser que estivesse lá a semana inteira, e sabe Deus quem a perdeu. *Você* nunca descobriria.

— Eu sei disso — disse Sara —, mas pensei em perguntar para a senhora.

— Poucas pessoas fariam isso — disse a mulher, parecendo confusa, interessada e bem-humorada ao mesmo tempo.

— Você quer comprar alguma coisa? — acrescentou ao ver Sara olhando para os pães.

— Quatro pães, por favor — disse Sara. — Esses que custam um centavo cada um.

A mulher dirigiu-se à vitrine e colocou alguns pães em um saquinho de papel.

Sara percebeu que ela colocou seis.

— Eu disse quatro, por favor — ela explicou. — Só tenho quatro centavos.

— Vou colocar mais dois como contrapeso — disse a mulher, com seu olhar bondoso. — Aposto que você possa comê-los mais tarde. Não está com fome?

Uma névoa embaçou os olhos de Sara.

— Sim — ela respondeu. — Estou com muita fome e lhe agradeço muito pela sua bondade — e, ia acrescentar, há uma criança lá fora com mais fome do que eu. Mas, nesse exato momento, dois ou três fregueses chegaram ao mesmo tempo, e eles pareciam estar com pressa, então ela só pôde agradecer a mulher mais uma vez e saiu.

A menina pedinte ainda estava amontoada no canto do degrau. Ela parecia assustada em seus trapos molhados e sujos. Olhava fixo para a frente com um olhar cansado de sofrimento, e Sara a viu subitamente levar as costas ásperas da mão suja sobre os olhos para esfregar as lágrimas que pareciam surpreendê-la, forçando sua passagem por sob as pálpebras. Ela resmungava para si mesma.

Sara abriu o saco de papel e tirou um dos pães quentes, que já haviam aquecido um pouco suas próprias mãos frias.

— Pegue — disse ela, colocando o pão no colo esfarrapado —, ele está gostoso e quente. Coma, assim você não vai sentir tanta fome.

A criança se assustou e olhou para ela, como se uma sorte tão repentina e maravilhosa a amedrontasse. Então, agarrou o pão e começou a enfiá-lo boca adentro com grandes mordidas, parecidas com as de um lobo.

— Minha nossa! Minha nossa! — Sara ouviu-a dizer, rouca, com um prazer feroz. — *Minha* nossa!

Sara tirou mais três pães e colocou-os no colo da menina.

O som de sua voz rouca e esfomeada era terrível.

"Ela está com mais fome do que eu", disse para si mesma. "Está completamente esfomeada." Mas sua mão tremeu quando ofereceu o quarto pão. "Eu não estou esfomeada", ela disse – e deu-lhe o quinto pão.

A pequena selvagem insaciável de Londres ainda estava agarrando e devorando os pães quando ela partiu. Estava com muita fome para agradecer, mesmo se tivesse aprendido um pouco de cortesia — o que ela não aprendera. Era apenas um pobre animalzinho selvagem.

— Adeus — disse Sara.

Quando ela chegou ao outro lado da rua, olhou para trás. A criança tinha um pão em cada mão e tinha parado no meio de uma mordida para olhar para ela. Sara acenou levemente com a cabeça, e a criança, depois de olhar para ela novamente — um olhar longo e curioso — balançou a cabeça desgrenhada em resposta e, até que não conseguisse mais ver Sara, não deu outra mordida nem terminou aquela que tinha começado.

Nesse momento, a mulher da padaria olhou para fora da vitrine da loja.

— Ora, vejam só! — ela exclamou. — E não é que aquela jovenzinha deu seus pães para uma criança pedinte! E não é porque ela não os quisesse também. Ora, ora, ela parecia estar com bastante fome. Daria qualquer coisa para saber por que ela fez isso.

Ela ficou atrás da vitrine por alguns instantes refletindo. Então, a curiosidade foi mais forte que ela. Saiu pela porta afora e falou com a criança pedinte.

— Quem lhe deu esses pães? — perguntou-lhe. A criança balançou a cabeça na direção da figura de Sara, desaparecendo da vista.

— O que ela disse? — questionou a mulher.

— Perguntou se eu *tava* com fome — respondeu a voz rouca.

— O que você disse?

— Disse que *tava*.

— E então ela entrou, pegou os pães e os deu para você, não é?

A criança assentiu com a cabeça.

— Quantos?

— Cinco.

A mulher meditou um pouco a respeito.

— Deixou apenas um para si mesma — disse em voz baixa. — E ela era capaz de ter comido todos os seis... Vi nos olhos dela.

Ela olhou para a figurinha sombria lá longe e sentiu sua mente, usualmente muito à vontade, mais perturbada do que se sentira em muitos dias.

— Gostaria que ela não tivesse partido tão rapidamente — ela disse. — Não duvido que fosse capaz de comer uma dúzia de pães. Então virou-se para a criança.

— Ainda está com fome? — perguntou.

— *Tô* sempre com fome — foi a resposta —, mas nem tanto quanto *tava* antes.

— Venha aqui — disse a mulher, abrindo a porta da padaria.

A criança se levantou e arrastou-se para dentro. Ser convidada para um lugar quentinho cheio de pães parecia algo inacreditável. Ela não sabia o que estava para acontecer. Mas não se importava.

— Fique bem quentinha — disse a mulher, apontando para a lareira na salinha dos fundos. — E preste atenção: quando você estiver com muita vontade de um pedaço de pão, pode vir aqui e pedir um pouco. Deus me livre de não fazer isso por você, graças ao exemplo daquela jovenzinha.

Sara conseguiu se consolar um pouco com o pão que lhe restou. Em todo caso, estava bem quente, e era melhor do que nada. Enquanto caminhava, ela cortava pequenos pedacinhos e os comia bem devagar para que durassem por mais tempo.

— Imagine que seja um pão mágico — disse ela — e uma mordida valha tanto quanto um almoço completo. Terei comido demais se continuar assim.

Estava escuro quando ela chegou à praça onde o Internato Exclusivo estava localizado. As luzes das casas estavam todas acesas. As persianas ainda não estavam fechadas nas janelas da sala onde ela quase sempre espiava os membros da Grande Família. Frequentemente, àquela hora, ela podia ver o cavalheiro que ela chamava de Sr. Montmorency sentado em uma poltrona com um enxame à sua volta, conversando, rindo, dependurado nos braços de sua poltrona, sobre seus joelhos, ou encostado nele. Nessa noite, o enxame o rodeava, mas ele não estava sentado. Pelo contrário, havia bastante agitação. Era evidente que alguma viagem ia acontecer, e era o Sr. Montmorency quem iria viajar. Uma carruagem estava parada à porta e uma grande mala fora amarrada nela. As crianças estavam dançando para todo lado, papeando e pendurando-se no pai. A linda e rosada mãe estava em pé perto dele, falando como se lhe fizesse as últimas perguntas. Sara parou por um instante para ver os pequenos serem levantados e beijados e os maiorzinhos inclinarem-se para também receberem um beijo.

— Gostaria de saber se ele vai ficar muito tempo longe — pensou ela. — A mala é bastante grande. Ah, meu Deus, como eles vão sentir sua falta! Eu mesma vou sentir falta dele... apesar de ele nem saber que eu existo.

Quando a porta se abriu, ela afastou-se — lembrando-se da moedinha de seis centavos —, mas viu o viajante sair e sua silhueta ficar contra o saguão calorosamente iluminado, com as crianças maiores ainda ao seu redor.

— Será que Moscou estará coberta de neve? — disse a garotinha Janet. — Haverá gelo por toda parte?

— O senhor vai andar de *drosky*[24]? — exclamou outra. — O senhor vai ver o czar[25]?

— Vou escrever-lhes e contar tudo — ele respondeu, rindo. — E vou enviar fotos dos mujiques[26] e de todas as coisas. Voltem para dentro de casa. A noite está terrivelmente úmida. Preferiria ficar aqui com vocês a ir para Moscou. Boa noite! Boa noite, meus queridinhos! Deus os abençoe! — E ele desceu os degraus correndo e saltou para dentro da carruagem.

— Se o senhor encontrar a garotinha, mande-lhe nossos cumprimentos — gritou Guy Clarence, pulando para todo lado no capacho.

Então, eles entraram e fecharam a porta.

— Você viu — disse Janet para Nora, assim que voltaram à sala — que a-garotinha-que-não-é-uma-mendiga estava passando? Ela parecia completamente molhada e com frio, e eu a vi virar a cabeça para olhar para nós. A mamãe diz que suas roupas parecem ter sido dadas por alguém que era muito rico – alguém que só a deixou usá-las porque estavam muito gastas. As pessoas da escola sempre mandam-na fazer tarefas fora de casa nos piores dias do ano.

Sara atravessou a praça até os degraus do porão da Srta. Minchin, sentindo-se fraca e trêmula.

— Fico imaginando quem é essa garotinha — ela pensou —, essa garotinha que ele vai procurar.

---

24. *Drosky,* ou *droshky,* é um nome dado a diferentes tipos de carruagens abertas, usadas em países do leste europeu, como a Rússia e a Ucrânia, entre outros. (N. do T.)
25. Czar, ou tsar, é o termo usado pelos monarcas russos, búlgaros e sérvios, equivalentes a imperador em português. Tem sua origem na palavra latina *caesar* (ou césar). (N. do T.)
26. Termo usado para os camponeses e servos na Rússia anterior à Revolução de 1917. (N. do T.)

A PRINCESINHA

E desceu os degraus do porão, carregando a cesta com esforço, achando-a realmente muito pesada, enquanto o pai da Grande Família se punha rapidamente a caminho para a estação para pegar o trem que ia levá-lo até Moscou, onde faria o possível para procurar pela filhinha perdida do Capitão Crewe.

14

O Que Melchisedec Ouviu e Viu

Nessa mesma tarde, enquanto Sara estava fora, algo estranho aconteceu no sótão. Apenas Melchisedec pôde ver e ouvir o que sucedeu; e ele ficou tão assustado e confuso que correu de volta para o seu buraco para se esconder, tremendo e sacudindo de verdade, enquanto espiava furtivamente, com muito cuidado, para ver o que se passava.

O sótão esteve muito quieto durante todo o dia, depois que Sara havia saído de manhã cedo. O silêncio só era quebrado pelo barulho da chuva nas telhas e na claraboia. De fato, Melchisedec achava tudo aquilo muito entediante e, quando a chuva parou de cair e o silêncio absoluto reinou, ele decidiu sair e explorar o sótão, mesmo que sua experiência lhe dissesse que Sara não voltaria por algum tempo. Ele esteve zanzando e farejando para todo lado e acabara de encontrar uma migalha completamente inesperada, inexplicavelmente esquecida de sua última refeição, quando sua atenção foi atraída por um ruído no teto. Ele parou para ouvir, com o coração palpitando. O ruído sugeria que algo se mexia no telhado. Estava se aproximando da claraboia. Chegou até a claraboia. A claraboia foi aberta misteriosamente. Um rosto escuro espiou o sótão. Então outro rosto apareceu logo atrás, e ambos olharam para dentro com muito cuidado e interesse. Dois homens estavam do lado de fora do telhado e, em silêncio, preparavam-se para entrar pela claraboia. Um deles era Ram Dass e o outro, um jovem que era o secretário do cavalheiro indiano. Mas, claro, Melchisedec não sabia disso. Ele só sabia que os homens estavam invadindo o silêncio e a privacidade do sótão; e, quando o homem de rosto escuro desceu pela abertura com tanta leveza e destreza que não fez nenhum ruído, Melchisedec virou-se e escapuliu impulsivamente de volta para o seu buraco. Ele estava morto de medo. Havia deixado de ter medo de Sara e sabia que ela nunca lhe jogaria nada além de migalhas, nem faria nenhum ruído além do assobio suave, baixo e cativante. Mas homens desconhecidos eram perigosos demais para ele ficar por perto. Ele permaneceu quietinho, perto da entrada de sua casa, o suficiente para espiar pela rachadura com um olho vivo e assustado. O quanto ele pôde entender da conversa que ouviu, não sou capaz de dizer, mas, mesmo que tivesse entendido tudo, provavelmente teria ficado completamente confuso.

O secretário, que era mais ágil e jovem, escorregou pela claraboia tão silenciosamente quanto Ram Dass havia feito e conseguiu entrever o rabinho de Melchisedec desaparecendo.

— Aquilo era um rato? — perguntou, sussurrando, para Ram Dass.

— Sim, um rato, *sahib* — respondeu Ram Dass, também sussurrando. — Há vários deles nas paredes.

— Argh! — exclamou o jovem. — É incrível a criança não ter medo deles.

Ram Dass fez um gesto com as mãos. Também sorriu, respeitosamente. Estava ali como o representante mais próximo de Sara, apesar de só ter falado com ela uma única vez.

— A criança é amiguinha de todas as coisas, *sahib* — respondeu. — Ela não é como as outras crianças. Eu a vejo quando ela não me vê. Deslizo pelas telhas e observo-a por várias noites para ver se está segura. Observo-a da minha janela quando ela não sabe que estou por perto. Ela fica de pé sobre a mesa ali e olha para o céu como se ele falasse com ela. Os pardais respondem ao seu chamado. Ela alimentou e domesticou o rato, em sua solidão. A pobre escrava da casa vem procurá-la em busca de consolo. Há uma criancinha que vem até ela em segredo. Há outra mais velha que a venera e que poderia ouvi-la para sempre, se pudesse. É isso que tenho visto quando rastejo pelo telhado. Pela proprietária da casa — que é uma mulher má — ela é tratada como um pária, mas tem o comportamento de uma criança com o sangue de reis!

— Você parece saber bastante sobre ela — disse o secretário.

— Sei tudo sobre sua vida cotidiana — respondeu Ram Dass. — Sei quando ela sai e quanto ela volta. Sei de suas tristezas e raras alegrias, do seu frio e da sua fome. Sei quando ela está sozinha até meia-noite, estudando seus livros. Sei quando suas amigas secretas fogem para vir vê-la, tornando-a mais feliz – como as crianças costumam ser, mesmo em meio à pobreza – porque elas aparecem e ela pode rir e conversar com elas, aos sussurros. Se ela ficasse doente, eu saberia, e viria servi-la caso fosse possível.

— Você tem certeza de que ninguém chega perto desse lugar além dela, e de que ela não voltará e nos surpreenderá aqui? Ela ficaria com medo se nos encontrasse aqui, e o plano do *sahib* Carrisford seria arruinado.

Ram Dass dirigiu-se silenciosamente até a porta e ficou próximo a ela.

— Ninguém sabe aqui além dela, *sahib* — ele disse. — Ela saiu com sua cesta e deve ficar fora por horas. Se eu ficar aqui, posso ouvir qualquer passo antes de ele chegar ao último lance de escadas.

O secretário pegou um lápis e um bloco de papel do seu bolso da camisa.

— Fique de ouvidos atentos — disse ele, e começou a andar lenta e suavemente pelo pobre quartinho, tomando notas rápidas em seu bloco enquanto olhava por tudo.

Primeiro, ele se dirigiu para a cama estreita. Pressionou o colchão com as mãos e soltou uma exclamação.

— Duro como uma pedra — disse. — Teremos que mudá-lo algum dia em que ela esteja fora. Uma excursão especial terá de ser feita para trazê-lo até aqui. Não pode ser hoje à noite. — Levantou a colcha e examinou o único travesseiro, fino como papel.

— Colcha suja e gasta, cobertor fino, lençóis remendados e rasgados — ele disse. — Que tipo de cama para uma criança dormir... e em uma casa que se diz respeitável! Não há fogo nessa lareira há vários dias — exclamou, olhando para a lareira enferrujada.

— Nunca, desde que a vi pela primeira vez — disse Ram Dass. — A dona da casa não é do tipo que se lembra de outras pessoas passando frio, além dela mesma.

O secretário escrevia rapidamente em seu bloco. Levantou o olhar ao arrancar uma folha para colocá-la no bolso.

— É uma estranha maneira de agir — disse ele. — Quem planejou tudo isso?

Ram Dass desculpou-se, fazendo uma modesta reverência.

— É verdade que a primeira ideia foi minha, *sahib* — disse; — apesar de ter sido apenas uma fantasia. Gosto dessa criança. Somos ambos solitários. Ela tem um jeito de contar suas visões às amigas secretas. Sentindo-me triste uma noite, fiquei perto da claraboia aberta e comecei a ouvir. Sua visão falava de como esse quarto miserável seria se houvesse mais conforto. Parecia vê-lo ao falar, e foi ficando mais animada e consolada enquanto contava. Então, chegou à fantasia de que lhe falei, e, no dia seguinte, como *sahib* estava sentindo-se muito doente e infeliz, relatei-lhe tudo, para animá-lo. Parecia apenas um sonho, mas *sahib* ficou muito feliz. Ouvir sobre o que a criança vinha fazendo parecia entretê-lo. Ele ficou interessado nela e começou a fazer perguntas. Finalmente, começou a se deleitar com a ideia de tornar suas visões reais.

— Você acha que pode ser feito enquanto ela dorme? Imagine se ela acordar — sugeriu o secretário, e ficou evidente que, qualquer que fosse o plano, ele cativara e agradara sua imaginação tanto quanto à de *sahib* Carrisford.

— Posso me mover como se meus pés fossem de veludo — Ram Dass respondeu — e as crianças dormem profundamente... Mesmo as crianças infelizes. Poderia ter entrado nesse quarto à noite várias vezes sem que ela se virasse em seu travesseiro. Se o outro carregador passar para mim as coisas através da janela, posso fazer tudo e ela não vai se mexer. Quando ela acordar, pensará que um mágico esteve aqui.

Ele sorriu como se seu coração tivesse se aquecido sob sua túnica branca, e o secretário sorriu de volta para ele.

— Será como uma história das *Mil e Uma Noites* — ele disse. — Apenas um oriental poderia planejar algo assim. Não há nada assim em meio aos nevoeiros de Londres.

Eles não ficaram muito tempo, para grande alívio de Melchisedec, que, como provavelmente não entendia sua conversa, considerava seus movimentos e sussurros ameaçadores. O jovem secretário parecia interessado em tudo. Ele anotava coisas a respeito do piso, da lareira, da banqueta quebrada, da velha mesa, das paredes — que, por fim, ele tocou com sua mão de novo e de novo, parecendo muito satisfeito quando descobriu que vários pregos haviam sido colocados em vários lugares.

— Pode-se pendurar coisas neles — disse.

Ram Dass sorriu misteriosamente.

— Ontem, quando ela estava fora — ele disse —, entrei, trazendo comigo pequenos pregos pontiagudos que podem ser colocados na parede sem ser preciso martelá-los. Coloquei vários no gesso, nos lugares onde posso precisar deles. Estão prontos.

O secretário do cavalheiro indiano ficou quieto e olhou ao redor, enquanto enfiava seu bloco de papel de volta no bolso.

— Acho que já tomei todas as notas de que preciso. Podemos ir agora — disse ele. —*Sahib* Carrisford tem um coração bom. É uma grande lástima ele não ter encontrado a criança perdida.

— Se ele a encontrasse, sua força seria restaurada — disse Ram Dass. — Seu Deus ainda vai levá-la até ele.

Eles então deslizaram pela claraboia tão silenciosamente quanto haviam entrado por ela. Depois que ele se certificou de que haviam ido embora, Melchisedec ficou muito aliviado e, depois de alguns minutos, sentiu que era seguro sair de seu buraco novamente e dar uma olhada ao redor, na esperança de que mesmo seres humanos tão assustadores pudessem por acaso carregar migalhas nos bolsos e ter deixado cair uma ou duas.

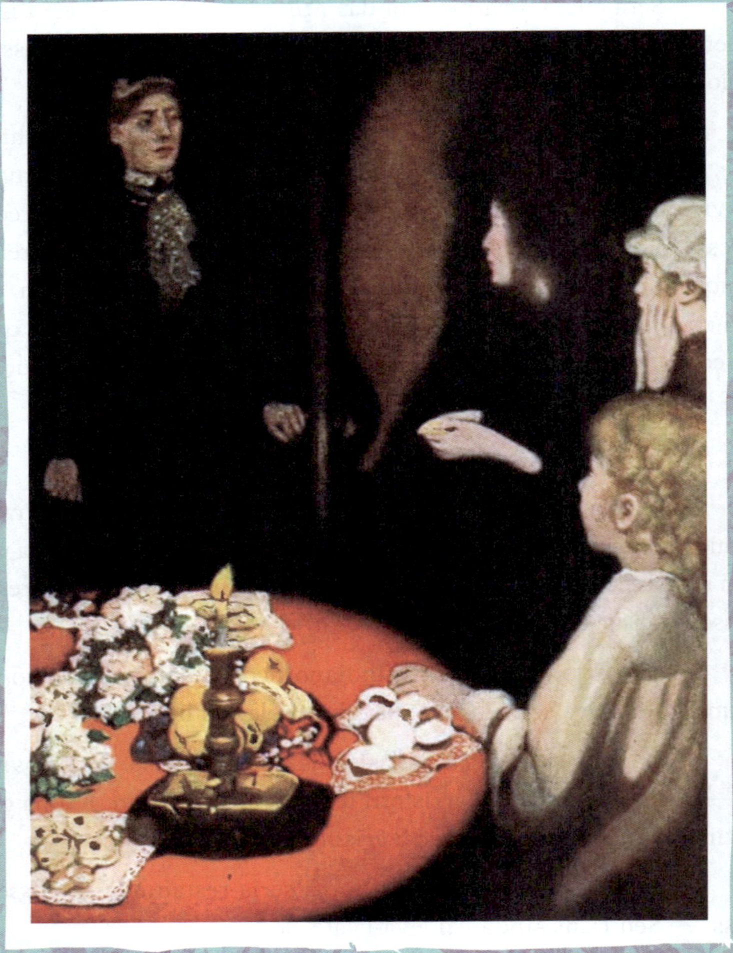

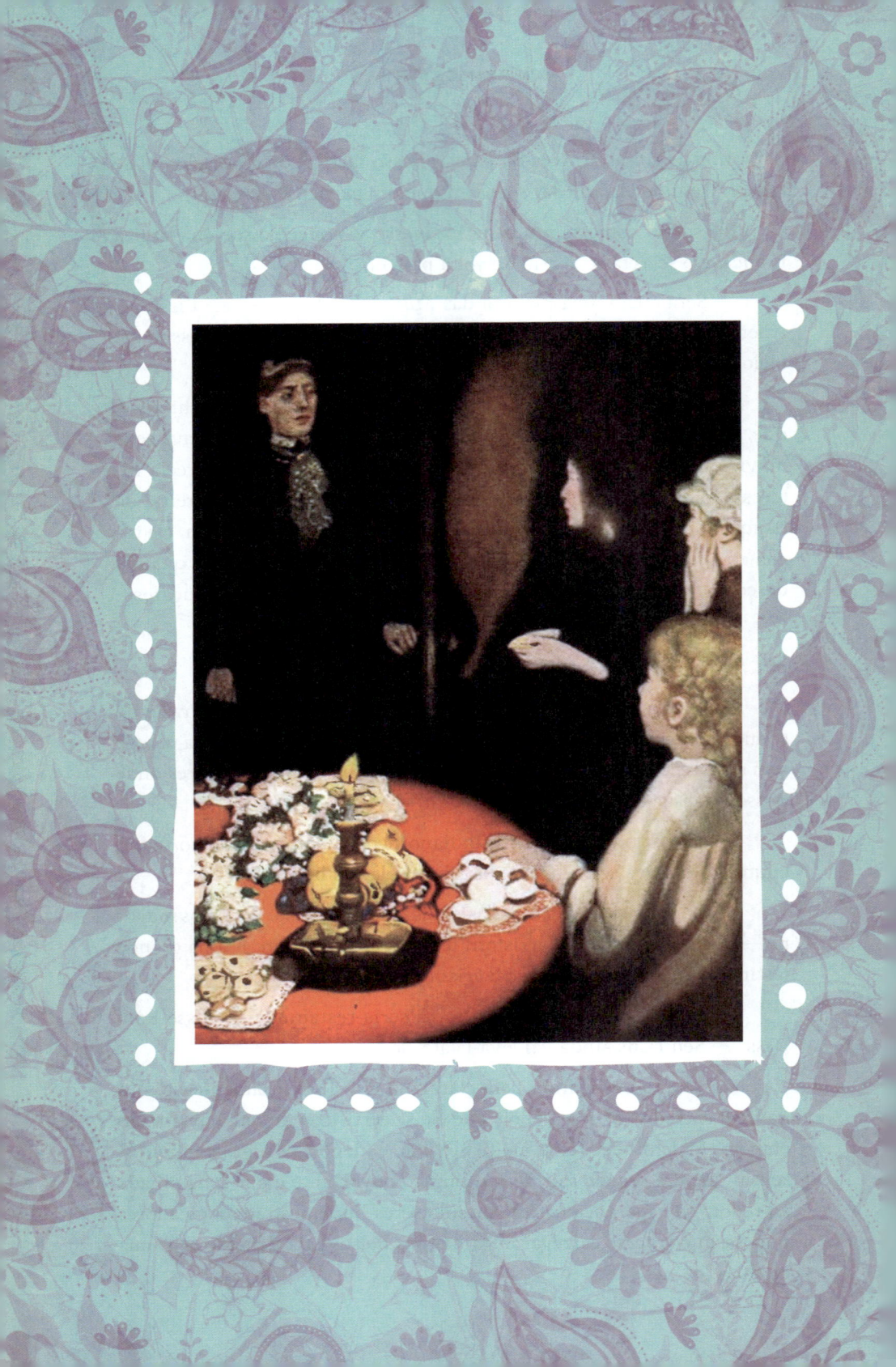

15

A Mágica

Quando Sara tinha passado pela casa vizinha, ela vira Ram Dass fechando as persianas e também conseguiu dar uma olhadela na sua sala.

— Faz um bom tempo que não vejo um lugar agradável pelo lado de dentro — foi o pensamento que passou por sua mente.

Havia o brilho habitual do fogo ardendo na lareira, e o cavalheiro indiano estava sentado diante dele. Sua cabeça repousava em sua mão e ele parecia muito solitário e infeliz, como sempre.

— Pobre homem! — disse Sara. — Gostaria de saber o que você está imaginando.

E era isso que ele estava "imaginando" naquele mesmo instante:

"Imagine...", ele pensava, "imagine se, mesmo que Carmichael encontre as pessoas em Moscou... A garotinha que eles tiraram da escola de *Madame* Pascal em Paris *não* seja aquela que estamos procurando? E se ela, na verdade, for uma criança completamente diferente? Que passos devo dar em seguida?"

Quando Sara entrou na casa, encontrou a Srta. Minchin, que havia descido para o porão para dar uma bronca na cozinheira

— Com o quê ficou perdendo seu tempo? — ela perguntou.

— Você está fora há horas.

— Tudo estava tão molhado e lamacento — Sara respondeu — que era difícil caminhar, porque meus sapatos estão muito ruins e acabam escorregando.

— Não me venha com desculpas — disse a Srta. Minchin — nem com mentiras.

Sara foi até a cozinheira. Ela tinha recebido uma bronca muito severa e, por isso, estava com um péssimo humor. Ficou muito contente por ter alguém em quem descontar sua raiva e, como sempre, Sara era muito conveniente.

— Por que não ficou a noite toda? — ela falou, ríspida.

Sara deixou as compras em cima da mesa.

— Aqui estão as coisas — disse ela.

A cozinheira olhou as compras por cima, resmungando. Ela estava com um mau humor realmente terrível.

— Posso pegar algo para comer? — Sara perguntou, com uma voz bastante fraca.

— A hora do chá já acabou faz tempo — foi a resposta. — Você esperava que o mantivesse quente para você?

Sara ficou em silêncio por um instante.

— Eu não almocei — disse em seguida, e sua voz estava ainda mais baixa. Falou baixinho por medo de que a voz começasse a tremer.

— Tem um pouco de pão na despensa — disse a cozinheira. — É tudo que você pode pegar a essa hora.

Sara saiu e achou o pão. Estava velho, duro e seco. O humor da cozinheira estava terrível demais para lhe dar algo para comer com o pão. Era sempre seguro e fácil descontar sua raiva em Sara. De fato, foi difícil para a criança subir os três longos lances de escada que levavam até seu sótão. Geralmente, ela os achava longos e íngremes quando estava cansada, mas naquela noite parecia que ela nunca alcançaria o topo. Várias vezes, ela se viu obrigada a parar para descansar. Quando chegou ao último patamar, ficou feliz por ver uma luzinha passando por baixo da porta. Isso significava que Ermengarde tinha conseguido escapulir para lhe fazer uma visita. Isso lhe trazia algum consolo. Era melhor que entrar no quarto sozinha e encontrá-lo vazio e desolado. A simples presença da cheinha e tranquila Ermengarde, enrolada em seu xale vermelho, aqueceria um pouco seu quarto.

Sim, lá estava Ermengarde quando ela abriu a porta. Estava sentada no meio da cama, com seus pés escondidos a salvo sob seu corpo. Ela nunca ficara íntima de Melchisedec e sua família, apesar de ser fascinada por eles. Quando ficava sozinha no sótão, ela sempre preferia sentar-se na cama até Sara chegar. Na verdade, dessa vez ela ficara bastante nervosa, já que Melchisedec tinha aparecido e farejado ao redor dela por um bom tempo, e acabou fazendo-a dar um gritinho contido ao colocar-se sobre as patas traseiras e, enquanto olhava para ela, fungado em sua direção.

— Ah, Sara — ela exclamou —, estou feliz que você chegou. Melchy *farejava* para todo lado. Tentei convencê-lo a voltar para seu buraco, mas ele não ia de jeito nenhum por um bom tempo. Gosto dele, você sabe, mas ele me assusta quando fica me farejando. Você acha que ele *pularia* em mim?

— Não — respondeu Sara.

Ermengarde engatinhou na cama para olhar para Sara.

— Você parece *realmente* cansada, Sara — disse. — Você está bastante pálida.

— *Estou* cansada — disse Sara, deixando-se cair na banqueta torta. — Ah, aí está Melchisedec, coitadinho. Ele veio pedir seu jantar.

Melchisedec havia saído de seu buraco como se estivesse à espreita, escutando os passos de Sara. Ela tinha certeza absoluta de que o ratinho os reconhecia. Ele aproximou-se com um semblante carinhoso e confiante quando Sara colocou a mão no bolso e virou-o do avesso, balançando a cabeça.

— Sinto muito — ela disse. — Não tenho nenhuma migalha sobrando. Vá para casa, Melchisedec, e diga à sua esposa que não havia nada no meu bolso. Receio ter esquecido, porque a cozinheira e a Srta. Minchin estavam zangadas demais.

Melchisedec parecia compreender. Afastou-se resignado, talvez até mesmo satisfeito, de volta ao seu lar.

— Não esperava vê-la hoje à noite, Ermie — Sara disse. Ermengarde envolveu-se em seu xale vermelho.

— A Srta. Amelia saiu para passar a noite com sua tia velha — ela explicou. — Ninguém nunca vem ver se estamos dormindo nos quartos depois que já estamos na cama. Poderia ficar aqui até de manhã se quisesse.

Ela apontou para a mesa sob a claraboia. Sara não havia olhado naquela direção quando entrou. Vários livros estavam empilhados sobre a mesa. Ermengarde fez um gesto desanimado.

— Meu papai enviou-me mais alguns livros, Sara — ela disse. — Aí estão eles.

Sara olhou em volta e levantou-se no mesmo instante. Correu até a mesa e, pegando o volume que estava no topo da pilha, começou a folheá-lo rapidamente. Por um momento, ela esqueceu-se de suas aflições.

— Ah — exclamou — que lindo! *A Revolução Francesa*, de Carlyle[27]. Queria *tanto* ler esse livro!

— Eu não queria — disse Ermengarde. — E meu papai vai ficar tão bravo se eu não ler. Ele espera que eu saiba tudo a seu respeito quando for para casa para as festas. O que eu *devo* fazer?

Sara parou de folhear o livro e olhou para ela, com o rosto vermelho de empolgação.

— Veja bem — ela exclamou —, se você me emprestar esses livros, *eu* vou lê-los – e posso contar-lhe tudo que há neles depois – e vou contar de uma forma que você não se esquecerá.

— Ah, por Deus! — exclamou Ermengarde. — Você acha que consegue?

— Sei que consigo — Sara respondeu. — As crianças menores sempre se lembram do que lhes conto.

— Sara — disse Ermengarde, a esperança brilhando em seu rosto redondo —, se você fizer isso, e fizer com que eu não esqueça, vou... vou te dar qualquer coisa.

— Não quero que você me dê nada — disse Sara. — Quero seus livros... É isso que quero! — E seus olhos se arregalaram e ela respirou fundo.

— Pode ficar com eles, então — disse Ermengarde. — Gostaria de

---

27. A autora refere-se à obra *A Revolução Francesa: Uma História*, escrita pelo filósofo, ensaísta e historiador escocês Thomas Carlyle, publicada em 1837. (N. do T.)

querer ficar com eles... mas não quero. Não sou inteligente e meu pai é, e ele acha que eu deveria ser.

Sara abria um livro depois do outro. — O que você vai dizer para seu pai? — ela perguntou, com uma leve dúvida surgindo em sua mente.

— Ah, ele não precisa saber — respondeu Ermengarde. — Ele vai pensar que eu os li.

Sara pousou o livro e sacudiu a cabeça lentamente. — Isso é quase como contar mentiras — ela disse. — E mentiras... bom, você entende, elas não são apenas más... Elas são *vulgares*. Às vezes — tomou um tom reflexivo — penso que poderia fazer algo perverso... Poderia subitamente ter uma crise de raiva e matar a Srta. Minchin, sabe, quando ela está me maltratando... mas eu *não poderia* ser vulgar. Por que você não pode dizer para o seu pai que *eu* os li?

— Ele quer que eu os leia — disse Ermengarde, um pouco desencorajada pela inesperada mudança dos acontecimentos.

— Ele quer que você saiba o que há neles — disse Sara. — E se eu puder lhe contar de uma forma fácil e fazer com que você se lembre, acredito que ele gostaria disso.

— Ele gostaria que eu aprendesse qualquer coisa, de *qualquer* jeito — disse Ermengarde, tristonha. — Você gostaria também, se fosse meu pai.

— Não é sua culpa se... — Sara começou a dizer. Ela se recompôs e parou de repente. Estava prestes a dizer "não é sua culpa se você não é muito inteligente".

— Se o quê? — Ermengarde perguntou.

— Se não consegue aprender as coisas rapidamente — emendou Sara. — Se não consegue, não consegue. Se eu consigo... ora, eu consigo. Isso é tudo.

Ela sempre sentiu muito carinho por Ermengarde e tentava fazer com que ela não sentisse com tanta força a diferença entre ser capaz de aprender tudo imediatamente e não ser capaz de aprender absolutamente nada. E, enquanto olhava para seu rosto rechonchudo, um de seus antiquados e sábios pensamentos surgiu em sua mente.

— Talvez — ela disse — ser capaz de aprender as coisas rapidamente não seja tudo. Ser gentil tem bastante valor para as outras pessoas. Se a Srta. Minchin soubesse tudo que há na Terra e continuasse da forma que ela é agora, continuaria a ser uma criatura detestável, e todos a odiariam. Muitas pessoas inteligentes causaram danos e foram perversas. Veja Robespierre[28]...

Ela parou e examinou a expressão de Ermengarde, que começava a parecer perdida.

— Você não se lembra? — Sara perguntou. — Eu lhe contei sobre ele não faz muito tempo. Acredito que você tenha esquecido.

— Bom, não me lembro *de tudo* — admitiu Ermengarde.

— Bem, espere um minuto — disse Sara — e vou tirar minhas roupas molhadas, me enrolar na colcha e contar-lhe tudo de novo.

Ela tirou o chapéu e o casaco e os pendurou em um prego na parede, e trocou seus sapatos molhados por um par de chinelos velhos. Então, pulou na cama e, cobrindo os ombros com a colcha, sentou-se com os braços ao redor dos joelhos. — Agora, ouça — disse.

Ela mergulhou nos registros sangrentos da Revolução Francesa e contou histórias tão interessantes que os olhos de Ermengarde se arregalaram de susto e ela segurou a respiração. Mas, apesar de estar bastante aterrorizada, sentia uma deliciosa agitação em ouvir, e parecia improvável que ela se esqueceria de Robespierre novamente, ou teria quaisquer dúvidas a respeito da *Princesse de Lamballe*[29].

— Você sabe que eles puseram sua cabeça em uma estaca e dançaram ao redor dela — Sara explicou. — Ela tinha lindos cabelos loiros esvoaçantes, e, quando penso nela, nunca imagino sua cabeça sobre o corpo, mas sempre em uma estaca, com aquelas pessoas furiosas dançando e urrando.

Elas concordaram que contariam ao Sr. St. John o plano que haviam idealizado e que, por enquanto, os livros seriam deixados no sótão.

— Agora, vamos falar de outras coisas — disse Sara. — Como você está lidando com suas aulas de francês?

---

28. Maximilien Robespierre (1758-1794), advogado e político francês, e uma das personalidades mais importantes da Revolução Francesa. (N. do T.)
29. Princesa de Lamballe, em francês. Título de Maria Luísa Teresa de Saboia-Carignano (1749-1792), amiga pessoal da rainha francesa Maria Antonieta, morta nos massacres de setembro de 1792, em meio à Revolução Francesa. (N. do T.)

A PRINCESINHA

— Muito melhor desde a última vez que subi aqui e você me explicou as conjugações. A Srta. Minchin não conseguiu entender como fiz tão bem meus exercícios naquela manhã, logo depois.

Sara riu um pouco e abraçou seus joelhos.

— Ela também não entende como Lottie está fazendo adições tão bem — disse —, mas é porque ela também sobe aqui às escondidas, e eu a ajudo — Ela deu uma olhada ao redor do quarto. — O sótão seria muito agradável... se não fosse tão horroroso — disse ela, rindo mais uma vez. — É um bom lugar para se fazer de conta.

A verdade é que Ermengarde não sabia nada do lado da vida por vezes quase insuportável no sótão e não tinha uma imaginação suficientemente vívida para retratá-lo por si só. Nas raras ocasiões em que conseguia chegar ao quarto de Sara, ela apenas via seu lado empolgante, transformado por coisas de "faz de conta" e pelas histórias contadas. Suas visitas eram parte de uma aventura, e apesar de Sara às vezes parecer bastante pálida – e não se podia negar que ela emagrecera bastante – seu espírito jovem e orgulhoso não admitiria reclamações. Nunca confessara que, às vezes, estava quase morrendo de fome, como naquela noite. Ela crescia rapidamente, e as constantes caminhadas e corridas para todo lado deixariam-na com fome mesmo se ela fizesse refeições mais nutritivas, abundantes e regulares do que a comida ordinária e pouco apetitosa que lhe ofereciam em horários os mais estranhos, de acordo com a conveniência da cozinha. Ela ficava cada vez mais acostumada à aflitiva sensação em seu jovem estômago.

"Imagino que os soldados se sintam assim quando estão em uma longa e exaustiva marcha", Sara dizia constantemente para si mesma. Ela gostava do som da frase "longa e exaustiva marcha", que a fazia se sentir como um soldado. Também tinha uma excêntrica sensação de ser a anfitriã no sótão.

"Se eu morasse em um castelo", justificava ela, "e Ermengarde fosse a dama de um outro castelo e viesse me visitar, acompanhada de cavaleiros, escudeiros e vassalos a cavalo, e flâmulas tremulando, eu desceria para recebê-la ao ouvir o som das trombetas soando na ponte levadiça, ofereceria banquetes no salão e chamaria menestréis para cantar, atuar e contar histórias. Quando ela vem para o sótão, não posso oferecer banquetes, mas posso contar histórias e omitir as coisas desagradáveis. Ouso dizer que as pobres castelãs tinham que fazer isso em tempos de fome, quando suas terras eram pilhadas." Ela era uma pequena, brava e orgulhosa castelã e compartilhava generosamente a única hospitalidade que podia oferecer – os sonhos que sonhava e as visões que via – as fantasias que eram sua alegria e consolo.

Então, enquanto elas estavam sentadas juntas, Ermengarde não sabia que ela estava tão fraca quanto faminta e que, ao falar, ela vez ou outra se perguntava se sua fome a deixaria dormir quando ficasse sozinha. Ela tinha a impressão que jamais sentira tanta fome antes.

— Eu queria ser tão magra quanto você, Sara — Ermengarde disse subitamente. — Acredito que você nunca esteve tão magra. Seus olhos parecem tão grandes, e olhe esses pequenos ossos pontudos salientes no seu cotovelo!

Sara puxou sua manga, que havia subido sozinha, para baixo.

— Sempre fui uma criança magra — ela disse, bravamente — e sempre tive grandes olhos verdes.

— Adoro seus olhos estranhos — disse Ermengarde, olhando-os com uma admiração afetuosa. — Eles sempre parecem ter visto tanta coisa. Eu os adoro... e adoro que sejam verdes – apesar de eles parecerem negros, geralmente.

— São olhos de gato — riu Sara —, mas não consigo ver no escuro com eles... porque já tentei, e não consegui... Bem que eu gostaria.

Foi nesse exato minuto que aconteceu algo na claraboia que nenhuma das duas percebeu. Se alguma delas tivesse, por acaso, se virado e olhado, teria se assustado com a visão de um rosto escuro que espiava o quarto cautelosamente e que desapareceu tão rápida e silenciosamente quanto havia aparecido. Não *tão* silenciosamente, no entanto. Sara, que tinha ouvidos aguçados, subitamente se virou um pouco e olhou para o teto.

— Isso não pareceu ser Melchisedec — ela disse. — Não foi estridente o suficiente.

— O quê? — disse Ermengarde, um pouco assustada.

— Você não acha que escutou alguma coisa? — perguntou Sara.

— Nã... não — Ermengarde gaguejou. — Você escutou?

— Talvez não — disse Sara —, mas pensei ter escutado. Pareceu como se algo estivesse nas telhas... Algo que se arrastava suavemente.

— O que poderia ser? — disse Ermengarde. — Poderiam ser... ladrões?

— Não — Sara começou a responder, animada. — Não há nada para roubar...

Ela parou no meio sua frase. As duas ouviram o ruído que Sara havia notado. Não vinha das telhas, mas das escadas logo abaixo, e era a voz irritada da Srta. Minchin. Sara pulou da cama e apagou a vela.

— Ela está dando uma bronca em Becky — sussurrou, em pé no escuro. — Está fazendo-a chorar.

— Ela vai vir aqui? — Ermengarde sussurrou de volta, tomada pelo pânico.

— Não. Ela acha que estou na cama. Não se mexa.

Era muito raro a Srta. Minchin subir o último lance de escadas. Sara só conseguia se lembrar de ela ter feito isso uma única vez. Mas agora estava tão brava a ponto de subir pelo menos parte do caminho, e parecia estar empurrando Becky diante dela.

— Criança desonesta e insolente! — ouviram-na dizer. — A cozinheira me disse que tem repetidamente sentido falta de algumas coisas.

— *Num* fui eu, *madama* — disse Becky, soluçando. — *Tava* com bastante fome, mas *num* fui eu... Nunca!

— Você merece ser mandada para a prisão — disse a voz da Srta. Minchin. — Furtando e roubando! Metade de uma torta de carne!

— *Num* fui eu — lamentou Becky. — Podia até ter comido uma inteira... mas *num* encostei nenhum dedo nela.

Srta. Minchin ficou sem fôlego por causa de sua raiva e por ter subido as escadas. A torta de carne tinha sido feita para sua ceia especial. Era evidente que ela tinha dado uns tapas em Becky.

— Não diga mentiras — ela disse. — Vá imediatamente para o seu quarto.

Tanto Sara quanto Ermengarde ouviram o tapa, e então ouviram

Becky correr com seus sapatos surrados as escadas, entrando no seu sótão. Ouviram a porta fechar e notaram que ela havia se atirado na cama.

— *Pudia* comer duas *torta* — ouviram-na chorar em seu travesseiro. — E *num* dei nem uma mordida. Foi a cozinheira que deu *pru polícia* dela.

Sara ficou no meio do quarto, no escuro. Ela estava com os dentes cerrados e abria e fechava com força suas mãos estendidas. Ela mal conseguia ficar parada, mas não ousava se mexer até que a Srta. Minchin tivesse descido as escadas e tudo ficasse em silêncio.

— Aquela criatura cruel e perversa! — ela irrompeu. — A própria cozinheira pega as coisas e depois diz que Becky as roubou. Ela *não roubou*! Ela *não roubou*! Às vezes, ela sente tanta fome que come as cascas do barril das cinzas! — Ela apertou as mãos contra o rosto e desatou a dar pequenos soluços inflamados, e Ermengarde, ouvindo algo tão incomum, ficou muito intimidada com tudo. Sara estava chorando! A invencível Sara! Aquilo parecia ter um novo significado... Um humor que ela nunca havia conhecido. E se... e se... uma nova e pavorosa possibilidade se apresentou para sua gentil e vagarosa mente de uma só vez. Ela se arrastou para fora da cama no escuro e tateou até a mesa onde estava a vela. Riscou um fósforo e acendeu a vela. Depois de acendê-la, inclinou-se para a frente e olhou para Sara, com aquele novo pensamento convertendo-se definitivamente em medo, diante de seus olhos.

— Sara — ela disse com uma voz tímida, quase tomada pelo pavor — você... você... você nunca me disse... eu não quero ser rude... mas *você* passa fome?

Era muito para aquele momento. A barreira se rompeu. Sara levantou o rosto das mãos.

— Sim — ela disse de uma maneira inflamada, completamente nova. — Sim, estou com fome. Estou com tanta fome agora que poderia quase comer você. O que torna ainda pior ouvir Becky. Ela passa mais fome do que eu.

Ermengarde conteve a respiração.

— Ah, ah! — ela exclamou, com tristeza. — E eu nunca soube!

— Eu não queria que você soubesse — Sara disse. — Eu teria me sentido como uma mendiga. Eu sei que pareço uma mendiga.

— Não, você não parece... Não parece! — Ermengarde a interrompeu. — Suas roupas estão um pouco estranhas... mas você nunca poderia se parecer com uma mendiga. Você não tem o rosto de uma mendiga.

— Certa vez, um garotinho me deu uma moedinha por caridade — disse Sara, soltando uma risadinha, mesmo sem querer. — Aqui está. — E ela tirou a fitinha do pescoço. — Ele não teria me dado sua moedinha de Natal se não parecesse que eu precisasse dela.

De alguma maneira, ver a estimada moedinha foi bom para ambas. Vê-la fez com que elas rissem um pouco, embora tivessem lágrimas nos olhos.

— Quem era ele? — perguntou Ermengarde, olhando para a moeda como se não fosse apenas uma simples moedinha prateada de seis centavos.

— Era uma criaturinha graciosa indo para uma festa — disse Sara. — Era um dos membros da Grande Família, o pequenino com perninhas rechonchudas, aquele que eu chamo de Guy Clarence. Imagino que seu quarto estivesse abarrotado de presentes de Natal e cestas cheias de bolos e outras coisas, e ele pôde notar que eu não tinha nada.

Ermengarde teve um leve sobressalto. As últimas frases fizeram-na lembrar de algo em sua mente perturbada e ela teve uma súbita inspiração.

— Ah, Sara! — ela exclamou. — Que tolice eu não ter pensado nisso!

— Em quê?

— Em algo esplêndido! — disse Ermengarde rapidamente, de tão agitada. — Hoje à tarde, minha tia mais simpática me enviou uma caixa. Está cheia de coisas gostosas. Nem toquei nela, já que comi muito pudim no almoço e estava aborrecida demais com os livros do meu papai. Suas palavras começavam a se enrolar umas nas outras. — Dentro da caixa, há bolo, tortinhas de carne, tortas de geleia, pães doces, laranjas, xarope de groselha, figos e chocolate. Vou voltar às escondidas para o meu quarto e pegar a cesta em um minuto, e poderemos comer agora mesmo.

Sara quase caiu para trás. Quando se está fraco de fome, falar de comida tem, às vezes, um efeito curioso. Ela agarrou o braço de Ermengarde.

— Você acha... acha que *conseguiria*? — ela indagou.

— Sei que sim — respondeu Ermengarde, e correu até a porta —

abrindo-a suavemente — colocou a cabeça lá fora na escuridão e pôs-se a escutar. Então, voltou-se para Sara. — As luzes estão apagadas. Estão todas na cama. Posso ir devagarinho... bem devagarinho... e ninguém vai me ouvir.

Era tudo tão delicioso que elas seguraram as mãos uma da outra e um brilho repentino surgiu nos olhos de Sara.

— Ermie! — ela disse. — Vamos *fazer de conta*! Vamos fazer de conta que é uma festa! E, ah, você não quer convidar a prisioneira da cela ao lado?

— Sim! Sim! Vamos bater na parede agora. A carcereira não nos ouvirá.

Sara dirigiu-se à parede. Através dela, conseguia ouvir a pobre Becky chorando bem baixinho. Ela bateu quatro vezes.

— Isso quer dizer "Venha aqui pela passagem secreta sob a parede" — ela explicou. — "Tenho algo para lhe dizer."

Cinco batidas leves foram a resposta.

— Está vindo — ela disse.

Quase imediatamente a porta do sótão se abriu e Becky apareceu. Seus olhos estavam vermelhos e sua touca quase caía e, quando avistou Ermengarde, ela começou a esfregar o rosto com o avental impacientemente.

— Não ligue pra mim, Becky! — exclamou Ermengarde.

— A Srta. Ermengarde pediu que você viesse — disse Sara — porque ela vai trazer uma caixa de coisas gostosas para nós.

A touca de Becky quase caiu de vez, de tão empolgada que ela ficou.

— Pra *comê*, senhorita? — disse ela. — Coisas *boa de comê*?

— Sim — respondeu Sara — e vamos fazer de conta que é uma festa.

— E você vai poder comer tanto quanto *quiser* — acrescentou Ermengarde. — Vou nesse instante!

Estava com tanta pressa que, ao sair na ponta dos pés do sótão, deixou cair seu xale vermelho e nem sequer percebeu. E ninguém mais percebeu por um minuto ou dois. Becky estava completamente dominada pela sorte que lhe sucedera.

— Ah, senhorita! Ah, senhorita — ela suspirava —, eu sei que foi *ocê* que pediu pra ela me *deixá* vir. Isso... isso me dá vontade de chorar, só *di pensá*. — E colocou-se de pé do lado de Sara, olhando-a com veneração.

Mas nos olhos famintos de Sara o velho brilho voltara a irradiar e transformar seu mundo. Ali no sótão – com a fria noite do lado de fora – com a tarde nas ruas enlameadas passada havia tão pouco tempo – com a memória da terrível expressão esfomeada nos olhos da criança pedinte ainda recente – essa simples e alegre situação ocorrera como um passe de mágica.

Ela retomou o fôlego.

— De alguma maneira, algo sempre acontece — ela exclamou — pouco antes de as coisas piorarem de vez. É como se fosse Mágica. Se eu apenas pudesse me lembrar sempre disso. O pior nunca acontece *completamente*.

Ela sacudiu Becky levemente, animando-a.

— Não, não! Você não deve chorar! — ela disse. — Devemos nos apressar e arrumar a mesa.

— Arrumar a mesa, senhorita? — disse Becky, olhando ao redor do quarto. — Arrumar a mesa *cum quê*?

Sara também olhou ao redor do sótão.

— Não parece haver muita coisa — ela respondeu, rindo levemente.

Nesse momento, ela viu algo e agarrou-o. Era o xale vermelho de Ermengarde que estava no chão.

— Aqui está o xale — exclamou. — Tenho certeza de que ela não se importará. Fará as vezes de uma linda toalha de mesa vermelha.

Elas trouxeram a velha mesa para a frente e jogaram o xale sobre ela. Vermelho é uma cor encantadoramente calorosa e aconchegante. O quarto já começava a parecer mais bem mobiliado.

— Como seria agradável ter um tapete vermelho no chão! — exclamou Sara. — Precisamos fazer de conta que há um!

Seus olhos percorreram as tábuas descobertas do assoalho com uma súbita expressão de admiração. O tapete já havia sido colocado.

— Como ele é grosso e macio! — Sara disse, soltando uma risadinha cujo significado já era conhecido de Becky, e levantou os pés, colocando-os no chão novamente com muita delicadeza, como se sentisse algo sob eles.

— Sim, senhorita — respondeu Becky, observando-a com uma séria expressão de encantamento.

— E agora, o que vem depois? — disse Sara, e ficou parada, colocando as mãos sobre os olhos. — Algo vai acontecer se eu pensar e esperar um pouco — falou com uma voz suave e confiante. — A Mágica vai me dizer.

Uma de suas fantasias favoritas era que "do lado de fora", como ela costumava dizer, os pensamentos estavam à espera de que as pessoas os chamassem. Becky tinha visto Sara ficar parada e esperar várias vezes antes e sabia que em poucos segundos ela mostraria o rosto sorridente e iluminado.

E, em um instante, foi o que aconteceu.

— É isso! — ela exclamou. — Aconteceu! Já sei! Devo olhar nas coisas do velho baú que eu tinha quando era uma princesa.

Ela correu até o canto onde estava o baú e se ajoelhou. O baú não fora parar no sótão por causa dela, mas porque não havia lugar para ele em nenhum outro lugar. Nada restava nele além de porcarias. Mas ela sabia que encontraria algo. A Mágica sempre arranjaria uma forma, de um jeito ou de outro.

Em um canto, havia um pacote de aspecto tão insignificante que fora deixado de lado e, quando ela mesma o encontrara, guardara-o como uma relíquia. Ele continha uma dúzia de lencinhos brancos. Ela pegou-os alegremente e correu para a mesa. Começou a arrumá-los sobre a toalha de mesa vermelha, alisando-os e ajustando-os com a borda estreita de renda para fora, com sua Mágica fazendo seus encantamentos ao mesmo tempo.

— Esses são os pratos — ela disse. — São pratos dourados. Esses são guardanapos ricamente bordados. Foram feitos por freiras em conventos na Espanha.

— É verdade, senhorita? — suspirou Becky, seu espírito alegrado pela informação.

— Você tem que fazer de conta — disse Sara. — Se fizer de conta com força, poderá vê-los.

— Sim, senhorita — disse Becky, e, quando Sara voltou ao baú, esforçou-se para realizar esse objetivo tão desejado.

Sara virou-se subitamente e encontrou-a de pé ao lado da mesa, parecendo bastante esquisita. Ela tinha fechado os olhos e contorcia o rosto de formas estranhas, convulsivas, e tinha as mãos esticadas e duras ao longo do corpo. Parecia que ela estava tentando levantar algo extremamente pesado.

— Qual é o problema, Becky? — Sara gritou. — O que você está fazendo?

Becky abriu os olhos, assustada.

— Eu *tava fazeno* de conta, senhorita — ela respondeu, um pouco tímida. — Estava tentando ver o mesmo que a senhorita. Quase consegui — soltou um sorriso esperançoso. — Mas é preciso *fazê* muita força.

— Talvez, se você não estiver acostumada — disse Sara, com uma compreensão amigável —, mas você não vai saber quanto é fácil até ter feito com frequência. Eu não faria tanta força no começo. Depois de um tempo, vai ficar mais fácil. Vou simplesmente contar para você como as coisas são. Olhe isso aqui.

Ela tinha na mão um velho chapéu de verão que tinha encontrado no fundo do baú. Havia uma coroa de flores nele. Ela tirou a coroa.

— Essas são as guirlandas para o banquete — ela disse, imponente. — Elas vão perfumar todo o ar. Há uma caneca no lavatório, Becky. Ah... e traga a saboneteira para fazer as vezes de centro de mesa.

Becky entregou-lhe tudo com reverência.

— O que elas *é* agora, senhorita? — perguntou ela. — Dá pra *pensá* que são *feita* de cerâmica... mas eu sei que *num* são.

— Esse é um jarro esculpido — disse Sara, arrumando os galhinhos da guirlanda sobre a caneca. — E isso — completou, inclinando-se suavemente sobre a saboneteira e dispondo rosas sobre ela — é o mais puro alabastro, incrustado com pedras preciosas.

Ela tocava tudo delicadamente, com um alegre sorriso pairando sobre seus lábios, fazendo-a parecer uma criatura em um sonho.

— Nossa, e *num* é que é encantador! — sussurrou Becky.

— Se nós tivéssemos algo para servir de travessa de bombons — Sara murmurou. — Já sei! — e correu para o baú novamente. — Lembro-me de ter visto alguma coisa agora há pouco.

Era simplesmente um punhado de lã embrulhado em um lenço de papel vermelho e branco, mas o lenço foi logo retorcido para dar forma a pequenos pratinhos e combinar com o restante das flores para decorar o castiçal que iluminaria o banquete. Apenas a Mágica poderia ter transformado tudo aquilo em algo mais que uma velha mesa coberta com um xale vermelho e um conjunto de objetos sem valor de um baú há muito tempo fechado. Sara tomou distância e observou o cenário, enxergando maravilhas, e Becky, depois de admirar entusiasmada, falou com a respiração hesitante.

— Isso aqui — ela sugeriu, olhando ao redor do sótão — agora é a Bastilha... ou *virô qualqué* coisa de diferente?

— Ah, sim, sim! — disse Sara. — Muito diferente. É um salão de banquetes!

— Minha nossa, senhorita! — exclamou Becky. — Um salão de *banquetas*! — e ela se virou para ver todo o esplendor à sua volta, admirada e perplexa.

— Um salão de banquetes — disse Sara. — Uma imensa sala onde são dadas festas. Ele tem um teto em forma de abóbada, uma galeria para os menestréis e uma enorme lareira cheia de lenha de carvalho ardendo, e é iluminado por velas que brilham por todo lado.

— Minha nossa, Srta. Sara! — Becky suspirou mais uma vez.

Então, a porta se abriu, e Ermengarde entrou, cambaleando um pouco sob o peso de sua cesta. Ela teve um sobressalto e soltou uma exclamação de alegria. Deixar a escuridão fria lá de fora e deparar-se com uma mesa festiva totalmente imprevisível, drapeada de vermelho, decorada com tecidos brancos e envolta por flores, era realmente sentir a genialidade dos preparativos.

— Ah, Sara! — ela exclamou. — Você é a garota mais inteligente que já conheci!

— Não está agradável? — disse Sara. — São coisas tiradas do meu velho baú. Pedi para a minha Mágica, e ela me disse para ir olhar lá.

— Mas, ah, senhorita — exclamou Becky —, espere até ela *contá* pra *ocê* o que é cada coisa! *Num* são só... Ah, senhorita, conta pra ela, por favor — Becky rogou para Sara.

E então Sara contou e, como sua Mágica a ajudara, ela *quase* conseguiu que Ermengarde visse tudo: os pratos dourados... os tetos abobadados... a lenha ardendo... as velas brilhando. E, enquanto as coisas eram retiradas da cesta... os bolos gelados... as frutas... os bombons e a groselha... o banquete tomou ares sublimes.

— É como uma festa de verdade! — gritou Ermengarde.

— É como a mesa de uma rainha! — suspirou Becky.

Então, de repente, Ermengarde teve uma brilhante ideia.

— Já sei o que vamos fazer, Sara — ela disse. — Faça de conta que é uma princesa agora e que esse é o banquete real.

— Mas é o seu banquete — disse Sara. — Você deve ser a princesa, e nós vamos ser suas damas de honra.

— Ah, não posso — disse Ermengarde. — Estou muito gorda, e não sei como fazer isso. Tem que ser *você*.

— Bom, se é o que você quer — disse Sara.

Mas subitamente ela pensou em outra coisa e correu até a grade enferrujada da lareira.

— Tem bastante papel e lixo amontoados aqui! — ela exclamou. — Se nós atearmos fogo, haverá uma chama brilhante por alguns minutos e vamos sentir como se fosse uma lareira de verdade. — Ela riscou um fósforo e acendeu-o, formando um grande brilho de mentirinha que iluminou o quarto.

— No momento que ele parar de arder — Sara disse —, temos que esquecer que não é de verdade.

Ela ficou de pé ao lado do brilho oscilante e sorriu.

— Não *parece* de verdade? — disse. — Agora vamos começar a festa.

Ela foi a primeira a dirigir-se à mesa. Acenou a mão graciosamente para Ermengarde e Becky. Estava no meio de seu sonho.

— Avancem, formosas donzelas — disse ela com sua voz de sonho feliz — e sentem-se à mesa do banquete. Meu nobre pai, o rei, que está ausente em uma longa viagem, confiou a mim oferecer-lhes essa festa. Ela virou a cabeça levemente na direção do canto do quarto. — Atenção, menestréis! Toquem suas violas e fagotes. Princesas — ela explicou rapidamente para Ermengarde e Becky — sempre tiveram menestréis para tocar em seus banquetes. Façam de conta que há uma galeria de menestréis ali no canto. Agora, nós vamos começar.

Elas mal tiveram tempo de pegar suas fatias de bolo... nenhuma delas tinha tido tempo de fazer nada além disso... quando puseram-se de pé com um salto e viraram os rostos pálidos para a porta... escutando... escutando.

Alguém estava subindo as escadas. Não estavam enganadas a esse respeito. Cada uma delas reconheceu o caminhar zangado subindo e sabia que todas as coisas haviam chegado ao fim.

— É... a *madama*! — engasgou Becky, deixando cair seu pedaço de bolo no chão.

— Sim — disse Sara, os olhos arregalados com o choque em seu rostinho pálido. — A Srta. Minchin nos descobriu.

A Srta. Minchin escancarou a porta com um tapa. Ela também estava pálida, mas de raiva. Olhou dos rostos assustados para a mesa do banquete, e da mesa do banquete para a última fagulha de papel queimado na grade.

— Eu vinha suspeitando de algo do tipo — ela exclamou —, mas não imaginava tanta ousadia. Lavinia estava falando a verdade.

Assim, ficaram sabendo que foi Lavinia que tinha, de alguma maneira, descoberto seu segredo e as traído. A Srta. Minchin dirigiu-se a Becky e estapeou-a pela segunda vez.

— Criatura insolente! — ela disse. — Você vai sair desta casa pela manhã!

Sara ficou completamente quieta, seus olhos cada vez mais arregalados e seu rosto mais pálido. Ermengarde irrompeu em lágrimas.

— Ah, não a mande embora — ela soluçou. — Minha tia me enviou a cesta. Nós... apenas... estávamos dando uma festa.

— Estou vendo — disse a Srta. Minchin, com desdém. — Com a Princesa Sara à cabeceira da mesa. É coisa sua, tenho certeza — ela gritou. — Ermengarde nunca poderia ter pensado em algo assim. Você decorou a mesa, suponho... com esse lixo. — Bateu o pé para Becky. — Vá para o seu sótão! — ordenou, e Becky escapuliu, o rosto escondido no avental e os ombros tremendo.

Então foi a vez de Sara, mais uma vez.

— Vou cuidar de você amanhã. Você não terá nem café da manhã, nem almoço, nem jantar!

— Já não tive nem almoço nem jantar hoje, Srta. Minchin — disse Sara, bastante fraca.

— Tanto melhor. Você terá algo para se lembrar. Não fique parada aí. Coloque essas coisas na cesta novamente.

Ela mesma começou a recolhê-las da mesa, pondo-as na cesta, e avistou os livros novos de Ermengarde.

— E você — disse para Ermengarde — trouxe seus lindos livros novos para esse sótão sujo. Pegue-os e volte para a cama. Você ficará lá o dia inteiro amanhã, e vou escrever para seu papai. O que *ele* diria se soubesse onde esteve hoje à noite?

Algo que ela vira no olhar fixo e sério de Sara naquele momento fez com que se virasse para a garota com violência.

— O que está matutando? — ela indagou. — Por que está olhando para mim desse jeito?

— Estava pensando... — respondeu Sara, da mesma forma que tinha respondido naquele célebre dia na sala de aula.

— Pensando em quê?

Era praticamente a mesma cena da sala de aula. Não havia um pingo de desrespeito na atitude de Sara. Ela demonstrava apenas tristeza e calma.

— Estava pensando — disse em voz baixa — o que o *meu* papai diria se soubesse onde eu estive esta noite.

A Srta. Minchin ficou furiosa, exatamente como tinha ficado anteriormente, e sua raiva foi expressa, como antes, de maneira destemperada. Ela voou até ela e sacudiu-a.

— Sua criança insolente e rebelde! — ela gritou. — Como ousa? Como ousa?

Ela pegou os livros, guardou o resto do banquete de volta na cesta de qualquer jeito, enfiando-a nos braços de Ermengarde e empurrando-a na sua frente em direção à porta.

— Vou deixar você com seus pensamentos — disse. — Vá para a cama imediatamente. — E ela trancou a porta atrás de si e da pobre e cambaleante Ermengarde, deixando Sara completamente sozinha.

O sonho havia acabado completamente. A última centelha de papel havia se apagado na grade, deixando apenas os braseiros escuros; a mesa ficou vazia, os pratos dourados, os guardanapos ricamente bordados e as guirlandas foram transformados novamente em velhos lencinhos, restos de papel vermelho e branco e flores artificiais rejeitadas, tudo espalhado no chão; os menestréis na galeria haviam escapulido, e as violas e os fagotes estavam quietos. Emily estava sentada com as costas contra a parede, olhando atentamente. Sara a viu e foi pegá-la com as mãos trêmulas.

— Não sobrou nenhum banquete, Emily — ela disse. — E não há nenhuma princesa. Não sobrou nada além das prisioneiras na Bastilha. — E ela sentou-se, escondendo o rosto.

O que teria acontecido se ela não tivesse escondido o rosto naquele instante, se ela tivesse por acaso olhado para a claraboia no momento errado, eu não sei — talvez o final deste capítulo tivesse sido bastante diferente — porque, se ela tivesse olhado para a claraboia, ela certamente se assustaria com o que teria visto. Teria visto exatamente o mesmo rosto pressionado contra a vidraça, espiando-a tal qual já o fizera mais cedo naquela noite, quando ela conversava com Ermengarde.

Mas ela não olhou para cima. Sentou-se, com sua cabecinha de cabelos negros sobre os braços por um bom tempo. Ela sempre se sentava daquela forma quando tentava suportar algo em silêncio. Então, levantou-se e foi lentamente para a cama.

— Não consigo mais fazer de conta... enquanto estiver acordada — disse. — Não valeria nem a pena tentar. Se eu for dormir, talvez um sonho venha e faça de conta por mim.

Subitamente, ela se sentiu tão cansada — talvez por falta de comida — que se sentou na beira da cama completamente sem forças.

— Imagine um fogo brilhante na lareira, com várias pequeninas chamas dançando — ela sussurrou. — Imagine uma cadeira confortável diante dela... E imagine uma mesinha ao lado, com um jantar quentinho... quentinho em cima dela. E imagine... — dizia enquanto puxava as cobertas finas sobre si — ...imagine que esta cama fosse bonita e macia, com cobertores felpudos e grandes travesseiros fofinhos. Imagine... imagine... — E a sua exaustão fez-lhe bem, pois seus olhos se fecharam e ela rapidamente caiu no sono.

Ela não soube por quanto tempo dormiu. Mas estava cansada o bastante para dormir profunda e intensamente – tanto que não seria perturbada por nada, nem mesmo pelos guinchos e correrias de toda a família de Melchisedec, se todos os seus filhos e filhas decidissem sair do buraco para brigar, rolar e brincar.

Quando ela acordou, foi de forma bastante repentina, e ela não percebeu que algo especial a tirou de seu sono. No entanto, a verdade era que foi um som que a despertava — um som real —o estalo da claraboia, que se fechou atrás de uma ágil figura pálida que deslizara por ela e agachara-se muito perto, sobre as telhas — perto o suficiente para ver o que acontecia no sótão, mas não o bastante para ser visto.

A princípio, ela não abriu os olhos. Estava muito sonolenta e — intrigante o bastante — muito quente e confortável. Estava tão quente e confortável, na verdade, que não acreditou que estivesse realmente acordada. Ela nunca se sentia tão aquecida e cômoda assim, a não ser em alguma encantadora visão.

— Que sonho agradável! — ela murmurou. — Estou tão quente. Não... quero... acordar...

Claro que era um sonho. Ela sentia como se as roupas de cama quentes e deliciosas estivessem empilhadas sobre ela. Podia verdadeiramente *sentir* cobertores e, quando colocou a mão para fora, tocou em algo exatamente igual a uma colcha revestida de cetim. Ela não queria acordar desse deleite — ela deveria ficar quietinha e fazê-lo durar.

Mas ela não podia — apesar de manter seus olhos bem fechados, ela não podia. Algo a forçava a acordar — algo no quarto. Era a sensação de alguma luz, e um som — o som de um fogo crepitando e estalando.

— Ah, estou acordando — ela disse, tristonha. — Não posso evitar... Não posso.

Seus olhos se abriram, mesmo sem ela querer. E então, ela sorriu de verdade — pois o que viu, nunca havia visto no sótão antes, e sabia que nunca poderia ter visto.

— Ah, eu *não* acordei — ela sussurrou, ousando apoiar-se sobre os cotovelos e olhar ao redor. — Ainda estou dormindo. — Ela sabia que aquilo *deveria* ser um sonho, pois, se ela estivesse acordada, tais coisas não poderiam... não poderiam estar ali.

Você está se perguntando por que ela tinha tanta certeza de não ter voltado da terra dos sonhos? Eis o que ela viu. Na grade da lareira, havia um fogo brilhante ardendo; no fogareiro, havia uma chaleirinha de metal assobiando e fervendo; estendido no chão havia um grosso e quentinho tapete carmesim; diante do fogo, uma cadeira dobrável, desdobrada e coberta de almofadas; ao lado da cadeira, uma mesinha dobrável, desdobrada e coberta por uma toalha branca e, sobre a mesa, estavam espalhados pequenos pratos com tampa, uma xícara, um pires, um bule de chá; na cama, havia novas cobertas quentinhas e uma colcha forrada com cetim; no pé da cama, um roupão forrado de seda muito singular, um par de chinelos acolchoados e alguns livros. O quarto dos seus sonhos parecia ter se transformado na terra das fadas — e estava inundado por uma luz suave, já que um lampião cintilante, coberto por uma cúpula rosada, estava sobre a mesa.

Ela se sentou, apoiada nos cotovelos, e sua respiração tornou-se curta e acelerada.

— Ele não... desapareceu — ela disse, ofegante. — Ah, nunca tive um sonho assim antes. — Ela mal ousava se mexer, mas, finalmente, colocou os cobertores de lado e pôs os pés no chão, com um sorriso extasiado.

— Estou sonhando... Estou levantando da cama — ela ouviu sua própria voz dizer; e então, em pé no meio de tudo aquilo, virando-se de um lado para o outro, disse — Estou sonhando que tudo continua... real! Estou sonhando que tudo *parece* real. Está enfeitiçado... ou eu estou enfeitiçada. Só *penso* que estou vendo tudo isso. — Suas palavras começaram a sair cada vez mais rápido. — Se eu conseguir continuar pensando assim... — ela exclamou — não vou me importar! Não vou me importar!

A PRINCESINHA

Ela ficou ofegante por um pouco mais de tempo, e então gritou novamente.

— Ah, não é verdade! — disse. — Não *pode* ser verdade! Mas, ah, como parece verdade!

O fogo ardente a atraiu, e ela se ajoelhou e levou as mãos para perto dele — tão perto que o calor a fez assustar-se.

— Um fogo que eu sonhasse não seria *quente* — exclamou.

Ela levantou-se de um salto, tocou a mesa, os pratos, o tapete. Foi até a cama e tocou as cobertas. Pegou o roupão macio e acolchoado e, subitamente, apertou-o contra o peito e usou-o para acariciar a face.

— É quente. É macio! — ela quase chegou a soluçar. — É real. Só pode ser!

Jogou o roupão por sobre os ombros e calçou os chinelos.

— Também são reais. É tudo de verdade! — ela exclamou. — Eu *não* estou... *não* estou sonhando!

Ela quase trombou com os livros e abriu o que estava no alto da pilha. Algo estava escrito na contracapa — apenas umas poucas palavras, e eram as seguintes:

"Para a garotinha no sótão. De um amigo".

Quando viu o bilhete — não era algo estranho a se fazer? — ela colocou o rosto na página e começou a chorar.

— Eu não sei quem é esse amigo — disse —, mas alguém se importa um pouco comigo. Tenho um amigo.

Ela pegou sua vela e saiu em direção ao quarto de Becky, pondo-se ao lado da cama dela.

— Becky, Becky! — sussurrou o mais alto que pôde. — Acorde!

Quando Becky acordou e sentou-se, ereta, olhando para Sara com espanto, com o rosto ainda manchado por rastros de lágrimas, viu ao lado dela uma figurinha vestindo um luxuoso roupão acolchoado de seda carmesim. A Princesa Sara – tal qual ela se lembrava dela – estava em pé ao lado da sua cama, com uma vela nas mãos.

— Venha — ela disse. — Ah, Becky, venha!

Becky estava assustada demais para falar. Ela simplesmente se levantou e a seguiu, com a boca e os olhos arregalados, sem dizer uma só palavra.

E, quando cruzaram a soleira da porta, Sara fechou a porta gentilmente e conduziu-a para o meio das coisas quentinhas e brilhantes que fizeram sua mente rodopiar e sua fome enfraquecer. — É de verdade! É de verdade! — ela gritou. — Eu encostei em tudo. São tão reais quanto nós duas. A Mágica veio e fez tudo, Becky, enquanto estávamos dormindo — a Mágica que nunca vai deixar que as piores coisas *nuna* aconteçam.

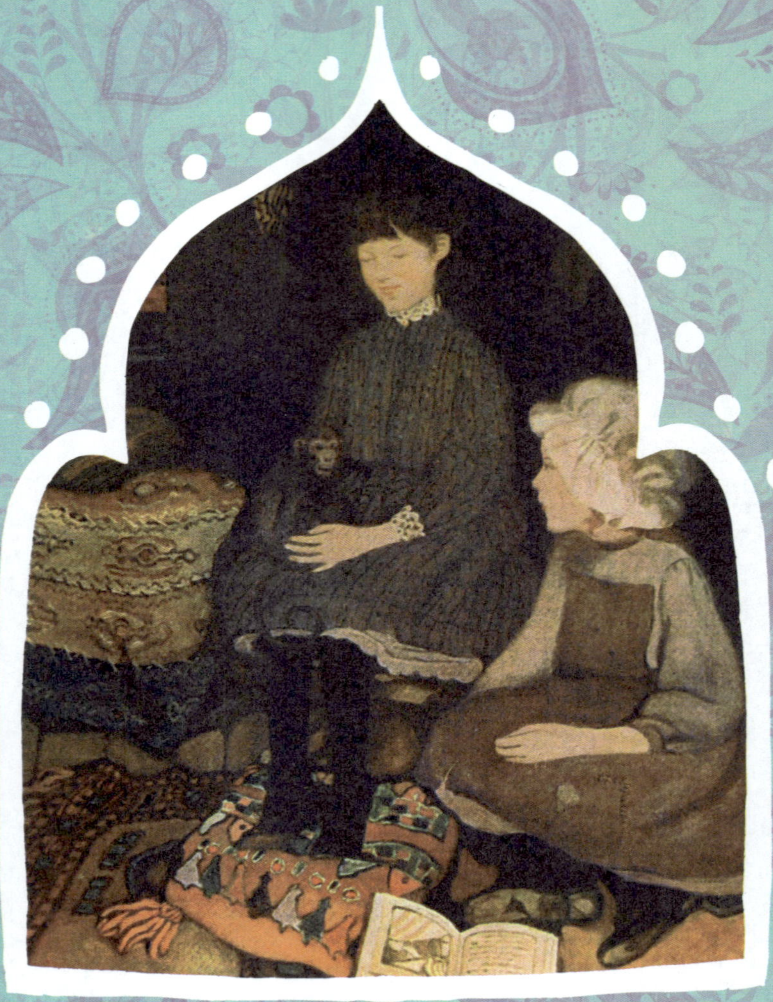

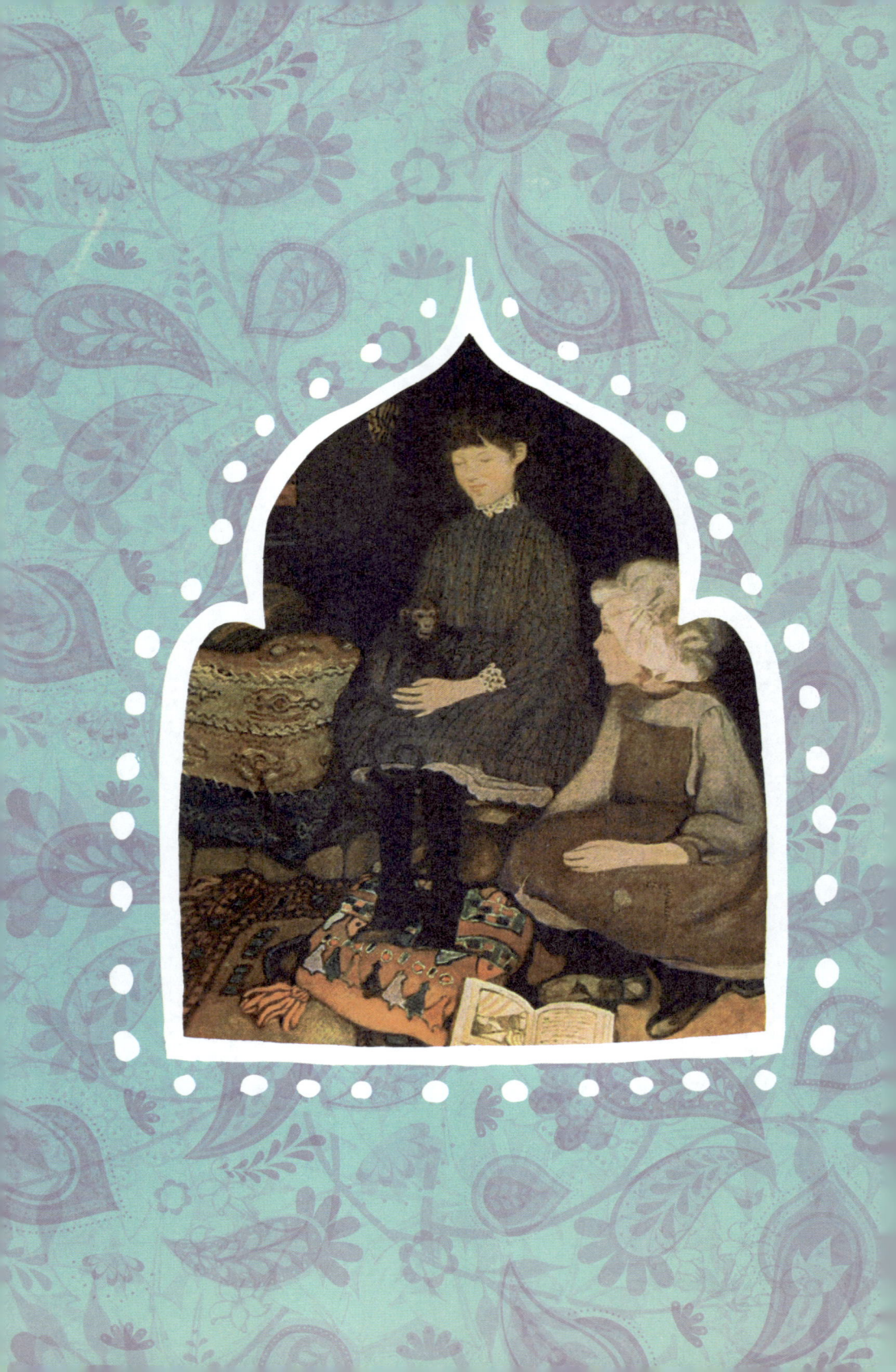

16

O Visitante

Imagine, se conseguir, como foi o resto da noite. Como elas se amontoaram perto do fogo que crepitava e saltava e inflamava-se o máximo possível na pequena grade. Como elas removeram as tampas dos pratos e encontraram uma sopa saborosa, quente e encorpada que, por si só, já seria uma bela refeição, e sanduíches e torradas e bolinhos suficientes para as duas. Becky usou a caneca do lavatório como xícara de chá, e o chá estava tão delicioso que não era preciso fazer de conta que era mais nada além de chá. Ficaram quentinhas, alimentadas e felizes e, como era bem típico de Sara — ao ter descoberto que sua estranha boa sorte era real — ela dedicou-se ao máximo a desfrutar de tudo. Ela vivera uma vida tão repleta de fantasias que estava igualmente disposta a aceitar qualquer coisa maravilhosa que lhe acontecesse, e quase parou, por pouco tempo, de achar tudo aquilo confuso.

— Não conheço ninguém no mundo que poderia ter feito isso — ela disse —, mas há alguém. E cá estamos nós sentadas ao lado do seu fogo... e... e... é verdade! E quem quer que tenha sido — onde quer que essa pessoa esteja — eu tenho um amigo, Becky — alguém é meu amigo.

Não se pode negar que, quando elas se sentaram diante do fogo ardente, e comeram a comida nutritiva e gostosa, sentiram uma espécie de fascínio entusiasmado, e olharam nos olhos uma da outra com certa dúvida.

— *Ocê* acha — Becky gaguejou certo instante, sussurrando —, *ocê* acha que tudo isso pode *desaparecê*, senhorita? *Num* é melhor a gente se *apressá*? — E ela rapidamente enfiou seu sanduíche na boca. Se fosse só um sonho, as boas maneiras seriam descartadas.

— Não, não vai desaparecer — disse Sara. — Estou *comendo* esse bolinho, e posso sentir seu gosto. Não se pode comer de verdade as coisas nos sonhos. Só se pode pensar que vai comê-las. Além disso, continuo me beliscando, e encostei em um carvão em brasa agorinha mesmo, de propósito.

O conforto sonolento que, afinal, praticamente tomou conta delas era algo divino. Era a sonolência de uma infância feliz e bem alimentada, e elas se sentaram à luz do fogo e deliciaram-se nela até que Sara percebeu que virara para olhar para sua cama transformada.

Havia até cobertores suficientes para dividir com Becky. Naquela noite, o sofá estreito no sótão ao lado ficou mais confortável do que sua ocupante jamais sonhara possível.

Ao sair do quarto, Becky virou-se na soleira da porta e olhou ao redor com olhos ávidos.

— Se nada disso *tivé* aqui de manhã, senhorita — ela disse —, *teve* aqui de noite, de *qualqué* jeito, e *num vô* esquecer disso. — Ela olhou para cada coisa em especial, como se quisesse guardá-las na memória. — O fogo *tava* ali — apontando com o dedo — e a mesa *tava* na frente dele; e o lampião *tava* lá, e a luz parecia *vermeio rosado*; e tinha uma coberta de cetim na sua cama, e um tapete quentinho no chão, e tudo parecia muito *bunito*; e... — ela parou um segundo, pousando suavemente a mão sobre o estômago — tinha sopa e sanduíches e *bolinho* – tinha, sim! — E, com pelo menos essa convicção de que tudo era realidade, foi embora.

Através da misteriosa habilidade presente nas escolas e em meio aos criados, era do conhecimento de todos pela manhã que Sara Crewe caíra em uma terrível desgraça, que Ermengarde estava de castigo e que Becky teria que fazer as malas e sair da casa antes do café da manhã, mas também que uma copeira não poderia ser dispensada de uma hora para a outra. As criadas sabiam que ela teria permissão para ficar porque a Srta. Minchin não acharia facilmente outra criatura indefesa e humilde o bastante para trabalhar como uma escrava por pouquíssimos xelins[30] por semana. E as garotas mais velhas na sala de aula sabiam que, se a Srta. Minchin não mandou Sara embora, foi por motivos práticos.

— De alguma maneira, ela está crescendo tão rápido e aprendendo tanto — disse Jessie para Lavinia — que em breve ela terá suas próprias classes, e a Srta. Minchin sabe que ela vai ter que trabalhar de graça. Foi muito mesquinho de sua parte, Lavvy, contar que ela estava se divertindo no sótão. Como é que você descobriu?

— Fiz com que Lottie confessasse. Ela é tão ingênua que nem sabia que estava me contando. Não há nada de mesquinho em contar para a Srta. Minchin. Senti que era minha obrigação — adicionou ela, muito pedante. — Sara a estava enganando. E é ridículo que ela continue parecendo tão imponente, e que se considere tão importante, em seus trapos e farrapos!

— O que elas estavam fazendo quando a Srta. Minchin as surpreendeu?

— Fazendo de conta alguma tolice. Ermengarde havia levado sua cesta para dividir com Sara e Becky. Ela nunca nos convida para dividir suas coisas. Não que eu me importe, mas é muito vulgar da parte dela dividir com criadas nos sótãos. Fico me perguntando por que a Srta. Minchin não expulsou Sara — mesmo querendo-a como professora.

— Se ela fosse expulsa, para onde iria? — indagou Jessie, mostrando-se um pouco ansiosa.

— Como poderia saber? — respondeu Lavinia, ríspida. — Ela vai parecer bastante estranha quando vier para a sala de aula hoje de manhã, acho... depois do que aconteceu. Ela não almoçou ontem e vai ficar sem comer hoje também.

Jessie não era tão malvada quanto era tola. Ela resmungou um pouco ao pegar seu livro.

— Bom, acho tudo isso horrível — ela disse. — Elas não têm o direito de matá-la de fome.

---

30. No Reino Unido, o xelim era uma moeda equivalente a 12 centavos e circulou até 1971, quando foi adotado o sistema centesimal, com 100 centavos para cada libra. (N. do T.)

Quando Sara entrou na cozinha naquela manhã, a cozinheira olhou-a, desconfiada, assim como as outras criadas, mas ela passou por elas apressadamente. Tinha, na verdade, acordado um pouquinho atrasada e, como Becky havia feito o mesmo, nenhuma delas teve tempo de se ver, e ambas desceram afobadas.

Sara foi para a área de serviço. Becky estava esfregando violentamente uma chaleira e, de fato, cantarolava baixinho uma canção. Ela levantou o olhar com um rosto completamente exultante.

— *Tava* lá quando eu acordei, senhorita... *as coberta* — ela sussurrou, animada. — Tão de verdade quanto na noite passada.

— Meu cobertor também — disse Sara. — Está tudo lá agora – tudo. Enquanto estava me vestindo, comi um pouco das coisas frias que deixamos.

— Ó, Senhor! Ó, Senhor! — Becky exclamou como uma espécie de suspiro entusiasmado e abaixou a cabeça na direção da chaleira bem na hora, já que a cozinheira chegara, vindo da cozinha.

A Srta. Minchin esperava ver em Sara, quando ela aparecesse na sala de aula, quase o mesmo que Lavinia esperava ver. Sara sempre fora um irritante quebra-cabeça para ela, pois a austeridade nunca a fazia chorar ou parecer assustada. Quando era advertida, ficava em silêncio e ouvia educadamente com uma expressão séria; quando era punida, executava suas tarefas extras ou ficava sem suas refeições sem reclamar ou demonstrar nenhum sinal de rebelião. Para a Srta. Minchin, o simples fato de ela nunca ter respondido de forma insolente parecia, por si só, um tipo de insolência. Mas, depois da privação das refeições do dia anterior, da violenta cena da última noite e da perspectiva de passar fome no dia de hoje, certamente ela estaria enfraquecida. Na verdade, seria estranho se não descesse com as faces pálidas, os olhos vermelhos e um rosto triste e humilhado.

A Srta. Minchin a viu pela primeira vez quando ela entrou na sala de aula para ouvir suas aluninhas de francês recitarem suas lições e corrigir seus exercícios. E ela entrou a passos saltitantes, faces coradas e um sorriso beirando os cantos de sua boca. Foi a coisa mais surpreendente que a Srta. Minchin já presenciara. Ela ficou completamente chocada.

Do que essa criança era feita? O que uma coisa assim poderia significar? Ela chamou-a imediatamente até sua mesa.

— Você não parece ter percebido que caiu em desgraça — disse ela. — Você se tornou completamente insensível?

A verdade é que quando ainda somos crianças – ou mesmo quando já viramos gente grande – e fomos bem alimentados e dormimos bastante, aquecidos e confortáveis; quando vamos dormir em meio a uma história de contos de fadas e acordamos para vê-la tornar-se realidade, não é possível ficar infeliz ou sequer parecer que não estamos contentes; e, mesmo que tentássemos, não conseguiríamos tirar o brilho de alegria de nossos olhos. A Srta. Minchin ficou quase abismada pelo semblante nos olhos de Sara quando ela respondeu, com uma atitude completamente respeitável.

— Peço-lhe perdão, Srta. Minchin — ela disse. — Sei que caí em desgraça.

— Então tenha o mínimo de bom senso para não se esquecer disso e parecer que herdou uma fortuna. É uma impertinência. E lembre-se de que não terá comida hoje.

— Sim, Srta. Minchin — Sara respondeu, mas, ao se virar, seu coração deu um sobressalto com a lembrança do que tinha acontecido no dia anterior. "Se a Mágica não tivesse me salvado a tempo", ela pensou, "quão horrível teria sido tudo!"

— Ela não pode estar com muita fome — sussurrou Lavinia. — Olhe só para ela. Talvez esteja fazendo de conta que tomou um ótimo café da manhã — disse, soltando uma risada malévola.

— Ela é diferente das outras pessoas — disse Jessie, observando Sara com suas alunas — Às vezes, tenho um pouco de medo dela.

— Que ridículo! — exclamou Lavinia.

Durante todo o dia, o brilho permaneceu no rosto de Sara, e a cor em suas bochechas. As criadas lançavam olhares confusos para ela e sussurravam entre si, e os olhinhos azuis da Srta. Amelia guardavam uma expressão de espanto. Ela não podia entender o que um semblante de bem-estar tão audacioso, mesmo sob tão grande descontentamento, poderia significar. Era, no entanto, o jeito obstinado e especial de Sara. Era provável que ela estivesse decidida a enfrentar essa questão bravamente.

Ao pensar em tudo que acontecera, Sara havia decidido uma coisa. As maravilhas que lhe haviam acontecido deveriam ser mantidas em segredo, se é que isso fosse possível. Se a Srta. Minchin quisesse subir até o sótão novamente, é claro que descobriria tudo. Mas não parecia provável que ela o fizesse, pelo menos por algum tempo, a não ser que suspeitasse de algo. Ermengarde e Lottie seriam vigiadas com tanta rigidez que não ousariam escapulir de seus quartos novamente. Ermengarde poderia saber da história e certamente não revelaria nada. Se Lottie descobrisse algo, também poderia ser levada a guardar segredo. Talvez a própria Mágica ajudasse a ocultar suas próprias maravilhas.

— Mas o que quer que aconteça — Sara continuava dizendo para si mesma durante todo o dia —, *não importa* o que aconteça, em algum lugar no mundo há uma pessoa extremamente gentil que é minha amiga... minha amiga. Se eu nunca souber quem é... Se não puder nem sequer agradecer-lhe... Mesmo assim, nunca me sentirei tão sozinha. Ah, a Mágica foi *tão boa* para mim!

Se é que era possível para o clima ficar pior do que estivera no dia anterior, ele piorou nesse dia — ficou mais úmido, mais enlameado, mais frio. Houve mais tarefas a cumprir, a cozinheira estava mais irritadiça e, por saber que Sara caíra em desgraça, estava ainda mais rude. Mas nada importava quando sua Mágica acabara de lhe dar provas de que era sua amiga. O jantar comido por Sara na noite anterior dera-lhe forças e ela sabia que iria dormir bem e aquecida e, apesar de ter começado — naturalmente — a sentir fome de novo antes do cair da tarde, ela sentia que poderia suportar até o café da manhã do dia seguinte, quando certamente voltaria a receber suas refeições. Era bem tarde quando finalmente lhe permitiram subir para o sótão. Ela fora obrigada a ir para a sala de aula e estudar até as dez da noite, e havia começado a ficar interessada em seus estudos, ficando sobre os livros até mais tarde.

Quando ela alcançou o último lance de escadas e parou diante da porta do sótão, é preciso admitir que seu coração começou a bater com muita velocidade.

— Certamente tudo *pode* ter sido levado embora — ela suspirou, tentando manter-se forte. — Tudo pode ter sido emprestado por apenas aquela terrível noite. Mas *foi-me* emprestado... Tive tudo aquilo. Foi real.

Ela empurrou a porta e entrou. Uma vez lá dentro, suspirou levemente, trancou a porta e ficou de costas para ela, olhando de um lado para outro.

A Mágica estivera lá mais uma vez. De verdade, pois havia feito ainda mais coisas do que antes. O fogo crepitava em adoráveis chamas saltitantes, ainda mais felizes. Inúmeras coisas novas foram trazidas para o sótão, mudando tanto sua aparência que, se Sara já não tivesse passado da fase de duvidar, teria esfregado os olhos. Sobre a mesinha havia outro jantar — desta vez, com xícaras e pratos tanto para Becky quanto para ela; um bordado brilhante, pesado e curioso cobria a prateleira surrada sobre a lareira e, em cima dela, foram colocados alguns enfeites. Todas as coisas feias e expostas, que poderiam ser cobertas com tecidos, foram ocultas e transformadas em algo bonito de ser visto. Certos tecidos de cores brilhantes foram presos à parede com tachinhas pequenas e afiadas — tão afiadas que podiam ser pressionadas na madeira e no gesso sem ser preciso martelá-las. Leques vistosos foram pendurados e havia várias almofadas enormes, o suficiente para serem usadas como assentos. Uma caixa de madeira foi coberta com um tapete e algumas almofadas, ficando muito parecida com um sofá.

Sara afastou-se lentamente da porta e simplesmente sentou-se, olhando e olhando novamente.

— É exatamente como se algo de contos de fadas se tornasse realidade — disse. — Não há nenhuma diferença. Sinto como se pudesse desejar qualquer coisa — diamantes ou sacos de ouro — e eles apareceriam! *Isso* não seria mais estranho do que tudo que vejo. Esse é o meu sótão? Continuo a mesma Sara molhada, esfarrapada e com frio? E pensar que eu costumava fazer de conta a todo momento e desejar que minhas fantasias fossem de verdade! A única coisa que sempre quis foi ver um conto de fadas tornando-se realidade. E estou *vivendo* um conto de fadas. Sinto como se eu mesmo pudesse ser uma fada, capaz de transformar qualquer coisa em outra completamente diferente.

Ela se levantou e bateu na parede da prisioneira da cela vizinha, e a prisioneira veio.

Quando ela entrou, quase se deixou cair estatelada no chão. Por alguns segundos, praticamente perdeu a respiração.

— Ó, Senhor! — falou, ofegante. — Ó, Senhor, senhorita!

— Está vendo? — disse Sara.

Nessa noite, Becky sentou-se em uma almofada sobre o tapete da lareira e tinha sua própria xícara e seu próprio pires.

Quando Sara foi para a cama, ela notou que tinha um novo colchão grosso e travesseiros grandes e macios. Seu velho colchão e o travesseiro haviam sido transferidos para a cabeceira de Becky e, por isso, com esses acréscimos, Becky ganhara um conforto nunca antes imaginado.

— *Donde* vem tudo isso? — Becky exclamou de repente. — Senhor, quem *tá fazeno* isso, senhorita?

— Não vamos nem sequer *perguntar* — disse Sara. — Se não fosse pelo fato de querer dizer "ah, obrigado", preferiria nem saber. Torna o gesto ainda mais bonito.

A partir daquele momento, a vida ficou ainda mais maravilhosa a cada dia. O conto de fadas continuou. Quase todo dia algo novo acontecia. Algum conforto ou enfeite novo aparecia toda vez que Sara abria a porta à noite, até que, em pouco tempo, o sótão se tornou um belo quartinho cheio de todo tipo de coisas curiosas e luxuosas. As paredes feias foram gradualmente cobertas com quadros e tapeçarias, geniais móveis dobráveis apareceram, uma estante foi montada e abastecida com livros, novos confortos e comodidades apareceram, um a um, até que parecia não haver mais nada a ser desejado. Quando Sara descia pela manhã, os restos do jantar ainda estavam na mesa; e quando ela retornava para o sótão à noite, o Mágico os havia removido e substituído por outra gostosa refeição. A Srta. Minchin continuava tão dura e ofensiva quanto antes, a Srta. Amelia igualmente rabugenta e, as criadas, igualmente vulgares e rudes. Enviavam Sara para afazeres em qualquer clima, ela levava broncas e era mandada para todo lado; quase não lhe permitiam falar com Ermengarde e Lottie; Lavinia desdenhava da crescente decadência de suas roupas; e as outras garotas a encaravam com curiosidade quando aparecia na sala de aula. Mas que importava tudo isso quando ela vivia essa encantadora e misteriosa história? Era uma história mais romântica e maravilhosa do que qualquer outra coisa que ela jamais inventara para consolar seu espírito jovem e faminto e livrar-se do desespero. Às vezes, quando era repreendida, quase não conseguia ficar sem sorrir.

"Se vocês soubessem!", ela dizia para si mesma. "Se vocês soubessem!"

O conforto e a felicidade de que desfrutava tornavam-na mais forte, e ela sempre podia ansiar por eles. Se ela voltava para casa depois de suas tarefas molhada, cansada e faminta, sabia que logo estaria quente e bem alimentada, depois que subisse as escadas para o sótão. Nos piores dias, era capaz de se ocupar de seus afazeres com alegria, ao pensar no que veria quando abrisse a porta do sótão, e ficava se perguntando que nova delícia seria preparada para ela. Em pouquíssimo tempo, começou a parecer menos magra. A cor voltou às suas faces, e seus olhos deixaram de parecer grandes demais para seu rosto.

— Sara Crewe está com uma aparência incrivelmente boa — a Srta. Minchin comentou com sua irmã, com um ar de reprovação.

— Sim — respondeu a pobre e tola Srta. Amelia. — Ela está definitivamente engordando. Estava começando a parecer um corvo faminto.

— Faminto! — exclamou, com raiva, a Srta. Minchin. — Não havia nenhuma razão para ela ter uma aparência faminta. Ela sempre teve o suficiente para comer!

— Cla-claro — concordou a Srta. Amelia humildemente, surpresa por perceber que tinha, como sempre, dito a coisa errada.

— É muito desagradável ver esse tipo de coisa em uma criança da sua idade — disse a Srta. Minchin, com uma ambiguidade condescendente.

— Que... que tipo de coisa? — arriscou a Srta. Amelia.

— Poderíamos chamá-la de provocação — respondeu a Srta. Minchin, sentindo-se irritada porque sabia que o que realmente ressentia não tinha nada a ver com provocação, e ela não conhecia outro termo desagradável para usá-lo. — O espírito e a força de vontade de qualquer outra criança já teriam sido completamente destruídos e humilhados pelas... pelas mudanças a que ela tem sido submetida. Mas, juro-lhe, ela parece tão pouco desanimada que é como se... como se fosse uma princesa.

— Você se lembra — indagou a insensata Srta. Amelia — do que ela disse para você naquele dia na sala de aula sobre o que você faria se descobrisse que ela era...

— Não, não me lembro — disse a Srta. Minchin. — Não fale besteiras — mas, na verdade, ela se lembrava muito bem.

Muito naturalmente, até mesmo Becky estava começando a parecer mais gordinha e menos amedrontada. Ela não podia evitar. Ela tinha sua participação no conto de fadas misterioso também. Tinha dois colchões, dois travesseiros, cobertas suficientes e, toda noite, uma refeição quentinha e as almofadas para se sentar diante do fogo. A Bastilha havia desaparecido, as prisioneiras deixaram de existir. Duas crianças agasalhadas sentadas em meio às delícias. Às vezes, Sara lia alguma história de seus livros em voz alta, às vezes estudava suas próprias lições, às vezes sentava-se e olhava para o fogo, tentando imaginar quem seu amigo poderia ser e desejando poder dizer-lhe todas as coisas que pairavam em seu coração.

Então, outra coisa maravilhosa acabou acontecendo. Um homem veio até a porta e deixou inúmeros pacotes. Todos eles endereçados, em letras grandes, "Para a Garotinha no quarto do sótão à direita".

Mandaram a própria Sara abrir a porta e pegar os pacotes. Ela colocou os dois embrulhos maiores na mesa do saguão e estava olhando para o endereço quando a Srta. Minchin descia as escadas e a viu.

— Leve essas coisas para a jovem a quem elas pertencem — disse com seriedade. — Não fique aí parada olhando para elas.

— Elas pertencem a mim — respondeu Sara, baixinho.

— A você? — exclamou a Srta. Minchin. — O que quer dizer?

— Não sei de onde vieram — disse Sara —, mas estão endereçadas para mim. Eu durmo no quarto do sótão à direita. Becky dorme do outro lado.

A Srta. Minchin pôs-se do lado dela e olhou para os pacotes com uma expressão agitada.

— O que há neles? — ela perguntou.

— Não sei — respondeu Sara.

— Abra-os — ordenou ela.

Sara fez o que lhe mandaram. Quando os pacotes foram desembrulhados, o semblante da Srta. Minchin adquiriu uma expressão única. O que ela viu eram roupas bonitas e confortáveis — trajes de diferentes tipos: sapatos, meias e luvas, e um lindo e quente casaco. Havia até um bonito chapéu e um guarda-chuva. Tudo era caro e de boa qualidade, e no bolso do casaco estava preso um bilhete, onde estavam escritas estas palavras: "Para serem usados todos os dias. Serão substituídos por outros, quando necessário".

A Srta. Minchin ficou muito agitada. Tratava-se de um incidente que suscitava coisas muito estranhas em sua mente sórdida. Será que, afinal, ela havia cometido um engano e que aquela criança negligenciada tinha algum amigo poderoso, apesar de excêntrico, em seu passado — talvez algum parente previamente desconhecido e que tivera subitamente localizado seu paradeiro, escolhendo cuidar dela dessa maneira misteriosa e fantástica? Parentes, às vezes, podiam ser muito estranhos — em especial velhos tios ricos e solteirões, que não gostariam de ter uma criança por perto. Um homem assim preferiria supervisionar o bem-estar de uma criança da família de longe. No entanto, tal pessoa seria certamente muito caprichosa e esquentada, o bastante para se sentir facilmente ofendida. Não seria muito agradável se essa pessoa existisse, e ficasse sabendo de toda a verdade a respeito das roupas gastas e maltrapilhas, da comida escassa e do trabalho duro. Na verdade, a Srta. Minchin sentiu-se muito estranha e muito insegura e olhou para Sara com o canto dos olhos.

— Bom — ela disse, com uma voz que nunca mais tinha usado desde que a garotinha perdera o pai —, alguém está sendo muito gentil com você. Como essas coisas lhe foram enviadas e você deve receber outras quando ficarem gastas, pode ir trocar de roupa e tentar parecer respeitável. Depois de se vestir, pode descer e estudar suas lições na sala de aula. Não é necessário que você saia para fazer mais nenhuma tarefa hoje.

Cerca de meia hora depois, quando a porta da sala de aula abriu e Sara entrou, todo o internato ficou abismado.

— Minha nossa! — exclamou Jessie, cutucando o cotovelo de Lavinia. — Olhe para a Princesa Sara!

Todos estavam olhando, e quando Lavinia o fez, ficou completamente vermelha.

Era realmente a Princesa Sara. Pelo menos, desde os dias em que fora uma princesa, Sara nunca parecera como agora. Não parecia a mesma Sara que elas viram descer as escadas dos fundos algumas horas antes. Usava o tipo de vestido que Lavinia acostumara-se a invejar quando Sara os vestira. Tinha uma cor quente e intensa e fora confeccionado à perfeição. Seus pés esguios pareciam exatamente como quando Jessie os havia admirado, e seus cabelos, cujos cachos pesados a faziam parecer-se com um pônei Shetland[31] quando caíam soltos sobre seu rostinho estranho, estavam amarrados para trás com um laço.

— Talvez alguém deixou-lhe uma fortuna de herança — Jessie sussurrou. — Sempre acreditei que algo aconteceria com ela. Ela é tão esquisita.

— Talvez as minas de diamantes tenham subitamente aparecido de novo — disse Lavinia, mordaz. — Não a satisfaça olhando-a dessa forma, sua tola.

— Sara — interrompeu a Srta. Minchin, com a voz grave —, venha sentar-se aqui.

E enquanto toda a sala de aula observava e se cutucava com os cotovelos, sem fazer muitos esforços para esconder sua agitada curiosidade, Sara voltou ao seu antigo lugar de honra e inclinou a cabeça sobre seus livros.

Naquela noite, quando foi para seu quarto, depois que ela e Becky haviam comido seu jantar, ela se sentou e olhou com seriedade para o fogo por um bom tempo.

— *Cê tá imaginano* alguma coisa na sua cabeça, senhorita? — Becky perguntou com uma doçura respeitosa. Quando Sara se sentava em silêncio olhando para as brasas com olhos sonhadores, geralmente significava que ela estava inventando uma nova história. Mas, dessa vez, não era o caso, e ela balançou a cabeça.

— Não — respondeu ela. — Estou imaginando o que devo fazer.

Becky a encarou — ainda respeitosamente. Ela estava tomada por algo muito parecido com reverência em relação a tudo o que Sara fazia e dizia.

— Não consigo parar de pensar no meu amigo — Sara explicou. — Se ele quer se manter em segredo, seria rude tentar descobrir quem ele é. Mas eu quero tanto que ele saiba quão grata eu sou... e como ele me fez feliz. Qualquer um que é bondoso quer saber quando as pessoas

---

31. Raça escocesa de pôneis famosa por suas longas crinas. (N. do T.)

ficaram felizes. Esse tipo de pessoa se importa mais com isso do que com agradecimentos. Eu queria... queria mesmo...

Ela parou de falar abruptamente, pois naquele mesmo instante seu olhar recaiu sobre algo em cima de uma mesa no canto. Era algo que ela descobrira ao subir para o quarto apenas dois dias antes. Tratava-se de um pequeno estojo para escrever, com papel, envelopes, canetas e tinta.

— Ah — ela exclamou — por que não pensei nisso antes?

Ela se levantou, foi até o canto e trouxe o estojo para perto da lareira.

— Posso escrever-lhe — disse com alegria — e deixar sobre a mesa. Então, talvez a pessoa que retira as coisas também possa levar o que eu escrever. Não vou lhe pedir nada. Ele não vai se importar com o meu agradecimento, tenho certeza.

Então, escreveu um bilhete. Eis o que ela disse:

> Espero que não pense que é falta de educação minha escrever-lhe este bilhete quando o senhor prefere se manter no anonimato. Por favor, acredite que não quero ser rude ou tentar descobrir qualquer coisa, em absoluto. Quero apenas agradecer-lhe por ser tão bondoso comigo — tão divinamente bondoso — e fazer tudo parecer um conto de fadas. Sou-lhe muito grata e estou muito feliz — assim como Becky Becky sente-se tão grata quanto eu — tudo é tão bonito e encantador para ela quanto é para mim. Costumávamos nos sentir tão sozinhas, famintas e com frio, e agora ah, pense apenas no que fez por nós! Por favor, deixe-me dizer apenas estas palavras. Sinto que seja MINHA OBRIGAÇÃO dizê-las. OBRIGADO, OBRIGADO, OBRIGADO!
>
> A GAROTINHA DO SÓTÃO

Na manhã seguinte, ela deixou o bilhete sobre a mesinha, e à noite, ele havia sido levado junto com as outras coisas. Então, ela soube que o Mágico o havia recebido e ficou mais feliz ao sabê-lo. Estava lendo um de seus novos livros para Becky pouco antes de elas irem para suas respectivas camas, quando sua atenção foi atraída por um som na claraboia. Quando desviou o olhar da página para olhar para cima, viu que Becky também havia ouvido o mesmo som, pois ela virara sua cabeça para olhar e parecia ouvir um tanto quanto nervosa.

— Tem algo ali, senhorita — ela sussurrou.

— Sim — disse Sara, devagar. — Parece com um gato... tentando entrar.

Ela saiu da cadeira e foi até a claraboia. Tinha ouvido um barulhinho estranho — como um arranhar suave. De repente, lembrou-se de algo e riu. Lembrou-se de um pequeno e exótico intruso que havia entrado no sótão havia algum tempo. Ela o vira naquela mesma tarde, sentado desconsolado em uma mesa diante de uma das janelas da casa do cavalheiro indiano.

— Imagine — ela sussurrou com uma alegre agitação —, apenas imagine que se trata do macaco, que fugiu novamente. Ah, queria tanto que fosse!

Ela subiu em uma cadeira, levantou a claraboia com muito cuidado e espiou para fora. Nevara o dia inteiro e, na neve, muito perto dela, estava agachada uma figurinha tremendo, cujo rostinho escuro, ao vê-la, franziu de uma forma que dava dó.

— É o macaquinho — ela exclamou. — Ele escapuliu do sótão do lascarim e viu nossa luz.

Becky correu para o lado dela.

— *Cê* vai *deixá ele entrá*, senhorita? — ela disse.

— Sim — Sara respondeu com alegria. — Está muito frio para macacos ficarem ao relento. Eles são muito delicados. Vou atraí-lo para dentro.

Ela colocou delicadamente a mão para fora, falando com uma voz convincente — da mesma forma que falava com os pardais e com Melchisedec — como se ela mesma fosse um animalzinho amigável.

— Venha aqui, querido macaquinho — disse ela. — Não vou machucá-lo.

Ele sabia que ela não o machucaria. Ele sabia antes que ela pousara sua mãozinha suave e carinhosa nele e o aproximara dela. Ele havia sentido o amor dos humanos nas mãos delicadas e morenas de Ram Dass, e sentia o mesmo nas mãos dela. Ele deixou-a levantá-lo através da claraboia e, quando se encontrou nos braços dela, aninhou-se em seu peito e olhou para o seu rosto.

— Macaquinho obediente! Macaquinho obediente! — ela cantarolou baixinho, beijando sua cabecinha engraçada. — Ah, eu realmente adoro animaizinhos.

Com certeza, ele estava feliz de chegar perto do fogo e, quando ela se sentou e segurou-o sobre seu joelho, ele olhou para ela e para Becky com um misto de interesse e gratidão.

— Ele tem uma cara sem graça, *num* é, senhorita? — disse Becky.

— Ele parece um bebê muito feio — riu Sara. — Perdão, macaquinho, mas eu fico feliz que você não seja um bebê. Sua mãe não *poderia* ter orgulho de você, e ninguém ousaria dizer que você se parecia com qualquer um de seus parentes. Ah, como gosto de você!

Ela se recostou em sua cadeira e começou a pensar.

— Talvez ele se sinta mal por ser tão feio — disse — e isso esteja sempre em sua mente. Fico me perguntando se ele *tem* uma mente. Macaquinho, meu querido, você tem uma mente?

Mas o macaco apenas levantou a patinha e coçou a cabeça.

— O que *ocê* vai *fazê* com ele? — Becky perguntou.

— Vou deixá-lo dormir comigo esta noite e depois vou levá-lo de volta para o cavalheiro indiano amanhã. Sinto muito por ter que devolvê-lo, macaquinho, mas você precisará ir. Você deve gostar mais da sua família, e eu não sou uma parente *de verdade*.

E, quando ela foi para a cama, aninhou-o a seus pés, e ele se enrolou e dormiu ali como se fosse um bebê, muito satisfeito com seus aposentos.

17

"É a Criança!"

Na tarde seguinte, três membros da Grande Família estavam sentados na biblioteca do cavalheiro indiano, fazendo o melhor que podiam para animá-lo. Fora-lhes permitido visitá-lo para cumprir essa missão, porque haviam sido convidados especialmente pelo dono da casa. Ele estava vivendo em estado de aflição por algum tempo e, nesse dia, esperava por certo evento com muita ansiedade. Tal acontecimento era o retorno do Sr. Carmichael de Moscou. Sua estadia havia se prolongado semana após semana. Ao chegar lá, ele não havia conseguido localizar a família que fora procurar. Quando, por fim, sentiu que a havia encontrado e fora à sua casa, soube que estavam ausentes devido a uma viagem. Seus esforços para encontrá-los haviam sido inúteis, então decidira ficar em Moscou até seu retorno. O Sr. Carrisford estava sentado em sua poltrona reclinável e Janet sentara-se no chão, ao lado dele. Ele gostava muito de Janet. Nora havia encontrado uma banqueta, e Donald estava montado na cabeça do tigre que enfeitava o tapete feito com a pele do animal. É preciso admitir que ele o cavalgava de uma forma um tanto quanto descontrolada.

— Não faça tanto barulho, Donald — Janet disse. — Quando vamos animar uma pessoa doente, não o fazemos gritando. Talvez essa animação esteja muito alta, Sr. Carrisford? — perguntou, virando-se para o cavalheiro indiano.

Mas ele deu apenas um tapinha em seu ombro.

— Não, não está — respondeu. — E faz com que eu não pense tanto.

— Vou ficar quieto — Donald gritou. — Vamos todos ficar tão quietos quanto ratos.

— Ratos não fazem um barulho desses — disse Janet.

Donald fez uma rédea com seu lencinho e pulou para cima e para baixo na cabeça do tigre.

— Um bando de ratos pode fazer — disse ele, animado. — Talvez mil ratos façam.

— Não acredito nem que cinquenta mil façam tal barulho — disse Janet, séria — e temos que ficar tão quietos quanto apenas um rato.

O Sr. Carrisford riu e deu-lhe outro tapinha no ombro.

— O papai não vai demorar muito — ela disse. — Podemos falar sobre a garotinha perdida?

— Não acho que eu consiga falar muito sobre outra coisa nesse exato momento — o cavalheiro indiano respondeu franzindo a testa, com um olhar cansado.

— Nós gostamos tanto dela — disse Nora. — Nós a chamamos de princesinha sem fadas.

— Por quê? — o cavalheiro indiano perguntou, já que as fantasias da Grande Família sempre o faziam esquecer-se um pouco das coisas.

Foi Janet quem respondeu.

— É porque, embora não tenha exatamente saído de um conto de fadas, ela será tão rica quando for encontrada que será igualzinha a uma princesa de um conto de fadas. Nós a chamávamos de princesa de contos de fadas no início, mas não combinava muito.

— É verdade — disse Nora — que o papai dela deu todo seu dinheiro para um amigo investir em uma mina que tinha diamantes nela, e então o amigo pensou que tinha perdido tudo e fugiu porque ele se sentiu como um ladrão?

— Mas ele não era de verdade, você sabe disso — acrescentou apressada Janet.

O cavalheiro indiano pegou a mão dela rapidamente.

— Não, ele não era de verdade — disse.

— Sinto pelo amigo — Janet disse. — Não consigo deixar de sentir. Ele não fez nada de propósito, e seu coração foi partido. Tenho certeza de que isso partiu seu coração.

— Você é uma mocinha muito compreensiva, Janet — o cavalheiro indiano disse, trazendo a mão dela para mais perto dele.

— Você contou para o Sr. Carrisford — Donald gritou novamente — sobre a-garotinha-que-não-é-uma-mendiga? Você contou para ele que ela tem roupas novas? Talvez ela tenha sido encontrada por alguém quando estava perdida.

— Chegou uma carruagem! — exclamou Janet. — Está parando diante da porta! É o papai!

Todos correram para a janela para olhar.

— Sim, é o papai — Donald declarou. — Mas não há nenhuma garotinha.

Todos os três saíram em disparada da sala e atropelaram-se no saguão. Era assim que sempre recebiam o pai. Era usual ouvi-los pulando, batendo palmas e sendo levantados para receberem um beijo.

O Sr. Carrisford fez um esforço para se levantar e mergulhou de volta em sua poltrona.

— É inútil — disse ele. — Estou realmente arruinado!

A voz do Sr. Carmichael aproximou-se da porta.

— Não, crianças — dizia ele —, vocês podem entrar depois que eu falar com o Sr. Carrisford. Vão brincar com Ram Dass.

Então, a porta abriu e ele entrou. Estava parecendo mais rosado do que nunca, e trouxe consigo uma atmosfera de frescor e saúde, mas seus olhos mostraram desapontamento e ansiedade ao encontrar o olhar do inválido tomado por indagações e ansiedade, quando se deram as mãos.

— Quais são as notícias? — o Sr. Carrisford perguntou. — E a criança que os russos adotaram?

— Não é a criança que estamos procurando — foi a resposta do

Sr. Carmichael. — Ela é muito mais jovem que a garotinha do Capitão Crewe. Seu nome é Emily Carew. Eu a vi e conversei com ela. Os russos puderam me fornecer todos os detalhes.

Como o cavalheiro indiano parecia cansado e triste! Ele soltou a mão do Sr. Carmichael.

— Então a procura deve recomeçar novamente — ele disse. — Isso é tudo. Por favor, sente-se.

O Sr. Carmichael sentou-se. De alguma forma, pouco a pouco, ele havia se afeiçoado a esse homem infeliz. Ele mesmo era tão feliz e saudável, e vivia cercado por tanta animação e amor, que a angústia e a tristeza do outro pareciam-lhe coisas terrivelmente insuportáveis. Se houvesse o som de apenas uma vozinha alegre e estridente na casa, tudo seria muito menos melancólico. E um homem ser obrigado a carregar em seu peito o pensamento de ter prejudicado e deserdado uma criança não era algo fácil se enfrentar.

— Calma, calma — disse ele, com sua voz animada —, nós ainda vamos encontrá-la.

— Precisamos começar imediatamente. Não há tempo a perder — o Sr. Carrisford inquietou-se. — Você tem alguma sugestão a fazer... Qualquer uma?

O Sr. Carmichael sentia-se bastante nervoso, e levantou-se e começou a caminhar pela sala com uma expressão pensativa e insegura.

— Bom, talvez — disse —, não sei se valerá a pena. O fato é, uma ideia me veio à mente quando estava refletindo sobre o assunto no trem com destino a Dover.

— O que foi? Se ela está viva, está em algum lugar.

— Sim, ela está em algum lugar. Nós procuramos escolas em Paris. Vamos desistir de Paris e começar a procurar em Londres. Essa foi minha ideia – procurar em Londres.

— Há bastantes escolas em Londres — disse o Sr. Carrisford. Então ele teve um leve sobressalto, agitado por uma lembrança. — Por falar nisso, há uma na casa ao lado.

— Então vamos começar lá. Não há lugar mais perto do que a casa ao lado.

— Realmente — disse Carrisford. — Há uma criança ali que me interessa, mas ela não é uma aluna. E ela é uma criatura sombria e desamparada, tão diferente da pobre Crewe quanto possível.

Talvez a Mágica estivesse operando novamente naquele exato momento — a bela Mágica. Realmente parecia ter acontecido isso. Pois o que fizera Ram Dass entrar na sala — no instante em que seu patrão falava — cumprimentando-o respeitosamente, mas com um toque de agitação, que ele mal podia esconder, em seus olhos escuros e brilhantes?

— *Sahib* — disse ele — a própria criança está aqui — a criança de quem *sahib* se compadece. Ela está trazendo o macaquinho que, mais uma vez, fugiu para o seu sótão sob o telhado. Pedi-lhe que ficasse mais um pouco. Pensei que agradaria ao *sahib* vê-la e falar com ela.

— Quem é ela? — perguntou o Sr. Carmichael.

— Sabe lá Deus — respondeu o Sr. Carrisford. — É a criança de que falava. Uma pequena escrava da escola. — Ele acenou com a mão para Ram Dass e dirigiu-lhe a palavra. — Sim, gostaria de vê-la. Vá buscá-la. Então, voltou-se para o Sr. Carmichael. — Enquanto você esteve fora — explicou-se —, fiquei desesperado. Os dias eram tão escuros e longos. Ram Dass contou-me a respeito das privações da criança e, juntos, inventamos um plano romântico para ajudá-la. Suponho que tenha sido um ato infantil, mas deu-me algo para fazer e em que pensar. Sem a ajuda de alguém do Oriente como Ram Dass, com pés leves e ágeis, no entanto, não poderia ter sido levado a cabo.

Então, Sara entrou na sala. Ela carregava o macaco em seus braços e era evidente que ele não tinha nenhuma intenção de separar-se dela, se fosse possível. Ele agarrava-se a ela e guinchava, e a curiosa excitação de encontrar-se na sala do cavalheiro indiano enrubesceu as faces de Sara.

— Seu macaquinho fugiu mais uma vez — ela disse, com sua linda voz. — Ele veio até a janela do meu sótão ontem à noite e eu o coloquei para dentro porque fazia muito frio. Eu o teria trazido de volta, se não fosse tão tarde. Sabia que o senhor estava doente e talvez não gostasse de ser perturbado.

Os olhos fundos do cavalheiro indiano observavam-na com curioso interesse.

— Isso foi muito atencioso de sua parte — ele disse.

Sara olhou na direção de Ram Dass, que estava parado ao lado da porta.

— Devo entregá-lo para o lascarim? — ela perguntou.

— Como você sabe que ele é um lascarim? — disse o cavalheiro indiano, sorrindo levemente.

— Ah, eu conheço lascarins — Sara disse, entregando o macaco relutante. — Nasci na Índia.

O cavalheiro indiano endireitou-se na cadeira tão subitamente e com uma mudança tão repentina no semblante que Sara, por um instante, ficou bastante assustada.

— Você nasceu na Índia — ele exclamou —, não é? Venha aqui. E estendeu sua mão.

Sara foi até ele e pousou sua mão na dele, já que parecia que ele queria apertá-la. Ela ficou quieta e, pensativos, seus olhos cinza-esverdeados encontraram o olhar dele. Algo parecia preocupá-lo.

— Você mora na casa ao lado? — ele perguntou.

— Sim, eu moro no internato da Srta. Minchin.

— Mas você não é uma de suas alunas?

Um estranho sorrisinho surgiu na boca de Sara. Ela hesitou por um momento.

— Não acredito que saiba exatamente o que eu sou — ela respondeu.

— Por que não?

— No início, eu era uma aluna, uma aluna especial, mas agora...

— Você era uma aluna! O que você é agora?

O sorrisinho estranho e triste voltou aos lábios de Sara mais uma vez.

— Eu moro no sótão, ao lado da copeira — ela disse. — Eu faço diversas tarefas para a cozinheira... Faço qualquer coisa que ela me mandar, e ensino as lições para as alunas pequenas.

— Interrogue-a, Carmichael — disse o Sr. Carrisford, afundando-se na poltrona como se tivesse perdido suas forças. — Interrogue-a. Eu não consigo.

O grande e bondoso pai da Grande Família sabia como interrogar garotinhas. Sara percebeu quanta prática tinha quando ele falou com ela com sua voz agradável e encorajadora.

— O que você quer dizer com "no início", minha criança? — perguntou ele.

— Quando eu fui deixada ali pelo meu papai.

— Quem é seu papai?

— Ele morreu — disse Sara, muito baixinho. — Ele perdeu todo o seu dinheiro e não sobrou nada para mim. Não havia ninguém para cuidar de mim ou para pagar a Srta. Minchin.

—Carmichael!— o cavalheiro indiano gritou muito alto. —Carmichael!

— Não devemos assustá-la — o Sr. Carmichael dirigiu-lhe a palavra, em um tom baixo e rápido. E acrescentou em voz alta para Sara: — Então você foi mandada para o sótão e transformada em uma criada. Foi isso que aconteceu, não foi?

— Não havia ninguém para cuidar de mim — disse Sara. — Não havia dinheiro. Não pertenço a ninguém.

— Como seu pai perdeu seu dinheiro? — o cavalheiro indiano interrompeu, sem fôlego.

— Não foi ele quem perdeu — Sara respondeu, ficando mais curiosa a cada instante. — Ele tinha um amigo de quem gostava muito — ele gostava muito do amigo. Foi seu amigo quem levou seu dinheiro. Ele confiava demais no amigo.

A respiração do cavalheiro indiano ficava cada vez mais rápida.

— Talvez o amigo não quisesse prejudicá-lo — disse ele. — Pode ter acontecido um engano.

Sara não percebeu quão implacável sua voz soou quando ela respondeu. Se tivesse percebido, certamente teria tentado amenizá-la em consideração ao cavalheiro indiano.

— O sofrimento foi igualmente prejudicial para meu papai — ela disse. — Foi o que o matou.

— Qual era o nome do seu pai? — o cavalheiro indiano disse. — Diga-me.

— Seu nome era Ralph Crewe — Sara respondeu, ficando assustada. — Capitão Crewe. Ele morreu na Índia.

O rosto exaurido se contraiu, e Ram Dass correu para o lado do patrão.

— Carmichael — o inválido suspirou — é a criança... A criança!

Por um momento, Sara pensou que ele iria morrer. Ram Dass retirou algumas pastilhas de um frasco e levou-as aos lábios dele. Sara ficou ali perto, tremendo levemente. Ela olhou, confusa, para o Sr. Carmichael.

— Que criança sou eu? — ela gaguejou.

— Ele era o amigo do seu pai — o Sr. Carmichael respondeu-lhe. — Não se assuste. Estivemos procurando você por dois anos.

Sara levou a mão à testa e sua boca estremeceu. Ela falou como se estivesse em um sonho.

— E eu estava no internato da Srta. Minchin esse tempo todo — ela falou, meio que sussurrando. — Simplesmente do outro lado da parede.

18

"Tentei Não Ser"

Foi a bela e tranquila Sra. Carmichael que explicou tudo. Ela foi chamada imediatamente e atravessou a praça para tomar Sara em seus braços quentes e esclarecer-lhe tudo que tinha acontecido. A excitação da descoberta completamente inesperada tinha sido, por um tempo, quase opressora demais para a condição debilitada do Sr. Carrisford.

— Palavra de honra — disse ele, muito fraco, para o Sr. Carmichael, quando sugeriram que a garotinha deveria ir para outra sala. — Sinto como se não quisesse perdê-la de vista.

— Vou tomar conta dela — Janet disse — e minha mamãe vai chegar dentro de poucos minutos. — E foi Janet que levou-a para a outra sala.

— Estamos tão contentes que você foi encontrada — ela disse.
— Você não faz ideia de como estamos contentes!

Donald ficou parado com as mãos nos bolsos, encarando Sara com um olhar que parecia refletir e censurar-se ao mesmo tempo.

— Se ao menos eu tivesse perguntado seu nome quando lhe dei minha moedinha — disse ele. — Você teria me dito que era Sara Crewe e, então, teria sido encontrada em um minuto. Logo depois, a Sra. Carmichael entrou. Ela parecia muito emocionada e, subitamente, tomou Sara em seus braços e a beijou.

— Você parece confusa, pobre criança — disse ela. — E era de esperar.

Sara só conseguia pensar em uma coisa.

— Era ele — ela disse, lançando um olhar em direção à porta fechada da biblioteca —, era ele o amigo malvado? Ah, diga-me, por favor!

A Sra. Carmichael estava chorando quando a beijou novamente. Ela sentia que Sara precisava ser beijada muitas vezes, já que não fora beijada por um bom tempo.

— Ele não foi malvado, minha querida — ela respondeu. — Na verdade, ele não perdeu o dinheiro do seu papai. Ele apenas pensou que o tinha perdido, e, como ele amava muito seu papai, sua tristeza fez com que ele ficasse tão doente que, por um tempo, não ficou muito bem da cabeça. Ele quase morreu de febre cerebral e, muito antes de começar a se recuperar, seu pobre papai estava morto.

— E ele não sabia onde me encontrar — murmurou Sara. — E eu estava tão perto. — De alguma forma, ela não conseguia esquecer que estivera tão perto.

— Ele achava que você estivesse em uma escola na França — a Sra. Carmichael explicou. — E ele era continuamente desenganado por falsas pistas. Ele procurou por você em todos os lugares. Quando ele a viu passando, parecendo tão triste e negligenciada, ele não fazia ideia de que você era a pobre filha do amigo dele. Mas, por você também ser uma garotinha, sentia pena de você, e queria fazê-la um pouco mais feliz. E pediu para Ram Dass subir até a janela do sótão para tentar levar-lhe um pouco de conforto.

Sara deu um salto de alegria, todo o seu semblante mudou.

— Foi Ram Dass quem levou as coisas? — ela exclamou. — Foi ele quem pediu para Ram Dass? Foi ele quem fez o sonho se tornar realidade?

— Sim, minha querida... Sim! Ele é gentil e bondoso, e sentiu pena de você por causa da pequena Sara Crewe, que estava perdida.

A porta da biblioteca abriu e o Sr. Carmichael apareceu, gesticulando para que Sara se aproximasse.

— O Sr. Carrisford já está melhor — disse. — Ele quer que você vá até ele.

Sara não esperou. Quando, assim que entrou, o cavalheiro indiano olhou para ela, viu que seu rosto estava todo iluminado.

Ela dirigiu-se até diante de sua cadeira, com suas mãos juntas contra o peito.

— Foi você quem me enviou as coisas — ela disse, com uma vozinha alegre e emocionada — aquelas coisas lindas, lindas? Você as enviou?

— Sim, minha pobre e querida criança, fui eu — ele respondeu. Estava fraco e debilitado pela longa doença e pelas preocupações, mas olhou para ela com o olhar que ela recordava ter visto nos olhos do pai — aquele olhar de amor por ela e de ansiedade por tomá-la nos braços. Um olhar que a fez ajoelhar-se ao seu lado, como ela costumava se ajoelhar ao lado do pai quando eram os melhores e mais amados amigos do mundo.

— Então é o senhor que é o meu amigo — ela disse. — É o senhor que é meu amigo! — E ela deixou cair o rosto em sua mão esguia e beijou-a de novo e de novo.

— O homem voltará a ser o que era em três semanas — o Sr. Carmichael disse para a esposa. — Olhe só para seu rosto.

De fato, ele realmente parecia mudado. Aqui estava a Pequena Senhorita e ele já tinha novas coisas em que pensar e para planejar. Primeiramente, havia a Srta. Minchin. Ela deveria ser questionada e informada acerca da mudança que tinha acontecido no futuro de sua aluna.

Sara não deveria retornar ao internato de forma nenhuma. O cavalheiro indiano estava completamente resoluto a esse respeito. Ele deveria ficar onde estava, e o Sr. Carmichael deveria ir ver a Srta. Minchin pessoalmente.

— Estou feliz de não ter que voltar — disse Sara. — Ela ficará muito brava. Ela não gosta de mim, apesar de, talvez, ser minha culpa, já que não gosto dela.

Mas, por mais que pareça estranho, a Srta. Minchin tornou desnecessário que o Sr. Carmichael fosse vê-la, por ter vindo, de fato, ela mesma procurar sua aluna. Ela queria que Sara lhe fizesse algo e, ao perguntar por ela, ouviu algo surpreendente. Uma das criadas a vira sair da área de serviço com algo escondido sob sua capa e também a tinha visto subir os degraus e entrar na casa ao lado.

— O que ela pretende com isso? — a Srta. Minchin gritou para a Srta. Amelia.

— Pode ter certeza que não sei, minha irmã — respondeu a Srta. Amelia. — A não ser que ela tenha se tornado amiga dele porque ele morou na Índia.

— Seria bem típico dela forçar uma amizade com ele para tentar ganhar sua simpatia de uma forma tão impertinente — disse a Srta. Minchin. — Ela já deve estar na casa há duas horas. Não vou permitir tal ousadia. Vou até lá investigar esse assunto e desculpar-me pela intromissão dela.

Sara estava sentada em uma banqueta perto do joelho do Sr. Carrisford, ouvindo algumas das inúmeras coisas que ele achava necessário explicar para ela, quando Ram Dass anunciou a chegada da visitante.

Sara levantou-se involuntariamente e ficou bastante pálida, mas o Sr. Carrisford percebeu que ela se levantara calmamente, sem dar nenhuma mostra dos sinais habituais de uma criança aterrorizada.

A Srta. Minchin entrou na sala com uma postura digna e severa. Estava vestida de modo impecável, e agiu de forma estritamente polida.

— Perdão por incomodá-lo, Sr. Carrisford — disse —, mas tenho algumas explicações a lhe dar. Sou a Srta. Minchin, a proprietária do Internato de Moças ao lado.

O cavalheiro indiano olhou para ela por um momento, examinando-a em silêncio. Ele era um homem que, naturalmente, tinha um temperamento forte e não gostava de ter que mostrá-lo.

— Então a senhorita é a tal Srta. Minchin? — ele disse.

— Sou eu mesma, senhor.

— Nesse caso — o cavalheiro indiano respondeu —, a senhorita chegou na hora certa. Meu advogado, o Sr. Carmichael, estava a ponto de ir vê-la.

O Sr. Carmichael curvou-se levemente e a Srta. Minchin olhou dele para o Sr. Carrisford com surpresa.

— Seu advogado! — ela disse. — Não estou entendendo. Vim até aqui para cumprir um dever. Acabo de descobrir que o senhor foi incomodado pela audácia de uma de minhas alunas – uma aluna por caridade. Vim explicar-lhe que ela o incomodou sem meu conhecimento. — Ela virou-se para Sara. — Vá para casa imediatamente — ordenou-lhe, indignada. — Você será punida severamente. Vá para casa nesse instante.

O cavalheiro indiano trouxe Sara para mais perto e acariciou sua mão.

— Ela não vai.

A Srta. Minchin sentiu-se prestes a perder o juízo.

— Não vai? — ela repetiu.

— Não — disse o Sr. Carrisford. — Ela não vai para casa, se é que a senhorita dá esse nome à sua propriedade. A casa dela a partir de agora será aqui, comigo.

A Srta. Minchin recuou, indignada e pasma.

— Com o senhor? Com o senhor? O que isso significa?

— Faça a gentileza de explicar-lhe tudo, Carmichael — disse o cavalheiro indiano — e acabe com isso o mais rápido possível. E ele fez com que Sara se sentasse novamente, e segurou suas mãos nas dele — o que era outro costume de seu papai.

Então o Sr. Carmichael explicou — com a maneira calma, contida e firme de um homem conhecedor de seu trabalho, e de toda sua importância legal, algo que a Srta. Minchin compreendeu por ser uma mulher de negócios, mas de que não gostou.

— O Sr. Carrisford, madame — ele disse —, era um amigo íntimo do falecido Capitão Crewe. Ele foi seu sócio em alguns grandes investimentos. A fortuna que o Capitão Crewe achava ter perdido foi recuperada e agora está nas mãos do Sr. Carrisford.

— A fortuna! — gritou a Srta. Minchin e perdeu completamente a cor ao exprimir tal exclamação. — A fortuna de Sara!

— Ela será a fortuna de Sara — respondeu o Sr. Carmichael, com certa frieza. — De fato, já é a fortuna de Sara agora. Certos eventos fizeram com que ela aumentasse enormemente. As minas de diamantes se recuperaram.

— As minas de diamantes! — a Srta. Minchin exclamou, ofegante. Se isso era verdade, ela sentia que nada de tão horrível já lhe tinha acontecido desde que nascera.

— As minas de diamantes — o Sr. Carmichael repetiu e não pôde deixar de acrescentar, com um sorriso bastante dissimulado, em nada se parecendo com um advogado. — Não há muitas princesas, Srta. Minchin, que são mais ricas do que será Sara Crewe, sua aluninha por caridade. O Sr. Carrisford a procurava por aproximadamente dois anos. Finalmente, ele a encontrou, e vai ficar com ela.

Depois disso, ele pediu que a Srta. Minchin se sentasse enquanto ele lhe explicava todo o assunto, tratando de todos os detalhes necessários para esclarecer-lhe que o futuro de Sara estava assegurado e que o que parecia ter sido perdido seria-lhe devolvido multiplicado por dez, e também que ela tinha o Sr. Carrisford não só como guardião, mas também como amigo.

A Srta. Minchin não era uma mulher inteligente e, na sua excitação, foi tola o suficiente para fazer um esforço desesperado para ganhar novamente o que não podia deixar de perceber que havia perdido por causa de sua loucura por bens materiais.

— Ele a encontrou sob meus cuidados — protestou. — Fiz tudo por ela. Se não fosse por mim, teria morrido de fome nas ruas.

Nesse momento, o cavalheiro indiano perdeu a calma.

— Quanto a morrer de fome nas ruas — ele disse —, ela poderia ter morrido de fome de maneira mais confortável no seu sótão.

— O Capitão Crewe a deixou sob minha responsabilidade — a Srta. Minchin argumentou. — Ela deve voltar comigo até atingir a maioridade. Poderá voltar a ser uma aluna especial. Ela deve terminar sua educação. A lei intervirá a meu favor.

— Ora, ora, Srta. Minchin — o Sr. Carmichael intrometeu-se —, a lei não fará nada disso. Se a própria Sara desejar retornar com a senhorita, ouso dizer que o Sr. Carrisford não poderá negar sua permissão. Mas isso é uma decisão de Sara.

— Então — disse a Srta. Minchin — lanço meu apelo a Sara. Talvez não a tenha mimado — ela disse, sem graça, para a garotinha —, mas você sabe que seu papai estava satisfeito com seu progresso. E... ahã!... sempre gostei de você.

Os olhos cinza-esverdeados de Sara se fixaram nela com o mesmo olhar calmo e brilhante que a Srta. Minchin detestava.

— Gostou, Srta. Minchin? — ela disse. — Não sabia disso.

A Srta. Minchin enrubesceu e endireitou-se.

— Você deveria saber disso — ela disse —, mas as crianças, infelizmente, nunca sabem o que é melhor para elas. Amelia e eu sempre dissemos que você era a criança mais inteligente da escola. Você não vai cumprir sua obrigação para com seu pobre papai e voltar para casa comigo?

Sara deu um passo na direção dela e ficou quieta. Estava pensando no dia em que lhe disseram que ela não pertencia a ninguém, e que corria o risco de ser jogada na sarjeta; estava pensando nas horas de frio e fome que passara sozinha com Emily e Melchisedec no sótão. Ela encarou o rosto da Srta. Minchin com firmeza.

— A senhorita sabe por que não irei para sua casa, Srta. Minchin — ela disse. — A senhorita sabe muito bem.

Um rubor inflamado surgiu no rosto enraivecido e rígido da Srta. Minchin.

— Você nunca mais verá suas colegas novamente — ela começou a dizer. — Farei com que Ermengarde e Lottie sejam mantidas longe...

O Sr. Carmichael interrompeu-a educadamente, mas com firmeza.

— Desculpe-me — disse —, mas ela verá qualquer pessoa que quiser. Provavelmente, os pais das colegas da Srta. Crewe não recusarão convites para visitá-la na casa de seu guardião. O Sr. Carrisford cuidará disso.

É preciso admitir que até mesmo a Srta. Minchin recuou. Isso era pior que o excêntrico tio solteirão que poderia ter um temperamento exaltado e sentir-se facilmente ofendido com o tratamento dado à sua sobrinha. Uma mulher de mente sórdida poderia facilmente acreditar que a maioria das pessoas não se recusaria a permitir que suas filhas continuassem amigas de uma pequena herdeira de minas de diamantes. E, se o Sr. Carrisford decidisse contar a alguns de seus clientes quão infeliz ela tinha feito Sara Crewe, muitas coisas desagradáveis aconteceriam.

— O senhor não assumiu uma tarefa fácil — disse ela ao cavalheiro indiano, ao se virar para sair da sala — e descobrirá isso muito em breve. Essa criança não é sincera nem tampouco grata. Imagino que agora — disse para Sara —você se sinta como uma princesa mais uma vez.

Sara olhou para baixo e corou um pouco, porque achou que sua fantasia favorita, a princípio, poderia não ser tão compreensível para estranhos — mesmo para estranhos bondosos.

— *Eu* tentei não ser mais nada — ela respondeu em voz baixa —, mesmo quando estava no ápice da fome e do frio... tentei não ser.

— Agora não será mais necessário tentar — disse a Srta. Minchin, sarcástica, enquanto Ram Dass a saudava para fora da sala.

Ela voltou para casa e, ao entrar em sua sala de estar, mandou chamar a Srta. Amelia imediatamente. Ficaram trancadas o resto da tarde, e é preciso admitir que a pobre Srta. Amelia passou mais de um quarto de hora desagradável. Derramou muitas lágrimas e enxugou seus olhos inúmeras vezes. Um de seus comentários infelizes quase fez com que sua irmã lhe arrancasse a cabeça, mas o resultado disso foi bastante incomum.

— Não sou tão inteligente quanto você, irmã — ela disse —, e sempre tenho receio de lhe dizer coisas por medo de que se irrite. Talvez se eu não fosse tão acanhada, seria melhor para a escola e para nós duas. Devo dizer que sempre pensei que teria sido melhor se você tivesse sido menos dura com Sara Crewe, e tivesse feito com que ela se vestisse decentemente e de forma mais confortável. Eu *sei* que ela trabalhou pesado demais para uma criança de sua idade, e eu sei que ela não era bem alimentada...

— Como você ousa dizer tal coisa! — exclamou a Srta. Minchin.

— Não sei como ouso — a Srta. Amelia respondeu, com certa coragem descontrolada —, mas agora que comecei posso muito bem terminar, não importa o que aconteça comigo. Tratava-se de uma criança inteligente e boa — e ela lhe teria retribuído qualquer gentileza que você lhe fizesse. Mas você nunca o fez. A verdade é que ela era inteligente demais para você e, por isso, você nunca gostou dela. Ela costumava entender exatamente como éramos...

— Amelia! — suspirou furiosa sua irmã mais velha, parecendo que iria estapeá-la e arrancar sua touca, como fazia frequentemente com Becky.

Mas a frustração da Srta. Amelia fez com que ela ficasse histérica o suficiente para não se importar com o que aconteceria depois.

— Ela entendia! Ela entendia! — gritou. — Ela nos entendia completamente. Ela via que você era uma mulher de coração duro e interessada apenas em bens materiais, e que eu era tola e fraca, e que nós duas éramos vulgares e perversas o suficiente para ficarmos de joelhos pelo dinheiro dela, e nos comportarmos mal porque ela tinha perdido tudo — embora ela continuasse se comportando como uma princesinha, mesmo quando tornou-se uma pedinte. Ela se comportava... se comportava... como uma princesinha! — E a histeria tomou conta da pobre mulher, e ela começou a rir e chorar ao mesmo tempo, sacudindo-se para a frente e para trás.

— E agora você a perdeu — ela gritou, como uma louca — e alguma outra escola vai ficar com ela e com seu dinheiro, e se ela fosse como qualquer outra criança, ela contaria como foi tratada, e todas as nossas alunas seriam tiradas de nós e ficaríamos arruinadas. E é bem feito para nós, e bem feito mais para você do que para mim, já que você é uma mulher dura, Maria Minchin, você é uma mulher dura, egoísta e mundana!

E ela corria o risco de fazer tanto barulho com seus engasgos e reclamações histéricos que a Srta. Minchin foi obrigada a aproximar-se dela e ministrar-lhe sais de amônia para acalmá-la, em vez de descarregar sua indignação pela ousadia da irmã.

E, daquele momento em diante, deve ser mencionado, a irmã mais velha, Srta. Minchin, começou a ficar realmente um pouco espantada com a caçula que, embora parecesse tão tola, evidentemente não era tão tola quanto parecia e, por isso, poderia começar a falar verdades que as pessoas não queriam ouvir.

Naquela noite, quando as alunas foram reunidas diante da lareira na sala de aula, como era habitual antes de irem dormir, Ermengarde chegou com uma carta na mão e uma expressão esquisita em seu rosto redondo. Era uma expressão esquisita porque, apesar de ser uma expressão de extrema excitação, era combinada com tal semblante de surpresa que ela parecia ter acabado de receber algum tipo de choque.

— Qual *é* o problema? — duas ou três vozes exclamaram de uma só vez.

— Tem algo a ver com a discussão que estava acontecendo? — disse Lavinia, ansiosa. — Houve uma discussão tão grande na sala da Srta. Minchin, a Srta. Amelia teve algum tipo de ataque histérico e teve que ir para a cama.

Ermengarde respondeu-lhes lentamente, como se estivesse meio atordoada.

— Acabei de receber essa carta de Sara — disse ela, mostrando a mensagem para que vissem como era longa.

— De Sara! — todas as vozes se juntaram em uma exclamação.

— Onde ela está? — Jessie quase gemeu.

— No vizinho — disse Ermengarde —, com o cavalheiro indiano.

— Onde? Onde? Ela foi expulsa? A Srta. Minchin sabe? A discussão foi sobre isso? Por que ela escreveu? Conte! Conte!

Foi uma perfeita Torre de Babel e Lottie começou a chorar, se lamentando.

Ermengarde respondeu-lhes vagarosamente como se estivesse meio mergulhada no que, naquele momento, parecia a coisa mais importante e óbvia do mundo.

— As minas de diamantes *existiam* — disse ela com firmeza. — *Existiam*! Bocas abertas e olhos arregalados a encaravam.

— Elas eram de verdade — ela se apressou. — Houve um engano em relação a elas. Algo aconteceu por um tempo e o Sr. Carrisford achou que eles estavam arruinados...

— Quem é o Sr. Carrisford? — gritou Jessie.

— O cavalheiro indiano. E o Capitão Crewe achou a mesma coisa também... e ele morreu, e o Sr. Carrisford teve febre cerebral e fugiu, e *ele* quase morreu. E não sabia onde Sara estava. E, na verdade, havia milhões e milhões de diamantes nas minas, e metade deles pertence a Sara, e eles já eram seus quando ela estava morando no sótão sem nenhum amigo, a não ser Melchisedec, e recebia ordens da cozinheira. E o Sr. Carrisford a encontrou nessa tarde, e está com ela em sua casa — e ela nunca mais vai voltar — e vai ser mais princesa do que jamais foi — cento e cinquenta mil vezes mais. E eu vou visitá-la amanhã à tarde. E é isso!

Nem mesmo a própria Srta. Minchin poderia ter controlado o tumulto depois disso, e, mesmo ouvindo todo o barulho, nem chegou a tentar. Não estava com humor para enfrentar nada mais do que já estava enfrentando em sua sala, enquanto a Srta. Amelia choramingava na cama. Ela sabia que as notícias haviam penetrado as paredes de alguma misteriosa maneira, e que cada criada e cada criança iria para a cama falando sobre aquele assunto.

Então, até quase meia-noite, todo o internato, percebendo de alguma forma que todas as regras haviam sido deixadas de lado, aglomerou-se ao redor de Ermengarde na sala de aula e a ouviu ler e reler a carta que continha uma história quase tão maravilhosa quanto as que a própria Sara havia inventado, e que tinha o surpreendente encanto de ter acontecido com ela e com o místico cavalheiro indiano bem na casa ao lado.

Becky, que também ouvira a história, conseguiu subir as escadas mais cedo do que de costume. Ela queria se afastar das pessoas e ir olhar para o quartinho mágico mais uma vez. Ela não sabia o que iria acontecer com ele. Era improvável que fosse deixado para a Srta. Minchin. Ele seria desmontado e o sótão ficaria vazio e destituído novamente. Mesmo muito feliz por Sara, ela subiu o último lance de escadas com um nó na garganta e lágrimas embaçando sua visão. Não haveria fogo naquela noite nem lampião rosado; nem jantar nem princesa sentada sob a luz lendo ou contando histórias... Nenhuma princesa!

Ela engoliu um soluço ao abrir a porta do sótão com um empurrão, e então soltou um gritinho.

O lampião iluminava o quarto, o fogo estava ardendo, o jantar estava à espera, e Ram Dass estava em pé, sorrindo para seu rosto assustado.

— A Srta. *Sahib* se lembrou — disse ele. — Ela contou tudo para o *sahib*. Ela queria que você soubesse de toda a sorte que recaiu sobre ela. Veja a carta que está na bandeja. Foi ela quem escreveu. Ela não quis que você fosse dormir triste. O *sahib* pediu que você vá vê-lo amanhã. Você deverá ser a dama de companhia da Srta. *Sahib*. Hoje à noite vou levar de volta estas coisas pelo telhado.

E, depois de ter dito tudo isso com um rosto radiante, fez uma pequena reverência e deslizou pela claraboia com um rápido e silencioso movimento que mostrou para Becky quão fácil ele havia feito aquilo antes.

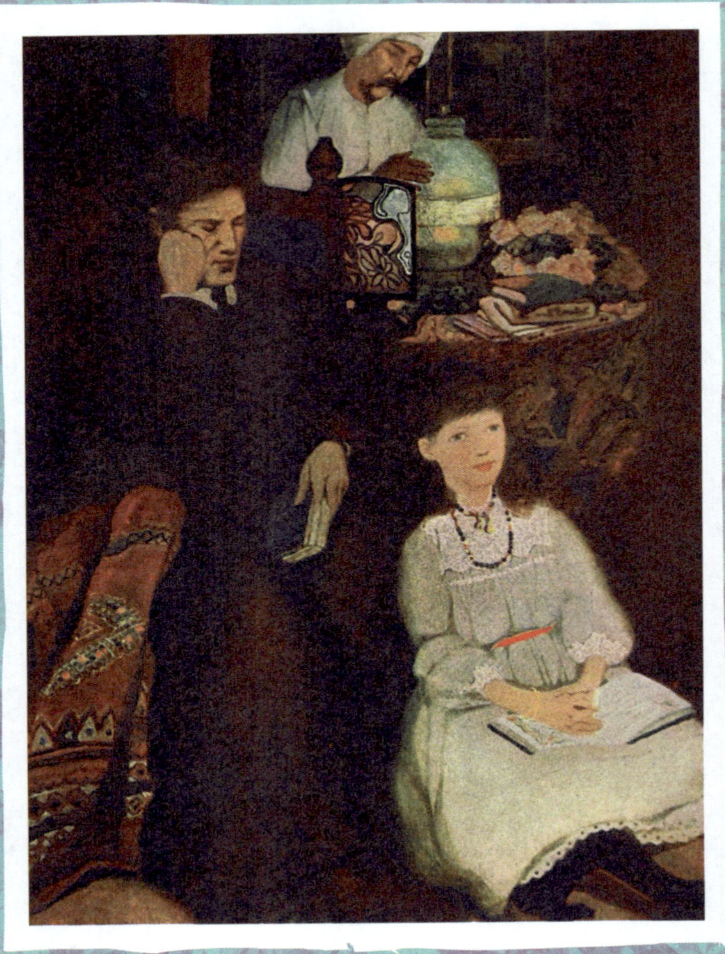

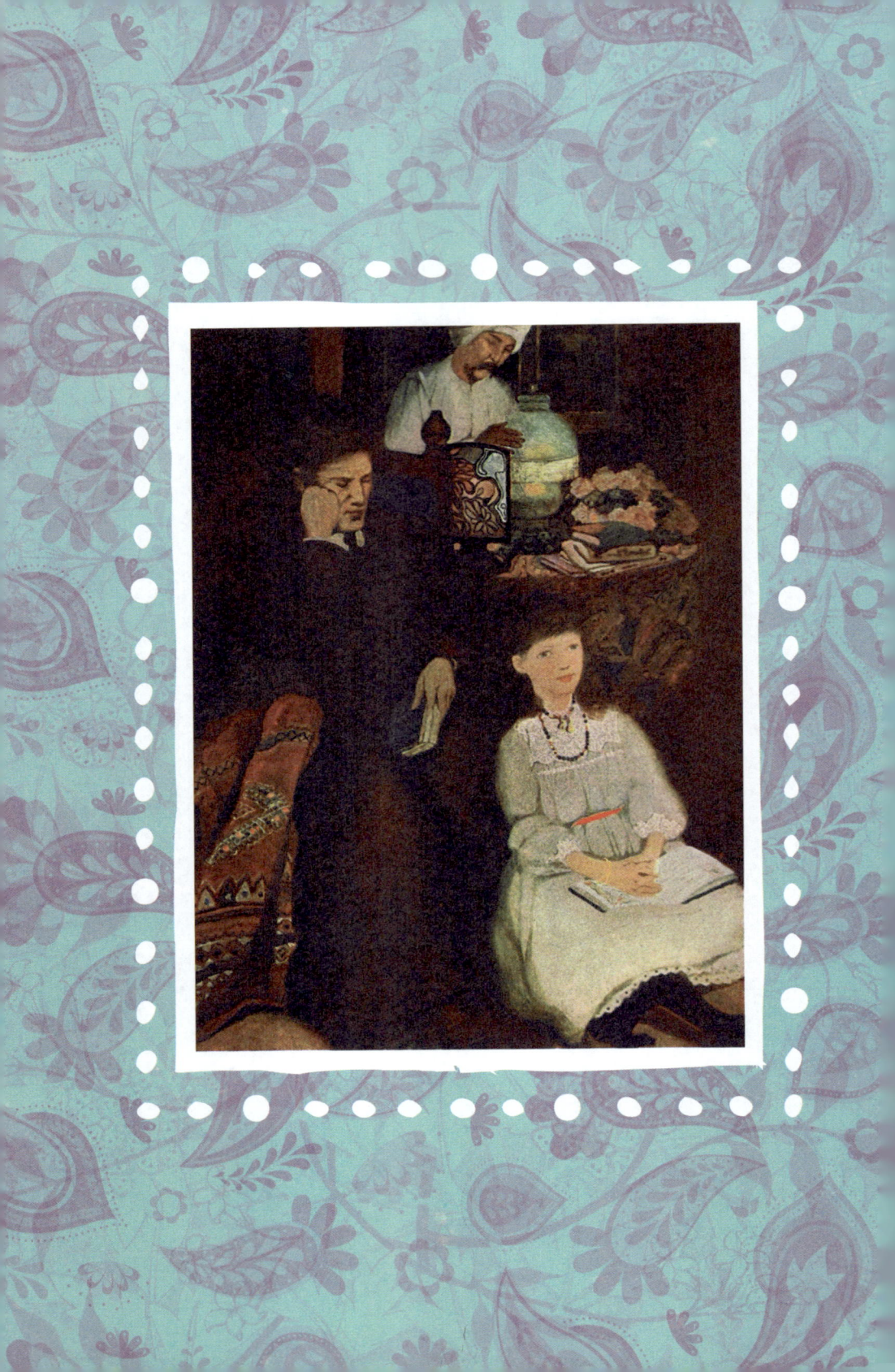

19

Anne

Nunca uma alegria tão grande havia reinado no quarto das crianças da Grande Família. Nunca elas haviam sonhado com tamanha felicidade como resultado da amizade com a-garotinha-que-não-é-uma-mendiga. O simples relato de seus sofrimentos e aventuras a tornava um bem inestimável. Todo mundo queria ouvir de novo e de novo as coisas que haviam acontecido com ela. Quando estamos sentados perto de uma lareira quentinha, em uma grande e iluminada sala, é um grande prazer ouvir quão frio um sótão pode ser. Deve-se admitir que o sótão era muito encantador, e que seu frio e miséria pareciam insignificantes quando lembravam-se de Melchisedec, e ouviam falar dos pardais e das coisas que era possível ver quando subia-se à mesa e colocava-se a cabeça e os ombros para fora da claraboia.

Certamente a coisa mais amada era a história do banquete e do sonho que se tornou realidade. Sara contou-a pela primeira vez um dia depois de ter sido encontrada. Vários membros da Grande Família vieram tomar chá com ela e, quando se sentaram ou se abrigaram no tapete da lareira, ela contou a história à sua maneira, e o cavalheiro indiano a ouviu e observou. Quando ela terminou, olhou para ele e colocou a mão no seu joelho.

— Essa é a minha parte — ela disse. — Agora, por que o senhor não conta a sua parte da história, tio Tom? Ele havia lhe pedido para chamá-lo sempre de "tio Tom". — Eu ainda não sei sua parte, e ela deve ser linda.

Então, ele lhes contou como, quando se sentava, solitário, doente, entediado e irritadiço, Ram Dass tentava distraí-lo descrevendo os passantes, e que havia uma criança que passava com mais frequência do que qualquer outra pessoa. Ele começara a se interessar por ela – em parte, talvez, porque pensava muito em uma garotinha, em parte porque Ram Dass conseguira contar o incidente de sua visita ao sótão em busca do macaquinho. Ele descrevera sua aparência desanimada, e a postura da criança, que parecia não pertencer à classe daqueles que são tratados como serviçais e criados. Pouco a pouco, Ram Dass fizera descobertas a respeito das desgraças de sua vida. Descobriu também quão fácil era atravessar os poucos metros de telhado até a claraboia, e tal fato foi o princípio de tudo que se seguiu.

— *Sahib* — disse ele um dia —, eu poderia atravessar as telhas e acender a lareira quando ela estiver fora fazendo alguma tarefa. Quando ela retornar, molhada e fria, e encontrar o fogo crepitando, poderia pensar que um mágico o acendera.

A ideia pareceu tão fantasiosa que o rosto triste do Sr. Carrisford iluminou-se com um sorriso, e Ram Dass ficou tomado por tal entusiasmo que começou a dar mais detalhes à ideia e explicar ao seu patrão como seria simples conseguir fazer muitas outras coisas. Ele demonstrou um prazer e uma inventividade tão puros que os preparativos para executar o plano proveram de interesse muitos dias que, de outra forma, teriam se arrastado exaustivamente. Na noite do banquete frustrado, Ram Dass ficara de vigia, com todos os pacotes a postos no seu próprio sótão, e a pessoa que deveria ajudá-lo fazia-lhe companhia, tão interessado quanto ele por aquela singular aventura. Ram Dass estava deitado sobre as telhas, olhando pela claraboia, quando o banquete chegou ao seu desastroso fim. Ele se assegurou da profundidade do sono esgotado de Sara e, então, com uma pequena lanterna, deslizou para dentro do quarto enquanto seu companheiro ficava do lado de fora, passando-lhe as coisas. Quando Sara se mexia um pouquinho, Ram Dass fechava o anteparo da lanterna e deitava-se no chão. Essas e muitas outras coisas excitantes, as crianças descobriram fazendo milhares de perguntas.

— Estou tão feliz — Sara disse. — Estou tão feliz que era o senhor o meu amigo!

Nunca houve amigos como esses dois. De alguma forma, eles pareciam maravilhosamente perfeitos um para o outro. O cavalheiro indiano nunca tivera uma companhia de que gostasse tanto quanto a de Sara. Em um mês, como o Sr. Carmichael havia previsto, ele se tornara um novo homem. Estava sempre entretido e interessado por algo e começou a sentir um prazer verdadeiro na posse da riqueza, cujo fardo ele imaginara detestar. Havia tantas coisas encantadoras a planejar para Sara. Havia uma piadinha entre eles, em que imaginavam que ele era um mágico e que um de seus prazeres era inventar coisas para surpreendê-la. Ela encontrava flores lindas e novas crescendo em seu quarto, presentinhos extravagantes escondidos sob os travesseiros e, certa vez, quando se sentaram juntos à noite, ela ouviu o arranhar de uma pesada pata na porta e, ao ir ver do que se tratava, Sara encontrou um grande cachorro — um maravilhoso cão de caça russo — com uma enorme coleira de prata e ouro com uma inscrição. "Sou Boris" é o que ela dizia, "a serviço da Princesa Sara."

Não havia nada que o cavalheiro indiano amasse mais do que a lembrança da princesinha vestindo trapos e farrapos. As tardes em que a Grande Família ou Ermengarde e Lottie reuniam-se para se divertir eram muito deliciosas. Mas as horas em que Sara e o cavalheiro indiano sentavam-se sozinhos e liam ou conversavam tinham um encanto especial próprio. Durante esses momentos, muitas coisas interessantes aconteciam.

Certa tarde, o Sr. Carrisford, erguendo os olhos de seu livro, percebeu que sua companheira não se movia havia algum tempo, mas ficara sentada olhando para o fogo.

— O que você está "imaginando", Sara? — ele perguntou.

Sara olhou para cima, com uma cor brilhante no rosto.

— Eu estava imaginando — disse ela —, estava me lembrando daquele dia em que estava faminta, e vi uma criança.

— Mas houve muitos dias em que você estava com fome — disse o cavalheiro indiano, com um tom bastante triste na voz. — Que dia foi esse?

— Esqueci que o senhor não sabia — disse Sara. — Foi no dia em que o sonho se tornou realidade.

Então, ela lhe contou a história da padaria, da moeda de quatro centavos que ela recolheu da lama suja, e da criança que estava com mais fome do que ela. Contou a história de uma maneira bem simples, e com o mínimo de palavras possível. Porém, de alguma maneira, o cavalheiro indiano achou necessário cobrir os olhos com a mão e olhar na direção do tapete.

— E eu estava imaginando algum tipo de plano — ela disse, depois de ter acabado. — Estava pensando que eu deveria fazer alguma coisa.

— Fazer o quê? — disse o Sr. Carrisford, baixinho. — Você pode fazer o que quiser, princesa.

— Estava pensando — falou Sara, com certa hesitação —, sabe, o senhor diz que eu tenho tanto dinheiro... Estava pensando se poderia ir visitar a mulher do pão doce e dizer-lhe que, se crianças com fome — especialmente nesses dias horríveis — forem se sentar nos degraus, ou olhar pela vitrine, ela deveria simplesmente chamá-las e dar-lhes algo para comer, e poderia mandar a conta para mim. Eu poderia fazer isso?

— Você deveria fazer isso amanhã de manhã — disse o cavalheiro indiano.

— Obrigado — disse Sara. — O senhor entende, eu sei o que é passar fome, e é muito duro quando não se pode nem mesmo *fazer de conta* que a fome passou.

— Sim, sim, minha querida — disse o cavalheiro indiano. — Sim, sim, deve ser. Tente esquecer-se disso. Venha sentar-se nessa banqueta perto do meu joelho e apenas lembre-se que você é uma princesa.

— Sim — disse Sara, sorrindo — e posso distribuir pães e bolos para o povo. — E ele foi se sentar na banqueta, e o cavalheiro indiano (ele costumava gostar que ela o chamasse assim também, às vezes) apoiou a cabecinha dela no joelho e começou a acariciar seus cabelos.

Na manhã seguinte, a Srta. Minchin, ao olhar para fora de sua janela, viu aquilo que talvez fosse a coisa que ela menos gostava de ver. A carruagem do cavalheiro indiano, com seus imensos cavalos, parou diante da porta da casa vizinha, e seu proprietário e uma figurinha, agasalhada com peles caras e macias, desceram os degraus para entrar nela. Tal figura lhe era conhecida e fazia com que a Srta. Minchin se lembrasse de épocas passadas. Era seguida por outra igualmente conhecida — cuja visão ela achava extremamente irritante. Era Becky, que, no papel de alegre dama de companhia, sempre acompanhava sua jovem patroa até a carruagem, carregando pacotes e pertences. Becky já apresentava um rostinho rosado e redondo.

Um pouco mais tarde, a carruagem parou em frente à porta da padaria, e seus ocupantes saíram, coincidentemente, no momento em que a mulher do pão doce colocava uma bandeja de pães quentinhos na vitrine.

Quando Sara entrou na loja, a mulher se virou e olhou para ela e, deixando os pães de lado, veio para trás do balcão. Por um instante, ela olhou fixamente para Sara, e então seu amável rosto se iluminou.

— Tenho certeza de que me lembro da senhorita — disse ela. — Mesmo assim...

— Sim — disse Sara —, certa vez a senhora me deu seis pães por quatro centavos, e...

— E a senhorita deu cinco deles para uma criança mendiga — a mulher a interrompeu. — Sempre me lembro disso. Não consegui entender, a princípio. Ela se virou para o cavalheiro indiano e falou as próximas palavras para ele. — Perdão, senhor, mas não há muitos jovens que notam um rosto faminto dessa forma, e pensei nisso inúmeras vezes. Desculpe-me a liberdade, senhorita — voltou-se para Sara —, mas a senhorita parece mais rosada e... bem, muito melhor do que parecia naquela... naquela...

— Estou muito melhor, obrigada — disse Sara. — E... muito mais feliz... e vim pedir-lhe para fazer algo por mim.

— Eu, senhorita! — exclamou a mulher do pão doce, sorrindo animada. — Ora, Deus a abençoe! Sim, senhorita. O que posso fazer?

E então Sara, apoiando-se no balcão, elaborou sua pequena proposta a respeito dos dias terríveis, das crianças abandonadas e famintas e dos pães doces.

A mulher observou-a e ouviu com um rosto surpreso.

— Ora, Deus me abençoe! — disse ela mais uma vez, depois de ter ouvido tudo. — Será um prazer fazer isso. Sou uma trabalhadora e não posso fazer muito por conta própria, e há problemas à vista por todo lado. Mas, se a senhorita me perdoar, sou obrigada a dizer-lhe que tenho dado muitos pedaços de pão desde aquela tarde úmida, só de pensar na senhorita... e em como estava molhada e com frio, e como parecia faminta, e, mesmo assim, a senhorita deu seus pães quentinhos como se fosse uma princesa.

Sem querer, o cavalheiro indiano sorriu ao ouvir essa última parte, e Sara sorriu um pouquinho também, lembrando-se do que dizia para si mesma enquanto colocava os pães no colo esfarrapado da criança esfomeada.

— Ela parecia estar com tanta fome — disse ela. — Tinha ainda mais fome do que eu.

— Ela estava morrendo de fome — disse a mulher. — Desde então, ela me falou disso muitas vezes – como ela se sentava ali no sereno, sentindo como se um lobo estivesse rasgando suas pobres e tenras vísceras.

— Ah, a senhora a tem visto desde então? — exclamou Sara. — A senhora sabe onde ela está?

— Sim, sei — respondeu a mulher, com um sorriso mais amável do que nunca. — Ora, ela está lá no quarto dos fundos, senhorita, já faz um mês, e está se tornando uma garota decente e bondosa, e me ajuda tanto na loja e na cozinha que mal se pode acreditar, sabendo como ela vivia.

Ela foi até a porta da salinha nos fundos e chamou. No minuto seguinte, a garota saiu, seguindo a senhora para trás do balcão. E realmente era a mesma criança mendiga, limpa e bem-vestida, parecendo não ter passado fome há um bom tempo. Ela parecia acanhada, mas tinha um lindo rosto, agora que não era mais selvagem e que o olhar feroz havia desaparecido de seus olhos. Ela reconheceu Sara imediatamente e ficou olhando para ela como se nunca fosse capaz de olhá-la o suficiente.

— A senhorita vê — disse a mulher —, disse-lhe para vir aqui quando estivesse com fome, e quando ela viesse, eu lhe daria alguns serviços para fazer, e percebi que ela tinha muito boa vontade e, de algum jeito, comecei a gostar dela. No final, dei-lhe um emprego e uma casa e ela me ajuda, é obediente e tão agradecida quanto uma garota pode ser. Seu nome é Anne. Não tem sobrenome.

As crianças ficaram paradas e se olharam por alguns minutos. Então Sara tirou a mão de dentro do regalo e estendeu-a por sobre o balcão, e Anne a cumprimentou, e olharam-se diretamente nos olhos uma da outra.

— Estou tão feliz — Sara disse. — E acabo de pensar em algo. Talvez a Sra. Brown deixe que seja você quem distribua os pães e bolos para as crianças. Talvez você goste de fazer isso, já que também sabe o que é passar fome.

— Sim, senhorita — disse a garota.

E, de alguma forma, Sara sentiu que entendia a garota, mesmo ela falando tão pouco e ficando parada, olhando e olhando, depois que Sara saiu da loja com o cavalheiro indiano, e eles entraram na carruagem e foram embora.

FIM

Impressão e Acabamento
Gráfica Oceano